folio
junior

Le roman
de Renart

Illustrations d'Etienne Delessert

GALLIMARD JEUNESSE

Préface

Il n'existe pas à proprement parler de Roman de Renart, au sens où l'on entend aujourd'hui ce mot. Le Roman de Renart n'a jamais été une œuvre unique et cohérente, due à un seul auteur, mais une série de contes ou « branches » où le goupil jouait le rôle principal. La plus ancienne de ces branches, composée par un poète du nom de Pierre de Saint-Cloud, date du début du XIIe siècle. Elle retrace la « grande guerre » qui opposa Renart à son compère, le loup Ysengrin. Elle connut un immense succès et suscita très vite de nombreuses imitations et additions. Dès la première moitié du XIIe siècle, une quinzaine de branches s'ajoutent à celle de Pierre de Saint-Cloud, certaines composées par des poètes dont les noms ou les prénoms nous sont restés, d'autres par des anonymes. Cette vogue de Renart dura jusqu'au XIIIe siècle où le poète Rutebeuf et d'autres moins connus composèrent de longs poèmes à la gloire du goupil. C'est dire qu'il est possible de présenter sous le titre de Roman de Renart des choix nombreux et assez différents.

Le texte de la présente édition est celui qu'a établi, choisi et traduit en français moderne Paulin Paris dans sa première édition de l'œuvre, parue en 1861. Il groupe les branches les plus anciennes, ainsi que quelques épisodes extraits de branches plus tardives. Il présente, de l'avis de l'éditeur, l'avantage d'offrir un texte sûr en même temps qu'un choix à la fois complet (puisqu'il comprend aussi les « suites » tardives du Roman) et fidèle à l'esprit de l'œuvre.

Les auteurs des branches les plus anciennes (Pierre de Saint-Cloud et ses continuateurs) s'étaient contentés de relater les exploits de Renart et les mésaventures d'Ysengrin sans leur donner de conclusion définitive. Le récit prenait fin sur la scène où l'on voit Renart violer Hersent, la femme d'Ysengrin, sous les propres yeux de celui-ci. Les auteurs postérieurs – dont un anonyme, auteur de la branche I – reprirent le récit en faisant comparaître Renart devant toute l'assemblée des animaux pour y être jugé de son crime. Ce qui explique la présente division du Roman en deux livres. Moins anecdotique que la première, plus engagée dans les coutumes de son temps, la seconde partie – en décrivant le procès et la condamnation de Renart – nous plonge au cœur de la vie féodale française au XIIe siècle, une vie dont, sans le Roman, on eût difficilement imaginé la liberté d'esprit à l'égard de la religion, de l'amour, de la guerre. C'est tout un monde, négligé par les genres littéraires traditionnels de l'époque, qui apparaît ici, et dont Paulin Paris avait raison de dire qu'il est « la Comédie d'un théâtre dont les chansons de geste auraient été la Tragédie ». Ainsi, par le choix comme par le nombre des variantes insérées par Paulin Paris, le lecteur disposera de plusieurs livres en un seul, qui lui révéleront la richesse, la verve, l'esprit critique et parodique d'une époque dont les audaces de pensée et de langage n'ont guère été dépassées.

Je dois avertir mes lecteurs que j'ai conservé dans ce livre un petit nombre de mots vieillis, dont le Dictionnaire de l'Académie ne me donnait plus le parfait équivalent. Je ne crois pas avoir abusé de cette liberté : mais comment raconter les aventures de damp Renart sans nommer les *bacons*, ces quartiers de porc frais ou salé qui tenaient une si grande place sur la table de nos pères ? Nos jambonneaux, nos jambons eux-mêmes, n'en sont qu'un méprisable diminutif.

Au lieu du joli mot de *geline*, on dit aujourd'hui poule : passe encore pour poulette, au lieu de *gelinotte* ; mais le *gelinier* étant le théâtre assez ordinaire des hauts faits de Renart, j'aurais craint de trop avilir mon héros en le montrant si souvent dans le poulailler.

J'ai laissé ces anciennes façons de parler, *être en bon* ou *en mauvais point*, parce que de là nous avons formé notre *embonpoint* ; de même *l'aguet appensé*, qui nous a laissé *guet-apens*. On a perdu *défermer* qui était un mot bien fait, je l'ai gardé ; *être séjourné*, c'est-à-dire reposé comme ceux qui sont restés plusieurs jours sans sortir.

Le *fau*, du latin *fagus*, n'est pas oublié en province ; il l'est à Paris, où l'on ne connaît guère le hêtre que par les traductions de Virgile et les romances pastorales.

On verra le chien *Rooniaus* désigné comme justice dans le procès de Renart. C'est encore en Angleterre aujourd'hui le juge ou le président d'un tribunal. Le *plaid* est l'instruction et la décision de la cour. Il y a lieu de croire que le mot tant reproché *aux ordonnances de nos rois,* tel est notre plaisir, *était la traduction consacrée du* tale placitum *de l'ancienne cour du roi.*

Les montres *étaient les revues de l'ost ou armée que l'on passait pour compter ceux qui avaient droit aux sou-*dées *ou* soldes *du mois ou de l'année.*

Le graile *était un instrument sonore en cuivre de l'espèce des cors et trompes.*

La rotruenge *était un air à refrain ou ritournelle.*

Les grenons *étaient nos moustaches d'aujourd'hui, et les* barbes *du renard ou du chat.*

Les brachets *étaient de petits chiens courants ; les gai-*gnons, *des chiens de garde, dogues ou mâtins.*

Dans une ferme il y avait le plessis, *dépendance immé-diate du domaine, et le* courtil, *ordinairement fermé de haies ou de murs.*

Enfin le moutier *était l'église plutôt que le monastère ; et le* prouvère (presbyter), *le curé du moutier.*

Paulin Paris

Et toutes les fois qu'Adam et Ève firent usage de la baguette,
de nouveaux animaux sortirent de la mer :
mais avec cette différence qu'Adam faisait naître les bêtes
apprivoisées, Ève les animaux sauvages …

Prologue

Où l'on voit comment le goupil et le loup
vinrent au monde, et pourquoi le premier
s'appellera Renart, le second Ysengrin

Seigneurs, vous avez assurément entendu conter bien
des histoires : on vous a dit de Pâris comment il ravit
Hélène, et de Tristan comme il fit le lai du Chèvrefeuil ;
vous savez le dit du Lin et de la Brebis, nombre de fables
et chansons de geste : mais vous ne connaissez pas la
grande guerre, qui ne finira jamais, de Renart et de son
compère Ysengrin. Si vous voulez, je vous dirai comment la querelle prit naissance et, avant tout, comment
vinrent au monde les deux barons.

Un jour, j'ouvris une armoire secrète, et j'eus le bonheur d'y trouver un livre qui traitait de la chasse. Une
grande lettre vermeille arrêta mes yeux ; c'était le commencement de la vie de Renart. Si je ne l'avais pas lue,
j'aurais pris pour un homme ivre celui qui me l'eût
contée ; mais on doit du respect à l'écriture et, vous le
savez, celui qui n'a pas confiance aux livres est en danger de mauvaise fin.

Le livre nous dit donc que le bon Dieu, après avoir
puni nos premiers parents comme ils le méritaient, et
dès qu'ils furent chassés du Paradis, eut pitié de leur

15

sort. Il mit une baguette entre les mains d'Adam et lui dit que, pour obtenir ce qui lui conviendrait le mieux, il suffisait d'en frapper la mer. Adam ne tarda pas à faire l'épreuve : il étendit la baguette sur la grande eau salée ; soudain, il en vit sortir une brebis. « Voilà, se dit-il, qui est bien ; la brebis restera près de nous, nous en aurons de la laine, des fromages et du lait. »

Ève à l'aspect de la brebis souhaita quelque chose de mieux. « Deux brebis, pensa-t-elle, vaudront mieux qu'une. » Elle pria donc son époux de la laisser frapper à son tour. Adam (nous le savons pour notre malheur) ne pouvait rien refuser à sa femme : Ève reçut de lui la baguette et l'étendit sur les flots ; aussitôt parut un méchant animal, un loup, qui, s'élançant sur la brebis, l'emporta vers la forêt voisine. Aux cris douloureux d'Ève, Adam reprit la baguette : il frappe ; un chien s'élance à la poursuite du loup, puis revient, ramenant la brebis déjà sanglante.

Grande alors fut la joie de nos premiers parents. Chien et brebis, dit le livre, ne peuvent vivre sans la compagnie de l'homme. Et toutes les fois qu'Adam et Ève firent usage de la baguette, de nouveaux animaux sortirent de la mer : mais avec cette différence qu'Adam faisait naître les bêtes apprivoisées, Ève les animaux sauvages qui tous, comme le loup, prenaient le chemin des bois.

Au nombre des derniers se trouva le goupil, au poil roux, au naturel malfaisant, à l'intelligence assez sub-tile pour décevoir toutes les bêtes du monde. Le goupil ressemblait singulièrement à ce maître passé dans tous les genres de fourberies, qu'on appelait Renart, et qui donne encore aujourd'hui son nom à tous ceux qui font leur étude de tromper et mentir. Renart est aux hommes ce que le goupil est aux bêtes : ils sont de la même nature ; mêmes inclinations, mêmes habitudes ; ils peuvent donc prendre le nom l'un de l'autre.

Or Renart avait pour oncle sire Ysengrin, homme de sang et de violence, patron de tous ceux qui vivent de meurtre et de rapine. Voilà pourquoi, dans nos récits, le nom du loup va se confondre avec celui d'Ysengrin.

Dame Hersent, digne épouse du larron Ysengrin, cœur rempli de félonie, visage rude et couperosé, sera, par une raison pareille, la marraine de la louve. L'une fut insatiable autant que l'autre est gloutonne : mêmes dispositions, même caractère ; filles, par conséquent, de la même mère. Il faut pourtant l'avouer : il n'y a pas eu de parenté véritable entre le loup et le goupil : seulement, quand ils se visitaient et qu'il y avait entre eux communauté d'intérêts et d'entreprises, le loup traitait souvent le goupil de beau neveu ; l'autre le nommait son oncle et son compère. Quant à la femme de Renart, dame Richeut, on peut dire qu'elle ne cède pas en fourbe à la goupille, et que si l'une est chatte, l'autre est mitte. Jamais on ne vit deux couples mieux assortis ; même penchant à la ruse dans Renart et dans le goupil ; même rapacité dans la goupille et dans Richeut.

Et maintenant, seigneurs, que vous connaissez Ysengrin le loup et Renart le goupil, n'allez pas vous émerveiller de voir ici parler le goupil et le loup, comme pouvaient le faire Ysengrin et Renart : les bons frères qui demeurent à notre porte racontent que la même chose arriva jadis à l'ânesse d'un prophète que j'ai entendu nommer Balaam. Le roi Balaac lui avait fait promettre de maudire les enfants d'Israël ; Notre Seigneur, qui ne le voulut souffrir, plaça devant l'ânesse son ange armé d'un glaive étincelant. Balaam eut beau frapper la pauvre bête, le fouet, le licou, les talons n'y faisaient rien ; enfin, l'ânesse, avec la permission de Dieu, se mit à dire : « Laissez-moi, Balaam, ne me frappez pas ; ne voyez-vous pas Dieu qui m'empêche d'avancer ? » Assurément, Dieu peut, et vous n'en doutez pas, donner également la parole à toutes les autres bêtes ; il ferait même plus encore : il déciderait un usurier à ouvrir par charité son escarcelle. Cela bien entendu, écoutez tout ce que je sais de la vie de Renart et d'Ysengrin.

Livre premier

Première aventure

Comment Renart emporta de nuit
les bacons d'Ysengrin

Renart, un matin, entra chez son oncle, les yeux troubles, la pelisse hérissée.

— Qu'est-ce, beau neveu ? tu parais en mauvais point, dit le maître du logis ; serais-tu malade ?

— Oui ; je ne me sens pas bien.

— Tu n'as pas déjeuné ?

— Non, et même je n'en ai pas envie.

— Allons donc ! Çà, dame Hersent, levez-vous tout de suite, préparez à ce cher neveu une brochette de rognons et de rate ; il ne la refusera pas.

Hersent quitte le lit et se dispose à obéir. Mais Renart attendait mieux de son oncle ; il voyait trois beaux bacons suspendus au faîte de la salle, et c'est leur fumet qui l'avait attiré.

— Voilà, dit-il, des bacons bien aventurés ! savez-vous, bel oncle, que si l'un de vos voisins (n'importe lequel, ils se valent tous) les apercevait, il en voudrait sa part ? À votre place, je ne perdrais pas un moment pour les détacher, et je dirais bien haut qu'on me les a volés.

21

– Bah ! fit Ysengrin, je n'en suis pas inquiet ; et tel peut les voir qui n'en saura jamais le goût.

– Comment ! si l'on vous en demandait ?

– Il n'y a demande qui tienne ; je n'en donnerais pas à mon neveu, à mon frère, à qui que ce soit au monde.

Renart n'insista pas ; il mangea ses rognons et prit congé. Mais, le surlendemain, il revint à la nuit fermée devant la maison d'Ysengrin. Tout le monde y dormait. Il monte sur le faîte, creuse et ménage une ouverture, passe, arrive aux bacons, les emporte, revient chez lui, les coupe en morceaux et les cache dans la paille de son lit.

Cependant le jour arrive ; Ysengrin ouvre les yeux : qu'est cela ? le toit ouvert, les bacons, ses chers bacons enlevés !

– Au secours ! au voleur ! Hersent ! Hersent ! nous sommes perdus !

Hersent, réveillée en sursaut, se lève échevelée :

– Qu'y a-t-il ? Oh ! quelle aventure ! Nous, dépouillés par les voleurs ! À qui nous plaindre !

Ils crient à qui mieux mieux, mais ils ne savent qui accuser ; ils se perdent en vains efforts pour deviner l'auteur d'un pareil attentat. Renart cependant arrive : il avait bien mangé, il avait le visage reposé, satisfait.

– Eh ! bel oncle, qu'avez-vous ? vous me paraissez en mauvais point ; seriez-vous malade ?

– Je n'en aurais que trop sujet ; nos trois beaux bacons, tu sais ? on me les a pris !

– Ah ! répond en riant Renart, c'est bien cela ! oui, voilà comme il faut dire : on vous les a pris. Bien, très bien ! mais, oncle, ce n'est pas tout, il faut le crier dans la rue, que vos voisins n'en puissent douter.

– Eh ! je te dis la vérité ; on m'a volé mes bacons, mes beaux bacons.

– Allons ! reprend Renart, ce n'est pas à moi qu'il faut dire cela : tel se plaint, je le sais, qui n'a pas le moindre mal. Vos bacons, vous les avez mis à l'abri des allants et venants, vous avez bien fait, je vous approuve fort.

– Comment ! mauvais plaisant, tu ne veux pas m'entendre ? je te dis qu'on m'a volé mes bacons.

– Dites, dites toujours.

– Cela n'est pas bien, fait alors dame Hersent, de ne pas nous croire. Si nous les avions, ce serait pour nous un plaisir de les partager, vous le savez bien.

– Je sais que vous connaissez les bons tours. Pourtant ici tout n'est pas profit : voilà votre maison trouée ; il le fallait, j'en suis d'accord, mais cela demandera de grandes réparations. C'est par là que les voleurs sont entrés, n'est-ce pas ? c'est par là qu'ils se sont enfuis ?

– Oui, c'est la vérité.

– Vous ne sauriez pas dire autre chose.

– Malheur en tout cas, dit Ysengrin, roulant des yeux, à qui m'a pris mes bacons, si je viens à le découvrir !

Renart ne répondit plus ; il fit une belle moue, et s'éloigna en ricanant sous cape. Telle fut la première aventure, les *Enfances* de Renart. Plus tard il fit mieux, pour le malheur de tous, et surtout de son cher compère Ysengrin.

Deuxième aventure

Comment Renart entra dans la ferme
de Constant Desnois ; comment il emporta
Chantecler et comment il ne le mangea pas

Puis, un autre jour, il arrive à Renart de se présenter devant un village au milieu des bois, fort abondamment peuplé de coqs, gelines, jars, oisons et canards. Dans le plessis, messire Constant Desnois, un vilain fort à l'aise, avait sa maison abondamment garnie des meilleures provisions, de viandes fraîches et salées. D'un côté, des pommes et des poires ; de l'autre le parc aux bestiaux, formé d'une enceinte de pieux de chêne recouverts d'aubépins touffus. C'est là que Constant Desnois tenait ses gelines à l'abri de toute surprise. Renart, entré dans le plessis, s'approche doucement de la clôture. Mais les épines entrelacées ne lui permettent pas de franchir la palissade. Il entrevoit les gelines, il suit leurs mouvements, mais il ne sait comment les joindre. S'il quitte l'endroit où il se tenait accroupi, et si même il ose tenter de bondir au-dessus de la barrière, il sera vu sans aucun doute, et pendant que les gelines se jetteront dans les épines, on lui donnera la chasse, on le happera, il n'aura pas le temps d'ôter une plume au moindre poussin. Il a beau se battre les flancs et, pour attirer les

24

gelines, baisser le cou, agiter le bout de sa queue, rien ne lui réussit.

Enfin, dans la clôture, il avise un pieu rompu qui lui promet une entrée facile : il s'élance et tombe dans une plate-bande de choux que le vilain avait ménagée. Mais le bruit de sa chute avait donné l'éveil à la volatile ; les gelines effrayées se sauvent vers les bâtiments. Ce n'était pas le compte de Renart. D'un autre côté, Chantecler le coq revenait d'une reconnaissance dans la haie ; il voit fuir ses vassales, et ne comprenant rien à leur effroi, il les rejoint la plume abaissée, le col tendu. Alors, d'un ton de reproche et de mécontentement :

– Pourquoi cette presse à regagner la maison ? Êtes-vous folles ?

Pinte, la meilleure tête de la troupe, celle qui pond les plus gros œufs, se charge de la réponse :

– C'est que nous avons eu bien peur.

– Et de quoi ? Est-ce au moins de quelque chose ?

– Oui.

– Voyons.

– C'est d'une bête des bois qui pouvait nous mettre en mauvais point.

– Allons ! dit le coq, ce n'est rien apparemment ; restez, je réponds de tout.

– Oh ! tenez, cria Pinte, je viens encore de l'apercevoir.

– Vous ?

– Oui ; au moins ai-je vu remuer la haie et trembler les feuilles de chou sous lesquelles il se tient caché.

— Taisez-vous, sotte que vous êtes, dit fièrement Chantecler, comment un goupil, un putois même pourrait-il entrer ici : la haie n'est-elle pas trop serrée ? Dormez tranquilles ; après tout, je suis là pour vous défendre.

Chantecler dit, et s'en va gratter un fumier qui semblait l'intéresser vivement. Cependant, les paroles de Pinte lui revenaient, et sans savoir ce qui lui pendait à l'œil, il affectait une tranquillité qu'il n'avait pas. Il monte sur la pointe d'un toit, là, un œil ouvert et l'autre clos, un pied crochu et l'autre droit, il observe et regarde çà et là par intervalles, jusqu'à ce que, las de veiller et de chanter, il se laisse involontairement aller au sommeil. Alors il est visité par un songe étrange : il croit voir un objet qui de la cour s'avance vers lui, et lui cause un frisson mortel. Cet objet présentait une pelisse rouge engoulée ou bordée de petites pointes blanches ; il endossait la pelisse fort étroite d'entrée, et, ce qu'il ne comprenait pas, il la revêtait par le collet, si bien qu'en y entrant, il allait donner de la tête vers la naissance de la queue. D'ailleurs, la pelisse avait la fourrure en dehors, ce qui était tout à fait contre l'usage des pelisses.

Chantecler épouvanté tressaille et se réveille :

— Saint-Esprit ! dit-il en se signant, défends mon corps de mort et de prison !

Il saute en bas du toit et va rejoindre les poules dispersées sous les buissons de la haie. Il demande Pinte, elle arrive.

— Ma chère Pinte, je te l'avoue, je suis inquiet à mon tour.

– Vous voulez vous railler de nous apparemment, répond la geline ; vous êtes comme le chien qui crie avant que la pierre ne le touche. Voyons, que vous est-il arrivé ?

– Je viens de faire un songe étrange, et vous allez m'en dire votre avis. J'ai cru voir arriver à moi je ne sais quelle chose portant une pelisse rousse, bien taillée sans trace de ciseaux. J'étais contraint de m'en affubler ; la bordure avait la blancheur et la dureté de l'ivoire ; la fourrure était en dehors, on me la passait en sens contraire, et comme j'essayais de m'en débarrasser, je tressaillis et me réveillai. Dites-moi, vous qui êtes sage, ce qu'il faut penser de tout cela.

– Eh bien ! tout cela, dit sérieusement Pinte, n'est que songe, et tout songe, dit-on, est mensonge. Cependant je crois deviner ce que le vôtre peut annoncer. L'objet porteur d'une rousse pelisse n'est autre que le goupil, qui voudra vous en affubler. Dans la bordure semblable à des grains d'ivoire, je reconnais les dents blanches dont vous sentirez la solidité. L'encolure si étroite de la pelisse c'est le gosier de la méchante bête ; par elle passerez-vous et pourrez-vous de votre tête toucher la queue dont la fourrure sera en dehors. Voilà le sens de votre songe ; et tout cela pourra bien vous arriver avant midi. N'attendez donc pas, croyez-moi ; lâchons tous le pied, car, je vous le répète, il est là, là dans ce buisson, épiant le moment de vous happer.

Mais Chantecler, entièrement réveillé, avait repris sa première confiance.

– Pinte, ma mie, dit-il, voilà de vos terreurs, et votre

faiblesse ordinaire. Comment pouvez-vous supposer que moi, je me laisse prendre par une bête cachée dans votre parc ! Vous êtes folle en vérité, et bien fou celui qui s'épouvante d'un rêve.

— Il en sera donc, dit Pinte, ce que Dieu voudra : mais que je n'aie plus la moindre part à vos bonnes grâces, si le songe que vous m'avez raconté demande une autre explication.

— Allons, allons, ma toute belle, dit Chantecler en se rengorgeant, assez de caquet comme cela.

Et de retourner au tas qu'il se plaisait à grattiller. Peu de temps après, le sommeil lui avait de nouveau fermé les yeux.

Or Renart n'avait rien perdu de l'entretien de Chantecler et de Pinte. Il avait vu avec satisfaction la confiance du coq, et quand il le crut bien rendormi, il fit un mouvement, mit doucement un pas devant l'autre, puis s'élança pour le happer d'un seul bond. Mais si doucement ne put-il avancer que Chantecler ne le devinât, et n'eût le temps de faire un saut et d'éviter l'atteinte, en volant de l'autre côté du fumier. Renart voit avec dépit qu'il a manqué son coup ; et maintenant, le moyen de retenir la proie qui lui échappe ?

— Ah ! mon Dieu, Chantecler, dit-il de sa voix la plus douce, vous vous éloignez comme si vous aviez peur de votre meilleur ami. De grâce, laissez-moi vous dire combien je suis heureux de vous voir si dispos et si agile. Nous sommes cousins germains, vous savez.

Chantecler ne répondit pas, soit qu'il restât défiant, soit que le plaisir de s'entendre louer par un parent qu'il avait méconnu lui ôtât la parole. Mais pour montrer qu'il n'avait pas peur, il entonna un brillant sonnet.

– Oui, c'est assez bien chanté, dit Renart, mais vous souvient-il du bon Chanteclin qui vous mit au monde ? Ah ! c'est lui qu'il fallait entendre. Jamais personne de sa race n'en approchera. Il avait, je m'en souviens, la voix si haute, si claire, qu'on l'écoutait une lieue à la ronde, et pour prolonger les sons tout d'une haleine, il lui suffisait d'ouvrir la bouche et de fermer les yeux.

– Cousin, fait alors Chantecler, vous voulez apparemment railler.

– Moi, railler un ami, un parent aussi proche ? Ah ! Chantecler, vous ne le pensez pas. La vérité c'est que je n'aime rien tant que la bonne musique, et je m'y connais. Vous chanteriez bien si vous vouliez ; clignez seulement un peu de l'œil, et commencez un de vos meilleurs airs.

– Mais d'abord, dit Chantecler, puis-je me fier à vos paroles ? Éloignez-vous un peu, si vous voulez que je chante : vous jugerez mieux, à distance, de l'étendue de mon fausset.

– Soit, dit Renart, en reculant à peine, voyons donc, cousin, si vous êtes réellement fils de mon bon oncle Chanteclin.

Le coq, un œil ouvert, l'autre fermé, et toujours un peu sur ses gardes, commence alors un grand air.

– Franchement, dit Renart, cela n'a rien de vraiment remarquable ; mais Chanteclin, ah ! c'était lui : quelle différence ! Dès qu'il avait fermé les yeux, il prolongeait les traits au point qu'on l'entendait bien au-delà du plessis. Franchement, mon pauvre ami, vous n'en approchez pas.

Ces mots piquèrent assez Chantecler pour lui faire oublier tout, afin de se relever dans l'estime de son cousin : il cligna des yeux, il lança une note qu'il prolongeait à perte d'haleine, quand l'autre, croyant le bon moment venu, s'élance comme une flèche, le saisit au col et se met à la fuite avec sa proie. Pinte, qui le suivait des yeux, pousse alors un cri des plus aigus.

– Ah ! Chantecler, je vous l'avais bien dit ; pourquoi ne m'avoir pas crue ! Voilà Renart qui vous emporte. Ah ! pauvre dolente ! Que vais-je devenir, privée de mon époux, de mon seigneur, de tout ce que j'aimais au monde !

Cependant au moment où Renart saisissait le pauvre coq, le jour tombait, et la vieille femme, gardienne de l'enclos, ouvrait la porte du gelinier. Elle appelle Pinte, Bise, Roussette ; personne ne répond ; elle lève les yeux, elle voit Renart emportant Chantecler à toutes jambes.

– Haro, Haro ! s'écria-t-elle, au Renart, au voleur !
Et les vilains d'accourir de tous côtés.

– Qu'y a-t-il ? pourquoi cette clameur ?

– Haro ! crie de nouveau la vieille, le goupil emporte mon coq.

– Eh ! pourquoi, méchante vieille, dit Constant Desnois, l'avez-vous laissé faire ?

– Parce qu'il n'a pas voulu m'attendre.

– Il fallait le frapper.

– Avec quoi ?

– De votre quenouille.

– Il courait trop fort ; vos chiens bretons ne l'auraient pas rejoint.

– Par où va-t-il ?

– De ce côté ; tenez, le voyez-vous là-bas ?

Renart franchissait alors les haies ; mais les vilains l'entendirent tomber de l'autre côté et tout le monde se mit à sa poursuite. Constant Desnois lâche Mauvoisin, son gros dogue. On retrouve la piste, on l'approche, on va l'atteindre. *Le goupil ! le goupil !* Renart n'en courait que plus vite.

– Sire Renart, dit alors le pauvre Chantecler d'une voix entrecoupée, laisserez-vous ainsi maugréer ces vilains ? À votre place je m'en vengerais, et je les gaberais à mon tour. Quand Constant Desnois dira à ses valets : *Renart l'emporte* ; répondez : *Oui, à votre nez, et malgré vous.* Cela seul les fera taire.

On l'a dit bien souvent ; il n'est sage qui parfois ne follie. Renart, le trompeur universel, fut ici trompé lui-même, et quand il entendit la voix de Constant Desnois, il prit plaisir à lui répondre : « Oui, vilains, je prends votre coq, et malgré vous. » Mais Chantecler, dès qu'il ne sent plus l'étreinte des dents, fait un effort, échappe, bat des ailes, et le voilà sur les hautes branches d'un pommier voisin, tandis que, dépité et surpris, Renart revient sur ses pas et comprend la sottise irréparable qu'il a faite.

– Ah ! mon beau cousin, lui dit le coq, voilà le moment de réfléchir sur les changements de fortune.

– Maudite soit, dit Renart, la bouche qui s'avise de parler quand elle doit se taire !

– Oui, reprend Chantecler, et la malegoute crève l'œil qui va se fermer quand il devait s'ouvrir plus grand que jamais. Voyez-vous, Renart, fol toujours sera qui de rien vous croira : au diable votre beau cousinage ! J'ai vu le moment où j'allais le payer bien cher ; mais pour vous, je vous engage à jouer des jambes, si pourtant vous tenez à votre pelisse.

Renart ne s'amusa pas à répondre. Une fourrée le mit à l'abri des chasseurs. Il s'éloigna, l'âme triste et la panse vide, tandis que le coq, longtemps avant le retour des vilains, regagnait joyeusement l'enclos, et rendait par sa présence le calme à tant d'amies que son malheur avait douloureusement affectées.

Le translateur

Il n'y a rien de plus certain au monde que les démêlés de Renart avec le coq et les gelines. Mais on n'est pas d'accord sur toutes les circonstances de la lutte : on varie sur les lieux, sur le nom des victimes et sur plusieurs détails d'une certaine gravité. Je ne me prononce pas ; mais pour vous mettre en état de distinguer de quel côté est la plus grande exactitude, je vais joindre au récit de ce qui s'était passé chez Constant Desnois l'aventure de la ferme de Berton le Maire. C'est, à mon avis, la même affaire différemment racontée, comme cela se voit toujours dès qu'il y a deux historiens plus ou moins oculaires. J'espère que la deuxième relation, apportée par Pierre de Saint-Cloud, vous amusera pour le moins autant que l'autre.

Écoutez.

Troisième aventure

Comment Berton le Maire fut trompé
par Renart, et comment Renart
fut trompé par Noiret

Pierre, qui vint au monde à Saint-Cloud, cédant au désir de ses amis, a longtemps veillé pour mettre en vers plusieurs joyeux tours de Renart, ce méchant nain dont tant de bonnes âmes ont eu droit de se plaindre. Si l'on veut faire un peu silence, on pourra trouver ici matière à plus d'un bon enseignement.

C'était au mois de mai, temps où monte la fleur sur l'aubépin, où les bois, les prés reverdissent, où les oiseaux disent, nuit et jour, chansons nouvelles. Renart seul n'avait pas toutes ses joies, même dans son château de Maupertuis : il était à la fin de ses ressources ; déjà sa famille, n'ayant plus rien à mettre sous la dent, poussait des cris lamentables, et sa chère Hermeline, nouvellement relevée, était surtout épuisée de besoin. Il se résigna donc à quitter cette retraite ; il partit, en jurant sur les saintes reliques de ne pas revenir sans rapporter au logis d'abondantes provisions. Il entre dans le bois, laissant à gauche la route frayée ; car les chemins n'ont pas été faits pour son usage. Après mille et mille détours, il descend enfin dans la prairie.

— Ah ! sainte Marie ! dit-il alors, où trouver jamais lieux plus agréables ! C'est le Paradis terrestre ou peu s'en faut : des eaux, des fleurs, des bois, des monts et des prairies. Heureux qui pourrait vivre ici de sa pleine vie, avec une chasse toujours abondante et facile ! Mais les champs les plus verts, les fleurs les plus odorantes n'empêchent pas ce proverbe d'être vrai : *le besoin fait vieilles trotter.*

Renart, en poussant un long gémissement, se remit à la voie. La faim, qui chasse le loup hors du bois, lui donnait des jambes. Il descend, il monte, il épie de tous côtés si d'aventure quelque oiseau, quelque lapin ne vient pas à sa portée. Un sentier conduisait à la ferme voisine ; Renart le suit, résolu de visiter les lieux à ses risques et périls. Le voilà devant la clôture : mais tout en suivant les détours de haies et de sureaux, il dit une oraison pour que Dieu le garde de malencontre, et lui envoie de quoi rendre la joie à sa femme et à toute sa famille.

Avant d'aller plus loin, il est bon de vous dire que la ferme était au vilain le plus aisé qu'on pût trouver d'ici jusqu'à Troyes (j'entends Troyes la petite, celle où ne régna jamais le roi Priam). La maison tenant au plessis était abondamment pourvue de tout ce qu'il est possible de désirer à la campagne : bœufs et vaches, brebis et moutons ; des gelines, des chapons, des œufs, du fromage et du lait. Heureux Renart, s'il peut trouver le moyen d'y entrer ! Mais c'était là le difficile. La maison, la cour et les jardins, tout était fermé de pieux longs, aigus et solides, protégés eux-mêmes par un fossé rempli d'eau. Je n'ai pas besoin d'ajouter que les jardins étaient ombragés d'arbres chargés des plus beaux fruits ; ce n'était pas là ce qui éveillait l'attention de Renart.

Le vilain avait nom Bertrand ou Berton le Maire ; homme assez peu subtil, très avare et surtout désireux d'accroître sa chevance. Plutôt que de manger une de ses gelines, il eût laissé couper ses grenons, et jamais aucun de ses nombreux chapons n'avait couru le danger d'entrer dans sa marmite. Mais il en envoyait chaque semaine un certain nombre au marché. Pour Renart, il avait des idées toutes différentes sur le bon usage des chapons et des gelines ; et s'il entre dans la ferme, on peut être sûr qu'il voudra juger par lui-même du goût plus ou moins exquis de ces belles pensionnaires.

De bonheur pour lui, Berton était, ce jour-là, seul à la maison. Sa femme venait de partir pour aller vendre son fil à la ville, et les garçons étaient dispersés dans les champs, chacun à son ouvrage. Renart, parvenu au pied des haies par un étroit sentier qui séparait deux blés, aperçut tout d'abord, en plein soleil, nombre chapons, et Noiret tout au milieu, clignant les yeux d'un air indolent, tandis que, près de lui, gelines et poussins grattaient à qui mieux mieux la paille amassée derrière un buisson d'épines. Quel irritant aiguillon pour la faim qui le tourmentait ! Mais ici l'adresse et l'invention servaient de peu : il va, vient, fait et refait le tour des haies, nulle part la moindre trouée. À la fin, cependant, il remarque un pieu moins solidement tenu et comme pourri de vieillesse, près d'un sillon qui servait à l'écoulement des eaux grossies par les pluies d'orage. Il s'élance, franchit le ruisseau, se coule dans la haie, s'arrête, et déjà ses barbes frissonnent de plaisir à l'idée de la chair savoureuse d'un gros chapon qu'il avise. Immobile, aplati sous une tige épineuse, il guette le moment, il écoute. Cependant Noiret, dans toutes les joies de la confiance, se carre dans le jardin, appelle ses gelines, les flatte ou les gourmande, et se rapprochant de l'endroit où Renart se tient caché, il y commence à gratteler. Tout à coup Renart paraît et s'élance ; il croit le saisir, mais il manque son coup. Noiret se jette vivement de côté, vole, saute et court en poussant des cris de détresse. Berton l'entend ; il sort du logis, cherche d'où vient le tumulte, et reconnaît bientôt le goupil à la poursuite de son coq.

– Ah ! c'est vous, maître larron ! vous allez avoir affaire à moi.

Il rentre alors à la maison, pour prendre non pas une arme tranchante (il sait qu'un vilain n'a pas droit d'en faire usage contre une bête sauvage), mais un filet enfumé, tressé je crois par le diable, tant le réseau en était habilement travaillé. C'est ainsi qu'il compte prendre le malfaiteur. Renart voit le danger et se blottit sous une grosse tête de chou. Berton, qui n'avait chassé ni volé de sa vie, se contente d'étendre les rets en travers sur la plate-bande, en criant le plus haut qu'il peut, pour mieux effrayer Renart :

– Ah ! le voleur, ah ! le glouton ! nous le tenons enfin !

Et ce disant, il frappait d'un bâton sur les choux, si bien que Renart, ainsi traqué, prend le parti de sauter d'un grand élan ; mais où ? en plein filet. Sa position devient de plus en plus mauvaise : le réseau le serre, l'enveloppe ; il est pris par les pieds, par le ventre, par le cou. Plus il se démène, plus il s'enlace et s'entortille. Le vilain jouit de son supplice :

– Ah ! Renart, ton jugement est rendu, te voilà condamné sans rémission.

Et pour commencer la justice, Berton lève le pied qu'il vient poser sur la gorge du prisonnier. Renart prend son temps ; il saisit le talon, serre les dents, et les cris aigus de Berton lui servent de première vengeance. La douleur de la morsure fut même assez grande pour faire tomber le vilain sans connaissance ; mais, revenu bientôt à lui, il fait de grands efforts pour se dégager ; il lève les poings, frappe sur le dos, les oreilles et le cou de Renart qui se défend comme il peut, sans pour cela desserrer les dents. Il fait plus : d'un mouvement habile, il arrête au passage la main droite de Berton, qu'il réunit au talon déjà conquis. Pauvre Berton, que venais-tu faire contre Renart ! Pourquoi ne pas lui avoir laissé coq, chapons et gelines ! N'était-ce pas assez de l'avoir pris au filet ? *Tant gratte la chèvre que mal gist*, c'est un sage proverbe dont tu aurais bien dû te souvenir plus tôt.

Ainsi devenu maître du talon et de la main, Renart change de gamme, et prenant les airs vainqueurs :

– Par la foi que j'ai donnée à ma mie, tu es un vilain mort. Ne compte pas te racheter ; je n'en prendrais pas le trésor de l'empereur ! tu es là mieux enfermé que Charlemagne ne l'était dans Lançon.

Rien ne peut alors se comparer à l'effroi, au désespoir du vilain. Il pleure des yeux, il soupire du cœur, il crie merci du ton le plus pitoyable.

– Ah ! pitié, sire Renart, pitié au nom de Dieu !
Ordonnez, dites ce que vous attendez de moi, j'obéirai ;
voulez-vous me recevoir pour votre homme, le reste de
ma vie ? Voulez-vous…

– Non, vilain, je ne veux rien : tout à l'heure tu
m'accablais d'injures, tu jurais de n'avoir de moi merci :
c'est mon tour à présent ; par saint Paul c'est toi dont
on va faire justice, méchant larron ! je te tiens et je te
garde, j'en prends à témoin saint Julien, qui te punira
de m'avoir si mal hostelé.

– Monseigneur Renart, reprend le vilain en sanglo-
tant, soyez envers moi miséricordieux : ne me faites pas
du pis que vous pourriez. Je le sais, j'ai mépris envers
vous, je m'en accuse humblement. Décidez de l'amende
et je l'acquitterai. Recevez-moi comme votre homme,
comme votre serf ; prenez ma femme et tout ce qui
m'appartient. La composition n'en vaut-elle la peine ?
Dans mon logis, vous trouverez tout à souhait, tout est
à vous : je n'aurai jamais pièce dont vous ne receviez la
dîme ; n'est-ce rien que d'avoir à son service un homme
qui peut disposer de tant de choses !

Il faut le dire ici, à l'éloge de damp Renart, quand il
entendit le vilain prier et pleurer pour avoir voulu
défendre son coq, il se sentit ému d'une douce pitié.

– Allons, vilain, lui dit-il, tais-toi, ne pleure plus.
Cette fois on pourra te pardonner ; mais que jamais tu
n'y reviennes, car alors je ne veux revoir ni ma femme
ni mes enfants si tu échappes à ma justice. Avant de
retirer ta main et ton pied, tu vas prendre l'engagement de ne rien faire jamais contre moi. Puis, aussitôt

lâché, tu feras acte d'hommage et mettras en abandon tout ce que tu possèdes.

— Je m'y accorde de grand cœur, dit le vilain, et le Saint-Esprit me soit garant que je serai trouvé loyal en toute occasion.

Berton parlait sincèrement ; car au fond, malgré son avarice, il était prudhomme ; on pouvait croire en lui comme en un prêtre.

— J'ai confiance en toi, lui dit Renart ; je sais que tu as renom de prudhommie.

Il lui rend alors la liberté, et le premier usage que Berton en fait, c'est de se jeter aux genoux de Renart, d'arroser sa pelisse de ses larmes, d'étendre la main délivrée vers le moutier le plus voisin, en prononçant le serment de l'hommage dans la forme accoutumée.

— Maintenant, dit Renart, et avant tout, débarrasse-moi de ton odieux filet.

Le vilain obéit, Renart est redevenu libre.

— Puisque tu es désormais tenu de faire mon beau vouloir, je vais sur-le-champ te mettre à l'épreuve. Tu sais ce beau Noiret que j'ai guetté toute la journée, il faut que tu me l'apportes ; je mets à ce prix mon amitié pour toi et ton affranchissement de l'hommage que tu as prononcé.

— Ah ! monseigneur, répondit Berton, pourquoi ne demandez-vous pas mieux ? Mon coq est dur et coriace, il a plus de deux ans. Je vous propose en échange trois tendres poulets, dont les chairs et les os seront assurément moins indignes de vous.

— Non, bel ami, reprend Renart, je n'ai cure de tes poulets ; garde-les et me va chercher le coq.

Le vilain gémit, ne répondit pas, s'éloigna, courut à Noiret, le chassa, l'atteignit, et le ramenant devant Renart :

— Voilà, sire, le Noiret que vous désirez : mais, par saint Mandé, je vous aurais donné plus volontiers mes deux meilleurs chapons. J'aimais beaucoup Noiret : il n'y eut jamais coq plus empressé, plus vigilant auprès de mes gelines ; en revanche, il en était vivement chéri. Mais vous l'avez voulu, monseigneur, je vous le présente.

— C'est bien, Berton, je suis content, et pour le prouver, je te tiens quitte de ton hommage.

— Grand merci, damp Renart, Dieu vous le rende et madame Sainte Marie !

Berton s'éloigne, et Renart, tenant Noiret entre ses dents, prend le chemin de Maupertuis, joyeux de penser qu'il pourra bientôt partager avec Hermeline, sa bien-aimée, la chair et les os de la pauvre bête. Mais il ne sait pas ce qui lui pend à l'œil. En passant sous une voûte qui traversait le chemin d'un autre village, il entend le coq gémir et se plaindre. Renart, assez tendre ce jour-là, lui demande bonnement ce qu'il a tant à pleurer.

— Vous le savez bien, dit le coq ; maudite l'heure où je suis né ! devais-je être ainsi payé de mes services auprès de ce Berton, le plus ingrat des vilains !

— Pour cela, Noiret, dit Renart, tu as tort, et tu devrais montrer plus de courage. Écoute-moi un peu, mon bon Noiret. Le seigneur a-t-il droit de disposer de son serf ? Oui, n'est-ce pas ? aussi vrai que je suis chrétien, au maître de commander, au serf d'obéir. Le serf doit donner sa vie pour son maître ; bien plus, il ne saurait désirer de meilleure, de plus belle mort. Tu sais bien cela, Noiret, on te l'a cent fois répété. Eh bien ! sans toi, Berton aurait payé de sa personne : s'il ne t'avait pas eu pour racheter son corps, il serait mort à l'heure qu'il est. Reprends donc courage, ami Noiret : en échange d'une mort belle et glorieuse, tu auras la compagnie des anges, et tu jouiras, pendant l'éternité, de la vue de Dieu lui-même.

— Je le veux bien, sire Renart, répondit Noiret, ce n'est pas la mort qui m'afflige et me révolte ; car après tout, je finirai comme les Croisés, et je suis assuré, comme eux, d'une bonne soudée. Si je me désole, c'est pour les chapons mes bons amis, surtout pour ces chères et belles gelines que vous avez vues le long des haies, et qui seront un jour mangées, sans le même profit pour leurs âmes. Allons ! n'y pensons plus. Mais donnez-moi du courage, damp Renart ; par exemple, vous feriez une bonne œuvre si vous me disiez une petite chanson pieuse pour m'aider à mieux gagner l'entrée du Paradis. J'oublierais qu'il me faut mourir, et j'en serais mieux reçu parmi les élus.

— N'est-ce que cela, Noiret ? reprend aussitôt Renart, eh ! que ne le disais-tu ? Par la foi que je dois à Herme-line, il ne sera pas dit que tu sois refusé ; écoute plutôt.

Renart se mit alors à entonner une chansonnette nouvelle, à laquelle Noiret semblait prendre grand plaisir. Mais comme il filait un trait prolongé, Noiret fait un mouvement, s'échappe, bat des ailes, et gagne le haut d'un grand orme voisin. Renart le voit, veut l'ar-rêter : il est déjà trop tard. Il se dresse sur le tronc de l'arbre, saute, et n'en peut atteindre les rameaux.

– Ah ! Noiret, dit-il, cela n'est pas bien : je vois que vous m'avez vilainement gabé.

– Vous le voyez ? dit Noiret, eh bien ! tout à l'heure vous ne le voyiez pas. Possible, en effet, que vous ayez eu tort de chanter ; aussi, je ne vous demande pas de continuer le même air. Bonjour, damp Renart ! allez vous reposer ; quand vous aurez bien dormi, vous trouverez peut-être une autre proie !

Renart, tout confus, ne sait que faire et que résoudre.

– Par sainte Anne ! dit-il, le proverbe est juste : beau chanter nuit ou ennuie ; et le vilain dit avec raison : entre la bouche et la cuiller il y a souvent encombre. J'en ai fait l'épreuve. Caton a dit aussi : à beau manger peu de paroles. Pourquoi ne m'en suis-je pas souvenu !

Tout en s'éloignant il murmurait encore :

– Mauvaise et sotte journée ! On dit que je suis habile, et que le bœuf ne saurait labourer comme je sais leurrer ; voilà pourtant un méchant coq qui me donne une leçon de tromperie ! Puisse au moins la chose demeurer secrète, et ne pas aller jusqu'à la cour ! c'en serait fait de ma réputation.

Le translateur

Ésope avait fait chanter le corbeau, longtemps avant la naissance de Chantecler et de Noiret. Il y a toujours eu (dans les temps anciens, bien entendu) des gens fort habiles à faire chanter les autres. Écoutez comment Pierre de Saint-Cloud a su donner un nouvel agrément à la fable ésopienne du Renard et du Corbeau.

Quatrième aventure

Comment Tiecelin le corbeau
prit un fromage à la vieille,
et comment Renart le prit à Tiecelin

Dans une plaine fleurie que bornaient deux montagnes et qu'une eau limpide arrosait, Renart, un jour, aperçut de la rive opposée, un fau solitaire planté loin de tout chemin frayé, à la naissance de la montée. Il franchit le ruisseau, gagne l'arbre, fait autour du tronc ses passes ordinaires, puis se vautre délicieusement sur l'herbe fraîche, en soufflant pour se bien refroidir. Tout dans ce lieu le charmait ; tout, je me trompe, car il sentait un premier aiguillon de faim, et rien ne lui donnait l'espoir de l'apaiser. Pendant qu'il hésitait sur ce qu'il avait à faire, damp Tiecelin, le corbeau, sortait du bois voisin, planait dans la prairie et allait s'abattre dans un plessis qui semblait lui promettre bonne aventure.

Là se trouvait un millier de fromages qu'on avait exposés, pour les sécher, à un tour de soleil. La gardienne était rentrée pour un moment au logis, et Tiecelin saisissant l'occasion, s'arrêta sur un des plus beaux et reprit son vol au moment où la vieille reparaissait.

– Ah ! mon beau monsieur, c'est pour vous que séchaient mes fromages !

45

Disant cela, la vieille jetait pierres et cailloux.

– Tais-toi, tais-toi, la vieille, répond Tiecelin ; quand on demandera qui l'a pris, tu diras : C'est moi, c'est moi ! car la mauvaise garde nourrit le loup.

Tiecelin s'éloigne et s'en vient percher sur le fau qui couvrait damp Renart de son frais ombrage. Réunis par le même arbre, leur situation était loin d'être pareille. Tiecelin savourait ce qu'il aimait le mieux ; Renart, également friand du fromage et de celui qui en était le maître, les regardait sans espoir de les atteindre. Le fromage à demi séché donnait une entrée facile aux coups de bec : Tiecelin en tire le plus jaune et le plus tendre ; puis il attaque la croûte dont une parcelle lui échappe et va tomber au pied de l'arbre. Renart lève la tête et salue Tiecelin qu'il voit fièrement campé, le fromage dressé dans les pattes.

– Oui, je ne me trompe pas ; oui, c'est damp Tiecelin. Que le bon Dieu vous protège, compère, vous et l'âme de votre père, le fameux chanteur ! Personne autrefois, dit-on, ne chantait mieux que lui en France. Vous-même, si je m'en souviens, vous faisiez aussi de la musique : ai-je rêvé que vous avez longtemps appris à jouer de l'orgue ? Par ma foi, puisque j'ai le plaisir de vous rencontrer, vous consentirez bien, n'est-ce pas, à me dire une petite ritournelle.

Ces paroles furent pour Tiecelin d'une grande douceur, car il avait la prétention d'être le plus agréable musicien du monde. Il ouvre donc aussitôt la bouche et fait entendre un *crah* prolongé.

– Est-ce bien, cela, damp Renart ?

– Oui, dit l'autre, cela n'est pas mal : mais si vous vouliez, vous monteriez encore plus haut.

– Écoutez-moi donc.

Il fait alors un plus grand effort de gosier.

– Votre voix est belle, dit Renart, mais elle serait plus belle encore si vous ne mangiez pas tant de noix. Continuez pourtant, je vous prie.

L'autre, qui veut absolument emporter le prix de chant, s'oublie tellement que, pour mieux filer le son, il ouvre peu à peu les ongles et les doigts qui retenaient le fromage et le laisse tomber justement aux pieds de Renart. Le glouton frémit alors de plaisir ; mais il se contient, dans l'espoir de réunir au fromage le vaniteux chanteur.

– Ah ! Dieu, dit-il en paraissant faire un effort pour se lever, que de maux le Seigneur m'a envoyés en ce monde ! Voilà que je ne puis changer de place, tant je souffre du genou ; et ce fromage qui vient de tomber m'apporte une odeur infecte et insupportable. Rien de plus dangereux que cette odeur pour les blessures des jambes ; les médecins me l'avaient bien dit, en me recommandant de ne jamais en goûter. Descendez, je vous prie, mon cher Tiecelin, venez m'ôter cette abomination. Je ne vous demanderais pas ce petit service, si je ne m'étais l'autre jour rompu la jambe dans un maudit piège tendu à quelques pas d'ici. Je suis condamné à demeurer à cette place jusqu'à ce qu'une bonne emplâtre vienne commencer ma guérison.

Comment se méfier de telles paroles accompagnées de toutes sortes de grimaces douloureuses ! Tiecelin d'ailleurs était dans les meilleures dispositions pour celui qui venait enfin de reconnaître l'agrément de sa voix. Il descendit donc de l'arbre ; mais une fois à terre, le voisinage de Renart le fit réfléchir. Il avança pas à pas, l'œil au guet, et en se traînant sur le croupion.

– Mon Dieu ! disait Renart, hâtez-vous donc, avancez ; que pouvez-vous craindre de moi, pauvre impotent ?

Tiecelin s'approcha davantage, mais Renart, trop impatient, s'élance et le manque, ne retenant en gage que trois ou quatre plumes.

– Ah ! traître Renart ! dit alors Tiecelin, je devais bien savoir que vous me tromperiez ! J'en suis pour quatre de mes plus beaux tuyaux ; mais c'est là tout ce que vous aurez, méchant et puant larron, que Dieu maudisse !

Renart, un peu confus, voulut se justifier. C'était une attaque de goutte qui l'avait fait malgré lui sauter. Tiecelin ne l'écouta pas :

– Garde le fromage, je te l'abandonne ; quant à ma peau tu ne l'auras pas. Pleure et gémis maintenant à ton aise, je ne viendrai pas à ton secours.

– Eh bien, va-t'en, braillard de mauvais augure, dit Renart en reprenant son naturel ; cela me consolera de n'avoir pu te clore le bec. Par Dieu ! reprit-il ensuite, voilà vraiment un excellent fromage ; je n'en ai jamais mangé de meilleur ; c'est juste le remède qu'il me fallait pour le mal de jambes.

Et, le repas achevé, il reprit lestement le chemin des bois.

Cinquième aventure

Comment Renart ne put obtenir
de la mésange le baiser de paix

Renart commençait à se consoler des méchants tours de Chantecler et de Tiecelin quand, sur la branche d'un vieux chêne, il aperçut la mésange, laquelle avait déposé sa couvée dans le tronc de l'arbre. Il lui donna le premier salut :

— J'arrive bien à propos, commère ; descendez, je vous prie ; j'attends de vous le baiser de paix, et j'ai promis que vous ne le refuseriez pas.

— À vous, Renart ? fait la mésange. Bon, si vous n'étiez pas ce que vous êtes, si l'on ne connaissait vos tours et vos malices ! Mais, d'abord, je ne suis pas votre commère ; seulement, vous le dites pour ne pas changer d'habitudes en prononçant un mot de vérité.

— Que vous êtes peu charitable ! répond Renart, votre fils est bien mon filleul par la grâce du saint baptême, et je n'ai jamais mérité de vous déplaire. Mais si je l'avais fait, je ne choisirais pas un jour comme celui-ci pour recommencer. Écoutez bien : sire Noble, notre roi, vient de proclamer la paix générale ; plaise à Dieu qu'elle soit de longue durée ! Tous les barons l'ont jurée, tous ont promis d'oublier les anciens sujets de querelle. Aussi les petites gens sont dans la joie ; le temps est passé des disputes, des procès et des meurtres ; chacun aimera son voisin, et chacun pourra dormir tranquille.

— Savez-vous, damp Renart, dit la mésange, que vous dites là de belles choses ? Je veux bien les croire à demi ; mais cherchez ailleurs qui vous baise, ce n'est pas moi qui donnerai l'exemple.

— En vérité, commère, vous poussez la défiance un peu loin ; je m'en consolerais, si je n'avais juré d'obtenir le baiser de paix de vous comme de tous les autres. Tenez, je fermerai les yeux pendant que vous descendrez m'embrasser.

— S'il en est ainsi, je le veux bien, dit la mésange. Voyons vos yeux : sont-ils bien fermés ?

— Oui.

— J'arrive.

Cependant l'oiseau avait garni sa patte d'un petit flocon de mousse qu'il vint déposer sur les barbes de Renart. À peine celui-ci a-t-il senti l'attouchement qu'il fait un bond pour saisir la mésange, mais ce n'était pas elle, il en fut pour sa honte.

— Ah ! voilà donc votre paix, votre baiser ! Il ne tient pas à vous que le traité ne soit déjà rompu.

— Eh ! dit Renart, ne voyez-vous pas que je plaisante ? je voulais voir si vous étiez peureuse. Allons ! recommençons ; tenez, me voici les yeux fermés.

La mésange, que le jeu commençait à amuser, vole et sautille, mais avec précaution. Renart montrant une seconde fois les dents :

— Voyez-vous, lui dit-elle, vous n'y réussirez pas ; je me jetterais plutôt dans le feu que dans vos bras.

— Mon Dieu ! dit Renart, pouvez-vous ainsi trembler au moindre mouvement ! Vous supposez toujours un piège caché : c'était bon avant la paix jurée. Allons ! une troisième fois, c'est le vrai compte ; en l'honneur de Sainte Trinité. Je vous le répète ; j'ai promis de vous donner le baiser de paix, je dois le faire, ne serait-ce que pour mon petit filleul que j'entends chanter sur l'arbre voisin.

Renart prêche bien sans doute, mais la mésange fait la sourde oreille et ne quitte plus la branche de chêne.

Cependant voici des veneurs et des braconniers, les chiens et les coureurs de damp abbé, qui s'embatent de leur côté. On entend le son des grailes et des cors, puis tout à coup : *Le goupil ! le goupil !* Renart, à ce cri terrible, oublie la mésange, serre la queue entre les jambes, pour donner moins de prise à la dent des lévriers. Et la mésange alors de lui dire :

— Renart ! pourquoi donc vous éloigner ? La paix n'est-elle pas jurée ?

— Jurée, oui, répond Renart, mais non publiée. Peut-être ces jeunes chiens ne savent-ils pas encore que leurs pères l'ont arrêtée.

— Demeurez, de grâce ! je descends pour vous embrasser.

— Non ; le temps presse, et je cours à mes affaires.

Sixième aventure

Comment le frère convers
ne détacha pas les chiens

Mais pour surcroît de danger, en s'éloignant de la mésange afin de rentrer dans le bois, il se trouve en présence d'un de ces demi-vilains, demi-valets qui, par charité ou pour quelque redevance, obtenaient la faveur de vivre de la vie des moines, qu'ils servaient ou dont ils gardaient les terres et les courtils. On les désignait sous le nom de frères convers ou convertis à la vie monacale ; gens peu considérés, et qui méritaient rarement de l'être davantage. Celui-ci avait la charge de tenir en laisse deux veautres ou lévriers. Bientôt le premier valet qui aperçoit Renart lui crie à haute voix : *Délie, délie !* Renart comprend le danger ; au lieu de tenter une fuite devenue impossible, il aborde résolument le frère convers, qui s'adressant à lui :

— Ah ! méchante bête, c'est fait de vous !

— Sire religieux, dit Renart, vous ne faites pas que prudhomme, aucun ne doit être privé de son droit. Ne voyez-vous pas qu'entre les autres chiens et moi, nous courons un enjeu que gagnera le premier arrivé ? Si vous lâchez les deux veautres, ils m'empêcheront de disputer le prix, et vous en aurez tout le blâme.

Le frère convers, homme simple de sa nature, réfléchit, se gratta le front : « Par Notre-Dame, se dit-il, damp Renart pourrait bien avoir raison. » Il ne lâcha donc pas les lévriers, et se contenta de souhaiter bonne chance à Renart. Celui-ci, pressant alors le pas, s'enfonce dans les taillis et, toujours poursuivi, s'élance dans une plaine que terminait un large fossé. Le fossé est à son tour franchi, et les chiens, après un moment d'incertitude, perdent ses pistes et retournent.

Mis à l'abri de leurs dents cruelles, Renart put enfin se reconnaître. Il était épuisé de fatigue ; mais il avait mis en défaut ses ennemis, et si quelques heures de repos ne le rassasièrent pas, au moins elles lui rendirent sa légèreté et toute son ardeur de chasse et de maraude.

Septième aventure

Comment Renart fit rencontre des marchands
de poisson, et comment il eut sa part
des harengs et des anguilles

Renart, on le voit, n'avait pas toujours le temps à souhait, et ses entreprises n'étaient pas toutes également
heureuses. Quand le doux temps d'été faisait place au
rigoureux hiver, il était souvent à bout de provisions, il
n'avait rien à donner, rien à dépendre : les usuriers lui
faisaient défaut, il ne trouvait plus de crédit chez les
marchands. Un de ces tristes jours de profonde disette,
il sortit de Maupertuis, déterminé à n'y rentrer que les
poches gonflées. D'abord il se glisse entre la rivière et le
bois dans une jonchère, et quand il est las de ses vaines
recherches, il approche du chemin ferré, s'accroupit
dans l'ornière, tendant le cou d'un et d'autre côté. Rien
encore ne se présente. Dans l'espoir de quelque chance
meilleure, il va se placer devant une haie, sur le versant
du chemin : enfin il entend un mouvement de roues.
C'étaient des marchands qui revenaient des bords de la
mer, ramenant des harengs frais, dont, grâce au vent de
bise qui avait soufflé toute la semaine, on avait fait
pêche abondante ; leurs paniers crevaient sous le poids

des anguilles et des lamproies qu'ils avaient encore achetées, chemin faisant.

À la distance d'une portée d'arc, Renart reconnut aisément les lamproies et les anguilles. Son plan est bientôt fait : il rampe sans être aperçu jusqu'au milieu du chemin, il s'étend et se vautre, jambes écartées, dents rechignées, la langue pantelante, sans mouvement et sans haleine. La voiture avance ; un des marchands regarde, voit un corps immobile, et, appelant son compagnon :

— Je ne me trompe pas, c'est un goupil ou un blaireau.

— C'est un goupil, dit l'autre ; descendons, emparons-nous-en, et surtout qu'il ne nous échappe.

Alors ils arrêtent le cheval, vont à Renart, le poussent du pied, le pincent et le tirent ; et comme ils le voient immobile, ils ne doutent pas qu'il ne soit mort.

— Nous n'avions pas besoin d'user de grande adresse ; mais que peut valoir sa pelisse ?

— Quatre livres, dit l'un.

— Dites cinq, reprend l'autre, et pour le moins ; voyez sa gorge, comme elle est blanche et fournie ! C'est la bonne saison. Jetons-le sur la charrette.

Ainsi dit, ainsi fait. On le saisit par les pieds, on le lance entre les paniers, et la voiture se remet en mouvement. Pendant qu'ils se félicitent de l'aventure et qu'ils se promettent de découdre, en arrivant, la robe de Renart, celui-ci ne s'en inquiète guère ; il sait qu'entre faire et dire il y a souvent un long trajet. Sans perdre de temps, il étend la patte sur le bord d'un panier, se dresse doucement, dérange la couverture, et tire à lui deux douzaines des plus beaux harengs. Ce fut pour aviser avant tout à la grosse faim qui le travaillait. D'ailleurs il ne se pressa pas, peut-être même eut-il le loisir de regretter l'absence de sel ; mais il n'avait pas l'intention de se contenter de si peu. Dans le panier voisin frétillaient les anguilles : il en attira vers lui cinq à six des plus belles ; la difficulté était de les emporter, car il n'avait plus faim. Que fait-il ? Il aperçoit dans la charrette une botte de ces ardillons d'osier qui servent à embrocher les poissons : il en prend deux ou trois, les passe dans la tête des anguilles, puis se roule de façon à former de ces ardillons une triple ceinture, dont il rapproche les extrémités en tresse. Il s'agissait maintenant de quitter la voiture ; ce fut un jeu pour lui : seulement il attendit que l'ornière vînt trancher sur le vert gazon, pour se couler sans bruit et sans risque de laisser après lui les anguilles.

Et cela fait, il aurait eu regret d'épargner un brocard aux voituriers.

– Dieu vous maintienne en joie, beaux vendeurs de poisson ! leur cria-t-il. J'ai fait avec vous un partage de frère : j'ai mangé vos plus gros harengs et j'emporte vos meilleures anguilles ; mais je laisse le plus grand nombre.

Quelle ne fut pas alors la surprise des marchands ! Ils crient : *Au goupil, au goupil !* mais le goupil ne les redoutait guère : il avait les meilleures jambes.

– Fâcheux contretemps ! disent-ils, et quelle perte pour nous, au lieu du profit que nous pensions tirer de ce maudit animal ! Voyez comme il a dégagé nos paniers ; puisse-t-il en crever au moins d'indigestion !

– Tant qu'il vous plaira, dit Renart, je ne crains ni vous ni vos souhaits.

Puis il reprit tranquillement le chemin de Maupertuis. Hermeline, la bonne et sage dame, l'attendait à l'entrée ; ses deux fils, Malebranche et Percehaie, le reçurent avec tout le respect qui lui était dû, et quand on vit ce qu'il rapportait, ce fut une joie et des embrassements sans fin.

– À table ! s'écria-t-il, que l'on ait soin de bien fermer les portes, et que personne ne s'avise de nous déranger.

Huitième aventure

Où l'on voit comment Ysengrin eut envie
de se convertir, et comme il fut ordonné moine
de l'abbaye de Tyron

Pendant que Renart est ainsi festoyé dans Maupertuis,
que la sage Hermeline (car la dame a jugé convenable
d'abandonner son premier nom de Richeut, pour en
prendre un autre plus doux et plus seigneurial), qu'Hermeline lui frotte et rafraîchit les jambes, que ses enfants
écorchent les anguilles, les taillent, les étendent sur des
tablettes de coudrier, et les posent doucement sur la
braise, voilà qu'on entend frapper à la porte. C'est monseigneur Ysengrin, lequel, ayant chassé tout le jour sans
rien prendre, était venu d'aventure s'asseoir devant le
château de Maupertuis. Bientôt la fumée qui s'échappait
du haut des toits frappe son attention, et profitant d'une
petite ouverture entre les ais de la porte, il croit voir les
deux fils de la maison occupés à retourner de belles côte-
lettes sur les charbons ardents. Quel spectacle pour un
loup mourant de faim et de froid ! Mais il savait le naturel de son compère aussi peu généreux que le sien ; et la
porte étant fermée, il demeura quelque temps à lécher ses
barbes, en étouffant ses cris de convoitise. Puis il grimpe
à la hauteur d'une fenêtre, et ce qu'il y voit confirme ses

premières découvertes. Maintenant, comment pénétrer dans ce lieu de délices ? comment décider Renart à défermer sa porte ? Il s'accroupit, se relève, tourne et retourne, bâille à se démettre la mâchoire, regarde encore, essaie de fermer les yeux ; mais les yeux reviennent d'eux-mêmes plonger dans la salle qui lui est interdite :

— Voyons pourtant, dit-il, essayons de l'émouvoir : Eh ! compère ! beau neveu Renart ! Je vous apporte bonnes nouvelles ! J'ai hâte de vous les dire. Ouvrez-moi.

Renart reconnut aisément la voix de son oncle, et n'en fut que mieux résolu de faire la sourde oreille.

— Ouvrez donc, beau sire ! disait Ysengrin. Ne voulez-vous pas prendre votre part du bonheur commun ?

À la fin, Renart, qui avait son idée, prit le parti de répondre au visiteur.

— Qui êtes-vous, là-haut ?

— Je suis moi.

— Qui vous ?

— Votre compère.

— Ah ! je vous prenais pour un larron.

— Quelle méprise ! c'est moi : ouvrez.

— Attendez au moins que les frères soient levés de table.

— Les frères ? il y a des moines chez vous ?

— Assurément, ou plutôt de vrais chanoines ; ceux de l'abbaye de Tyron, enfants de saint Benoît, qui m'ont fait la grâce de me recevoir dans leur ordre.

— *Nomenidam !* alors, vous m'hébergerez aujourd'hui, n'est-ce pas ? et vous me donnerez quelque chose à manger ?

– De tout notre cœur. Mais d'abord répondez. Venez-vous ici en mendiant ?

– Non ; je viens savoir de vos nouvelles. Ouvrez-moi.

– Vous demandez une chose impossible.

– Comment cela ?

– Vous n'êtes pas en état.

– Je suis en état de grand appétit. N'est-ce pas de la viande que je vous vois préparer ?

– Ah ! bel oncle ! vous nous faites injure. Vous savez bien qu'en religion on fait vœu de renoncer à toute œuvre de chair ?

– Et que mangent-ils donc, vos moines ? des fromages mous ?

– Non pas précisément ; mais de gros et gras poissons. Notre père saint Benoît recommande même de choisir toujours les meilleurs.

– Voilà du nouveau pour moi. Mais enfin cela ne doit pas vous empêcher de m'ouvrir et de m'accorder gîte pour cette nuit.

– Je le voudrais bien ; par malheur, il faut, pour entrer, être ordonné moine ou ermite. Vous ne l'êtes pas ; bon soir ! passez votre chemin.

– Ah ! voilà de méchants moines ; je ne les reconnais pas à leur charité : mais j'entrerai malgré vous. Non ! la porte est trop forte, et la fenêtre est barrée. Compère Renart, vous avez parlé de poisson, je ne connais pas cette viande. Est-elle bonne ? Pourrais-je en avoir un seul morceau, simplement pour en goûter ?

– Très volontiers et bénie soit notre pêche aux anguilles, si vous en voulez bien manger.

Il prend alors sur la braise deux tronçons parfaitement grillés, mange le premier et porte l'autre à son compère.

– Tenez, bel oncle, approchez ; nos frères vous envoient cela, dans l'espoir que vous serez bientôt des nôtres.

– J'y penserai, cela pourra bien être ; mais pour Dieu ! donnez, en attendant.

– Voici. Eh bien, que vous semble ?

– Mais c'est le meilleur manger du monde. Quel goût, quelle saveur ! je me sens bien près de ma conversion. Ne pourriez-vous m'en donner un second morceau ?

– Par nos bottes ! si vous voulez être moine, vous serez bientôt mon supérieur ; car, je n'en doute pas, avant la Pentecôte, nos frères s'entendront pour vous élire abbé.

– Se pourrait-il ? oh ! non, vous raillez.

– Non vraiment ; par mon chef ! vous feriez le plus beau rendu du monde, et quand vous aurez passé les draps noirs sur votre pelisse grise...

– Alors, vous me donnerez autant de poisson que je voudrai ?

– Tant que vous voudrez.

– Cela me décide ; faites-moi rogner tout de suite.

– Non pas seulement rogner, mais raser.

– Raser ? Je ne croyais pas qu'on exigeât cela. Qu'on me rase donc !

– Il faut attendre que l'eau soit un peu chaude : la couronne n'en sera que plus belle. Allons ! elle est à peu près comme il faut ; ni trop froide ni bouillante. Baissez-vous seulement un peu et passez votre tête par le pertuis que j'ouvre maintenant.

Ysengrin fait ce qu'on lui dit; il allonge l'échine, avance la tête, et Renart aussitôt renverse le pot et l'inonde d'eau bouillante.

— Ah! s'écrie le pauvre Ysengrin, je suis perdu! je suis mort! au diable la tonsure! vous la faites trop grande.

Renart, qui riait sous cape:

— Non, compère, on la porte ainsi; elle est tout au plus de la largeur voulue.

— Cela n'est pas possible.

— Je vous le proteste, et j'ajoute que la règle du couvent demande que vous passiez dehors la première nuit en pieuses veilles.

— Si j'avais su tout cela, dit Ysengrin, et surtout comment on rasait les moines, au diable si l'envie m'eût pris de le devenir! mais il est trop tard pour s'en dédire. Au moins, me servira-t-on des anguilles?

— Une journée, dit Renart, est bientôt passée; d'ailleurs je vais vous rejoindre pour vous la faire trouver moins longue.

Cela dit, il sortit par une porte secrète connue de lui seul, et arriva près d'Ysengrin.

Tout en parlant de la vie douce et édifiante des moines, il conduisit le nouveau rendu sur le bord d'un vivier, où lui arriva l'aventure que nous allons vous raconter.

Neuvième aventure

Où l'on verra comment Renart
conduisit son compère
à la pêche aux anguilles

C'était peu de temps avant Noël, quand on pense à
saler les bacons. Le ciel était parsemé d'étoiles, il faisait
un grand froid, et le vivier où Renart avait conduit son
compère était assez fortement pris de glace pour que l'on
pût en toute sécurité former sur lui des rondes joyeuses.
Il n'y avait qu'un seul trou, soigneusement entretenu
chaque jour par les paysans du village, et près duquel ils
avaient laissé le seau qui leur servait à puiser de l'eau.

Renart, indiquant du doigt le vivier :

– Mon oncle, dit-il, c'est là que se tiennent en quantité les barbeaux, les tanches et les anguilles ; et précisément voici l'engin qui sert à les prendre.

Il montrait le seau.

– Il suffit de le tenir quelque temps plongé dans l'eau,
puis de l'en tirer quand on sent à sa pesanteur qu'il est
garni de poissons.

– Je comprends, dit Ysengrin, et pour bien faire, je
crois, beau neveu, qu'il faudrait attacher l'engin à ma

queue ; c'est apparemment ainsi que vous faites vous-même quand vous voulez avoir une bonne pêche.

– Justement, dit Renart ; c'est merveille comme vous comprenez aisément. Je vais faire ce que vous demandez.

Il serre fortement le seau à la queue d'Ysengrin.

– Et maintenant, vous n'avez plus qu'à vous tenir immobile pendant une heure ou deux, jusqu'à ce que vous sentiez les poissons arriver en foule dans l'engin.

– Je comprends fort bien ; pour de la patience j'en aurai tant qu'il faudra.

Renart se place alors un peu à l'écart, sous un buisson, la tête entre les pieds, les yeux attachés sur son compère. L'autre se tient au bord du trou, la queue en partie plongée dans l'eau avec le seau qui la retient. Mais comme le froid était extrême, l'eau ne tarda pas à se figer, puis à se changer en glace autour de la queue. Le loup, qui se sent pressé, attribue le tiraillement aux poissons qui arrivent ; il se félicite, et déjà songe au profit qu'il va tirer d'une pêche miraculeuse. Il fait un mouvement, puis s'arrête encore, persuadé que plus il attendra, plus il amènera de poissons à bord. Enfin, il se décide à tirer le seau ; mais ses efforts sont inutiles. La glace a pris de la consistance, le trou est fermé, la queue est arrêtée sans qu'il lui soit possible de rompre l'obstacle. Il se démène et s'agite, il appelle Renart :

– À mon secours, beau neveu ! il y a tant de poissons que je ne puis les soulever ; viens m'aider ; je suis las, et le jour ne doit pas tarder à venir.

Renart, qui faisait semblant de dormir, lève alors la tête :

– Comment, bel oncle, vous êtes encore là ? Allons, hâtez-vous, prenez vos poissons et partons ; le jour ne peut tarder à venir.

– Mais, dit Ysengrin, je ne puis les remonter. Il y en a tant, tant, que je n'ai pas la force de soulever l'engin.

– Ah ! reprend Renart en riant, je vois ce que c'est ! mais à qui la faute ? Vous en avez voulu trop prendre, et le vilain a raison de le dire : Qui tout désire tout perd.

La nuit passe, l'aube paraît, le soleil se lève. La neige avait blanchi la terre, et messire Constant des Granges, un honnête vavasseur dont la maison touchait à l'étang, se lève et sa joyeuse mesgnie. Il prend un cor, appelle ses chiens, fait seller un cheval ; des clameurs partent de tous les côtés, tout se dispose pour la chasse. Renart ne les attend pas, il reprend lestement le chemin de Maupertuis, laissant sur la brèche le pauvre Ysengrin qui tire de droite et de gauche, et déchire sa queue cruellement sans parvenir à la dégager. Survient un garçon tenant deux lévriers en laisse. Il aperçoit le loup arrêté par la queue dans la glace, et le derrière ensanglanté.

– Ohé ! ohé ! le loup !

Les veneurs avertis accourent avec d'autres chiens, et cependant Ysengrin entend Constant des Granges donner l'ordre de les délier. Les braconniers obéissent ; leurs brachets s'attachent au loup qui, la pelisse hérissée, se dispose à faire bonne défense. Il mord les uns, retient les autres à distance. Alors messire Constant descend de cheval, approche l'épée au poing et pense couper Ysengrin en deux. Mais le coup porte à faux ;

messire Constant, ébranlé lui-même, tombe sur la tête et se relève à grand-peine. Il revient à la charge, vise la tête, le coup glisse et le glaive descend sur la queue qu'il emporte tout entière. Ysengrin, surmontant une douleur aiguë, fait un effort suprême et s'élance au milieu des chiens qui s'écartent pour lui ouvrir passage et courir aussitôt à sa poursuite. Malgré la meute entière acharnée sur ses traces, il gagne une hauteur d'où il les défie. Brachets et lévriers tous alors renoncent à leur chasse. Ysengrin entre au bois, plaignant la longue et riche queue qu'il s'est vu contraint de laisser en gage, et jurant de tirer vengeance de Renart, qu'il commence à soupçonner de lui avoir malicieusement ménagé toutes ces fâcheuses aventures.

Le translateur
À l'imitation d'Ysengrin devenu moine et pêcheur d'anguilles, Primaut, son digne frère, va devenir prêtre, et Renart lui fera partager l'aventure des marchands de poisson. Une seule légende latine aura sans doute inspiré les deux récits français : deux trouvères auront (à l'insu l'un de l'autre) taillé dans le même modèle Ysengrin et Primaut ; comme ils avaient déjà taillé, dans un autre, Chantecler et Noiret. L'histoire de l'entrée dans les ordres a même été renouvelée pour la troisième fois au profit de Tybert le chat. Mais de celle-ci nous nous en tairons.

Dixième aventure

Comment Renart trouva la boîte aux oublies,
et comment Primaut, ordonné prêtre,
voulut sonner les cloches et chanter la messe :
ce que l'on estima fort étrange

Certain prêtre, un jour, traversait la plaine, portant
devant lui sur sa poitrine une boîte remplie de ces
gâteaux légers connus sous le nom d'oublies, que l'on
découpait plus tard pour en faire des pains à chanter.
Au bout de la plaine était une haie : le prêtre en la traversant avait laissé tomber la boîte aux oublies, et ne
s'en était pas aperçu. Renart arrive, trouve la boîte et
l'emporte à travers champs. Quand il se vit dans un
endroit écarté : « Voyons, dit-il, ce qu'il y a là-dedans. »
Il ouvre, trouve plus de cent oublies et les mange toutes
à l'exception de deux qu'il garde pliées en double entre
ses dents. Il n'eut pas fait vingt pas qu'il aperçut damp
Primaut venant à lui d'un pas rapide, comme s'il le
reconnaissait.

— Renart, dit-il, sois le bienvenu !

— Et vous, damp Primaut, Dieu vous garde et vous
donne bon jour ! Peut-on savoir d'où votre seigneurie
accourt si vite ?

— Je viens du bois où j'ai chassé longtemps sans rien
trouver. Mais que portes-tu donc là ?

Renart : De bons et beaux gâteaux d'église, des oublies.

Primaut : Des gâteaux ! où les as-tu découverts ?

Renart : Mais apparemment où ils étaient ; ils m'y attendaient, je suppose.

Primaut : Ah ! cher ami, partageons, je te prie.

Renart : Je vous les donne, et je vous les donnerais quand même ils vaudraient cinq cents livres.

Primaut ayant mangé les oublies de grand cœur :

— Renart, sais-tu que ces gâteaux sont fort bons ? En as-tu d'autres ?

— Non, pour le moment.

— Eh bien, j'en ai regret ; car, par saint Germain et l'âme de mon père, je sens une faim horrible. Je n'avais rien mangé aujourd'hui et, malgré tes oublies, je me sens prêt à défaillir.

— Prenez, dit Renart, un peu de courage. Vous voyez là-bas ce moutier ? Allons-y, nous y trouverons autant d'oublies que nous voudrons.

— Ah ! cher ami Renart, s'il en était ainsi, j'en serais reconnaissant toute ma vie.

— Laissez-moi faire, et vous allez être content, je le promets sur ma tête. Marchez devant, je suivrai.

Ils courent et bientôt arrivent devant le moutier que desservait le prêtre à la boîte d'oublies. La porte était fermée : ils creusent la terre sous les degrés de l'entrée et pratiquent une ouverture.

Les voilà dans l'église. Sur l'autel se trouvaient des oublies recouvertes d'une blanche serviette. Enlever le linge et dévorer les gâteaux fut pour Primaut l'affaire d'un instant.

– En vérité, frère Renart, ces gâteaux me plaisent beaucoup : mais plus j'en ai mangé et plus j'ai souhaité d'en manger encore. Quelle est cette huche, là près ? ne contiendrait-elle pas quelque bonne chose ? voyons, ouvrons-la.

– Je ne demande pas mieux.

Ils vont à la huche. Primaut, le plus fort et le plus avide, en brise la fermeture : ils y trouvent du pain, du vin et de bonnes viandes.

– Dieu soit loué ! dit Primaut, cela vaut encore mieux que les oublies ; et nous avons de quoi faire un excellent repas. Tiens, Renart, va prendre la nappe de l'autel, étends-la ici et apporte-nous du sel. L'honnête homme que ce prêtre, pour avoir si bien garni la huche ! Voilà tout préparé ; mangeons ce que Dieu nous envoie.

Parlant ainsi, Primaut tirait les provisions. Elles furent posées sur la nappe, et, tranquilles comme dans leur propre demeure, les deux compagnons s'assirent et mangèrent à qui mieux mieux.

Mais si Renart ne jouait pas un mauvais tour à Primaut, il en aurait une honte mortelle.

– Cher ami, dit-il, je suis ravi de vous voir en si bon point. Versez et buvez, nous n'avons personne à craindre.

– Oui, buvons, répond Primaut, il y a du vin pour trois.

Cependant, à force de hausser le bras, la tête de damp Primaut s'embarrasse, et Renart, tout en se ménageant, continuait à l'exciter.

– Çà, disait-il, nous ne faisons rien ; vous buvez à trop petits coups, je ne vous reconnais pas.

– Comment ! je lampe sans arrêter, répond l'autre en bégayant. Fais-moi raison, mon cher, mon bon ami Renart : je veux boire plus que toi.

– Oh ! vous n'y arriverez pas.

– Moi ?

– Songez que j'ai dix coups en avance.

– Ah ! Renart, tu ne dis pas la vérité. Tiens, *have ! drink !* Toi mieux boire que moi ! je viderais plutôt les deux coupes à la fois, la tienne et la mienne.

Renart faisait semblant de boire, mais laissait couler le vin dans ses barbes. L'autre n'y voyait plus rien ; il buvait, buvait toujours, les yeux hors du front, rouges comme deux charbons embrasés. Il n'est pas de rêverie qui ne lui passe par la tête : tantôt il se croit le roi Noble entouré de sa cour, au milieu de son palais ; tantôt il pleure ses vieux méfaits et se déclare le plus grand pécheur du monde.

– Renart, dit-il, j'ai une idée ; Dieu en nous conduisant ici doit avoir eu ses desseins sur nous. Si nous allions à l'autel chanter la messe ? Le missel est ouvert, les robes du prêtre sont à côté. J'ai appris à chanter quand j'étais jeune, et tu vas voir si je l'ai oublié.

– Mais, dit Renart, il faut, avant tout, se garder de sacrilège. Pour chanter à l'autel on doit être prêtre, ou pour le moins clerc couronné. Tu ne l'es pas, Primaut.

– En vérité, tu as raison, Renart. Mais on y pourvoira, on y pour-pour-voira. Ne pourras-tu me faire la couronne qui me manque ? D'ailleurs, on peut renoncer à la messe ; je n'ai pas besoin d'être tonsuré pour dire vigiles et vêpres.

– Non ; mais pourtant il vaudrait mieux te donner tout de suite les ordres : moi, je puis fort bien le faire, car, au temps passé, j'ai étudié pour être prêtre et je suis au moins diacre. Si donc je trouvais un rasoir, je te couronnerais, je te passerais l'étole au cou et je te déclarerais prêtre, sans avoir besoin de notre saint-père le pape.

– En attendant, dit Primaut, rien ne nous empêche de chanter les vêpres.

Les deux amis avancent vers l'autel, Primaut en longeant les murs pour y trouver le point d'appui dont il a grand besoin. Tout en l'accompagnant, Renart regardait de côté et d'autre : derrière l'autel des pèlerins il avise une armoire, et par bonheur il y trouve un rasoir effilé, un clair bassin de laiton et des ciseaux.

– Voilà, dit-il, tout ce qu'il nous faut ; nous n'avons plus besoin que d'un peu d'eau.

Primaut avait la langue trop embarrassée pour répondre. L'autre cependant reconnaît, sous la tour des cloches, la pierre du baptistère, il y puise de l'eau, et revenant à son compagnon :

– Voyez, Primaut, le miracle que Dieu vient de faire pour vous ; regardez cette eau.

– C'est, dit Primaut, que Dieu prend en gré notre service. Allons, vite ma couronne. Décidément, je veux chanter la messe.

Il s'étend sur les dalles, et Renart lui tenant d'une main la tête verse de l'autre l'eau du bassin. Primaut supporte tout sans broncher, et Renart profitant de sa bonne volonté lui élargit la couronne jusqu'aux oreilles.

– Ai-je tonsure maintenant ?

— Oui, tu peux la sentir toi-même.

— Me voilà donc vrai prêtre ! Allons, tout de suite la messe ! commençons.

— Mais auparavant, il faut sonner les cloches.

— Laisse-moi faire

Il va aux cloches, saisit les cordes et se met à sonner à glas et à carillon.

Renart est pris alors d'une telle envie de rire que la mort de tous ses parents ne la lui aurait pas ôtée. Il se cache comme il peut sous les barbes de son manteau, et lui crie :

— Bon ! bon ! plus fort ! toujours plus fort !

— Je crois qu'il n'y a pas un clerc, un marguillier capable de mieux sonner.

— Mais il faut prendre les deux cordes ensemble, les clochettes ne font pas leur office.

— Est-ce mieux comme cela ?

— Oui ; oui ; maintenant à l'autel ! Je vais vous aider à passer l'aube et l'aumusse, la ceinture, le fanon et l'étole.

Puis, entre ses dents : « Oh ! comme il chantera tout à l'heure autrement ! comme on va lui caresser d'une autre façon les côtes ! »

Primaut, la chasuble sur le dos, monte à l'autel, ouvre le missel, tourne et retourne les feuillets ; il pousse des hurlements qu'il regarde comme autant de traits mélodieux. Cependant Renart, croyant le moment arrivé de déguerpir, se coule sous la porte par le trou qu'ils avaient pratiqué, rejette la terre qu'ils en avaient enlevée, ferme l'ouverture, et laisse Primaut braire et hurler tout à son aise.

Or, comme on le pense bien, le son des cloches arrive au presbytère. Le prêtre étonné saute à bas de son lit, approche du feu la chandelle qu'il allume, appelle Giles son clerc, son chapelain, et sa femme[1], se munit d'un levier, prend la clef du moutier, ouvre la porte et s'avance avec inquiétude. La dame s'arme d'un pilon, le chapelain d'un fouet et le clerc d'une massue qui lui donne quelque chose de l'air et de la démarche d'un énorme limaçon.

Le prêtre fut le premier à distinguer, devant l'autel d'où partaient les cris, un personnage tonsuré, enchasublé, dont il ne peut reconnaître les traits. Il recule, il revient à plusieurs reprises, enfin il s'imagine avoir affaire au diable et se sent pris d'une telle épouvante qu'il en perd connaissance. La prêtresse pousse les hauts cris, et le clerc se sauve dans la ville en criant de toutes ses forces :

– Alarme ! alarme ! les diables sont entrés dans le moutier ! ils ont tué monsieur le curé, et nous avons eu grand-peine à nous sauver.

Les vilains réveillés en sursaut se lèvent, s'habillent et tous se portent vers le moutier.

Il fallait les voir alors : l'un a endossé son haubert de cuir, l'autre a coiffé son vieux chapeau de fer enfumé ; celui-ci a tiré du fumier sa fourche encore humide, celui-là s'est fait accompagner de ses chiens, d'autres brandissent des épées rouillées, dressent des bâtons, des

---

1. En ce temps-là c'est-à-dire vers 1170, l'Église permettait encore aux prêtres de garder la femme qu'ils avaient épousée avant d'être ordonnés.

fléaux, agitent des haches, des massues ; tous enfin se préparent à lutter rien que contre les diables d'enfer. Le prêtre était revenu à lui :

— Oui, mes enfants, leur dit-il, le diable est dans l'église, il faut lui courir sus.

Le bruit de la foule interrompt la messe de Primaut : il se retourne, s'étonne, la peur le prend et le dégrise. Il court au trou, il était fermé ; il revient à l'autel, il va, vient, de plus en plus effrayé. Le prêtre, lui voyant l'oreille basse, le frappe de son levier : furieux, Primaut se jette sur l'agresseur et l'aurait mis en pièces si les vilains lui en avaient laissé le temps. Tous alors le huent, le daubent, lui brisent les reins, lui enlèvent la moitié de l'échine. Le pauvre Primaut fait alors un suprême effort : il mesure des yeux une fenêtre ouverte, fait un élan, l'atteint du premier saut et s'échappe enfin de l'église. Criblé de blessures, il n'a d'autre consolation que les vêtements qu'il emporte, et c'est dans ce costume qu'il gagne le bois et qu'il rend grâces à Dieu de lui avoir conservé la vie.

— Maudit soit le prouvère ! il me paiera cher un autre jour tous les coups que j'ai reçus ! Je jure Hermengart, ma femme, de ne rien laisser ici, ni vache ni brebis. S'il a demain à chanter messe, qu'il cherche celui qui lui rapportera son étole et son aumusse ; il faudra qu'il emprunte, pour l'office, la jupe de la prêtresse, et qu'il fasse une aube de sa guimple. Mais Renart ! qu'est-il devenu ? c'est lui pourtant qui me conduisit au moutier, et qui m'a laissé après m'avoir mis dans l'embarras. Ah ! si je le retrouve, je n'irai pas porter ma plainte à la cour du roi Noble, je me ferai justice moi-même et je l'empêcherai d'essayer jamais des tours pareils. Mais j'aurais dû me tenir pour défié, et l'exemple de mon frère Ysengrin pouvait bien me tenir lieu d'avertissement.

Parlant ainsi, il découvre sous un chêne maître Renart qui, l'air contrit, les yeux larmoyants, semblait arrêté pour l'attendre.

— Ah ! vous voilà donc enfin, sire Primaut, dit-il, soyez le bienvenu !

— Et moi, dit Primaut, je ne vous salue pas.

— Pourquoi ? quel mal ai-je donc fait ?

— Vous m'avez laissé seul, et sans m'avertir vous avez fermé la trouée du moutier. Ce n'est pas votre faute si je n'ai pas été assommé : il a fallu me défendre contre une centaine d'ennemis acharnés. Méchant nain, roux infâme ! Ah ! si je ne suis pas le premier, je pourrai bien être le dernier de ceux que vous aurez trahis.

— Sire Primaut, répond Renart d'une voix suppliante, je vous crie merci ; je sais que dans ces lieux écartés, vous pouvez me faire honte et préjudice ; mais j'atteste Hermeline, ma chère femme, Malebranche et Percehaie, mes deux fils, que je ne me souviens pas de vous avoir offensé. Ce n'est pas moi qui ai fermé le pertuis, c'est le méchant prouvère. J'eus beau le supplier de s'en défendre, il me répondit par des menaces, si bien que le voyant prêt à me faire un mauvais parti, je n'eus plus qu'à me sauver par un petit sentier couvert que je connaissais. Je vous attendis sous ce chêne, inquiet de ce que vous alliez devenir, car je prévoyais avec chagrin qu'on vous attaquerait. Telle est la vérité, je sanglotais encore au moment où vous êtes arrivé.

Ces paroles firent tomber la colère de Primaut :

— Allons ! Renart, je veux bien vous croire, et ne garder de rancune que contre le prouvère dont j'emporte au moins, comme vous voyez, l'aube, l'aumusse, la chasuble, le fanon et la ceinture. Il en cherchera d'autres, quand il voudra chanter la messe à son tour.

— Or, savez-vous, dit Renart, ce qu'il y aurait à faire ?

— Non.

— Il faudrait demain porter ces vêtements à la foire et les y vendre, fût-ce au prouvère lui-même, s'il s'y présente.

— Voilà qui est bien pensé, dit Primaut ; mais d'abord, reposons-nous, car je suis gravement meurtri et harassé. Quand nous aurons bien dormi, nous parlerons de la foire ; nous y porterons les habits, et nous en aurons, j'imagine, un assez bon prix.

— Je le crois comme vous, répondit Renart, et qui sait si nous ne trouverons pas moyen de nous venger de ceux qui vous ont tant maltraité, pour vous punir de votre zèle au service de Dieu ?

Onzième aventure

Comment Renart et Primaut allèrent à la foire,
et du bon marché qu'ils firent en chemin

Au point du jour, les deux amis se levèrent et plièrent les vêtements du curé, à la guise des marchands. Primaut coupa une hart, et les pendit à son cou ; Renart se plaça derrière lui comme son valet et, dans cet appareil, ils prirent gaiement le chemin de la foire.

Ils ne marchèrent pas longtemps sans faire la rencontre d'un prouvère, qui justement se rendait à la foire pour y acheter un surplis, une étole et une aumusse ; mais il voulait commencer par aller déjeuner chez un de ses confrères, auquel il portait une oie des plus tendres et des plus grasses.

Renart fut le premier à l'apercevoir.

– Bonne aventure, compain, dit-il à Primaut, je vois là devant nous un prêtre qui, si je ne me trompe, va nous être de grand secours. Peut-être nous achètera-t-il nos habits, ce serait autant de gagné ; car, en pleine foire, on peut nous soupçonner de les avoir volés, et nous paierions alors un mauvais écot. D'ailleurs, le prouvère porte un bel oison dont nous aimerions assez à goûter. Que vous en semble ?

– Il faut faire ce que tu dis là.

81

Le prêtre, quand ils passèrent, leur dit en relevant par courtoisie le pan de son manteau :

– Dieu vous garde, beaux sires !

– Vous aussi, damp prêtre, et votre compagnie !

Parlant ainsi, Renart regardait l'oison.

– Quel vent suivez-vous, repartit le prêtre, et de quel pays arrivez-vous ?

Renart : Nous sommes des marchands anglais, et nous allons à la foire porter un assortiment complet de prouvère : l'aube, la chasuble de bel et bon samit, l'étole, l'amit, le fanon, la ceinture. C'est nous qui fournissons les chanoines de la prochaine église ; mais si vous en avez besoin, damp prouvère, nous vous donnerons la préférence, et nous vous laisserons le tout pour ce qu'il nous a coûté.

Le prouvère : Avez-vous tous ces habits avec vous ?

Renart : Oui, sire prouvère ; ils sont là, dans nos bagages, très bien serrés.

Le prouvère : Voyons-les, je vous prie. Je ne vais à la foire que pour en acheter : et si vous êtes raisonnables, je m'en accommoderai.

Primaut : Oh ! pour cela, vous serez content de nous.

Primaut met alors sa charge à terre, et montre les habits. Le prêtre les examine.

– Il n'est pas besoin, dit-il, de longues paroles, combien m'en demanderez-vous ?

Primaut : Je vous le dirai sans surfaire. Cédez-moi votre oison, et les habits sont à vous.

Le prouvère : Bien parlé, par ma foi ! J'y consens ; prenez-le, et baillez-moi les vêtements.

L'échange se fait aussitôt. Primaut prend avec joie l'oison, qui était gras et bien fourni. Il le met à son cou et détale au plus vite, sans même penser à prendre congé de Renart. Celui-ci de courir après, et de le rejoindre avec l'espoir d'être admis au partage. L'un suivant l'autre, ils gagnent la lisière du bois, peu soucieux des vilains qui, de temps à autre, leur barrent le passage ; et chemin faisant, ils riaient de bon cœur. Primaut surtout, de la sottise du prouvère, qui avait pu donner une si bonne bête pour quelques habits. Arrivés sous un grand chêne, Primaut mit l'oison à terre, et prenant les devants sur les réclamations de son compagnon :

– En vérité, Renart, nous avons eu tort de ne pas demander au prouvère un second oison ; je suis sûr qu'il nous l'aurait donné. Tu sais que ce n'est pas pour moi que je parle ; seulement j'ai regret de voir que tu n'es pas aussi bien partagé que moi.

Renart : Comment ! sire Primaut, voudriez-vous me fausser compagnie et m'exclure du partage ?

Primaut : Le partage ? Pour cela, tu n'y penses pas ; eh ! que dirait mon patron, le bon saint Leu ?

Renart : Pourtant, vous aurez grande honte et vous ferez un péché mortel, si vous gardez tout pour vous.

Primaut : Voilà des paroles bien inutiles : ai-je besoin de tes sermons ? Si tu as faim, qui t'empêche de faire un tour dans le bois et d'y chercher ta proie, comme les autres jours ?

Renart ne répond pas ; il sait qu'ici les reproches ne lui serviraient guère. Pour menacer et défier Primaut il faudrait être aussi fort que lui, et Renart se rend justice.

Il aima mieux s'éloigner ; mais il était surtout fâché d'avoir trouvé son maître en félonie :

— Damp Primaut, dit-il, vient de jouer mon personnage ; en vérité, je le croyais plus sot. Il m'a fait ce qu'on appelle la compagnie Taisseau[1]. J'aurais dû me méfier de cet odieux glouton. Mais s'il est vrai que je sache mieux leurrer qu'un bœuf ne sait labourer, je prends à témoin mes bons amis les bourgeois d'Arras que personne à l'avenir ne pourra se vanter, ô ma chère Hermeline, de faire repentir ton époux de sa bonne foi.

1. Vers 1110, Robert, duc de Normandie, ayant été obligé de quitter Caen, le gardien de la porte principale de la ville, nommé Taisseau, arrêta l'un des principaux serviteurs du prince et le détroussa. Les gens de Taisseau firent comme lui, et tous les bagages du duc furent pillés.

Douzième aventure

Comment l'oison ne demeura pas
à qui l'avait acheté, et comment Primaut
ne put attendrir Mouflart le vautour

Retournons maintenant à Primaut qui se complaît à regarder l'oison, avant de le manger. Par où commencera-t-il ce repas délicieux ? Par les cuisses ? Non : la tête est plus délicate, et puis, s'il s'en prenait d'abord aux pattes, il n'aurait plus faim pour aborder les meilleurs morceaux. Comme il suivait ce raisonnement, sire Mouflart le vautour faisait dans les airs sa ronde accoutumée. Il aperçoit Primaut perdu dans la contemplation de son oison, et lui qui n'avait mangé de la matinée, profite de l'occasion, descend, avance les ongles et vous happe la lourde volaille. Primaut, à la rigueur, eût pu le prévenir ; mais il avait espéré du même coup retenir l'oison et l'épervier : il perdit l'un et l'autre. Quel ne fut pas alors son dépit ! Il suit Mouflart des yeux, il le voit se poser sur un chêne, et prenant alors l'air d'une honnête personne :

– Sire Mouflart, dit-il, cela n'est pas bien d'ôter aux gens ce qui leur appartient ; sur mon salut, je ne vous aurais pas traité de même. Tenez, ne nous querellons pas, cher ami ; descendez, faisons la paix ; vous découperez l'oison, et vous choisirez vous-même la moitié qui vous plaira le mieux. Ne le voulez-vous pas, mon bon Mouflart ?

— Non, Primaut, répond l'autre, ne l'espérez pas ; je garde ce que je tiens. À moi cet oison, à vous les autres que vous prendrez. Mais, si vous voulez, je dirai une patenôtre pour vous, mon bienfaiteur : car il faut en convenir, l'oie est excellente ; je n'en ai jamais mangé d'aussi tendre et d'aussi dodue.

— Au moins laissez-m'en goûter. Une seule cuisse, de grâce !

— Vous n'y pensez pas, sire Primaut. Quoi ! vous voulez que je descende jusqu'à vous, pour le plaisir de partager ! Il faudrait être fou, pour mettre derrière son dos ce qu'on a dans les mains. Mais tenez, un peu de patience : quand j'aurai mangé les chairs, je vous jetterai les os.

Primaut se résigna. Il attendit la chute de quelques bribes dont Mouflart ne voulait plus ; et cependant il sentait un vrai remords d'avoir fait à Renart le tour dont il avait si mal profité.

Treizième aventure

Comment Renart eut vengeance de Primaut,
et comment il le fit battre par les harengers

Laissons là Primaut, pour revenir à Renart, qui cherche à se consoler de la perte de l'oison, et se bat les flancs pour trouver autre chose à mettre sous la dent. Mais, quand après avoir assez couru, il vit que le bois ne lui offrait pas grande chance de butin, il reprit le sentier qui conduisait au chemin de la foire, et regagnant les abords de la grande route, il résolut d'y attendre quelque aventure. Il n'était pas au guet depuis longtemps, quand il entendit venir une lourde charrette[1]. C'étaient des marchands de poisson qui conduisaient à la foire une provision de tanches et de harengs. Renart, loin de s'effrayer de leur approche, se vautre dans la terre humide, s'étend en travers du chemin, la queue roide, la pelisse toute blanchie de fange. Il se place jambes en l'air, dents serrées, balèvres rentrées, langue tirée et les yeux fermés. Les marchands en passant ne manquent pas de l'apercevoir.

1. Ici, le lecteur va reconnaître le commencement de la septième aventure, qui sera continuée au profit de Primaut.

– Oh ! regardez, dit le premier, par ma foi c'est un goupil. Belle occasion de payer avec sa peau l'écot de la nuit ! Elle est vraiment belle, on en ferait une bonne garniture de surcot ; je ne la donnerais pas pour quatre livres.

– Mais, dit un autre, elle les vaut, et mieux encore ; il ne faut que regarder la gorge. Voyez comme elle est blanche ! Or, mettons-le dans la voiture, et dès que nous serons arrivés, nous lui ôterons ce manteau qui doit lui tenir trop chaud.

Cela dit, on le lève, on le jette sur la charrette, on l'étend au-dessus d'un grand panier, on le recouvre de la banne, puis on se remet en route. Ce panier contenait pour le moins un millier de harengs frais. Renart, que les marchands ne surveillaient guère, commence par en savourer une douzaine ; puis la faim cesse et la satiété arrive. C'est le moment de penser à s'échapper ; et comme, tout en dévorant, il n'oubliait pas la félonie de Primaut, il avise un expédient qui va lui fournir un excellent moyen de vengeance. Il prend entre ses dents un des plus beaux harengs, joint les pieds, fait un saut et le voilà sur le pré. Mais avant de s'éloigner, il ne peut se tenir de gaber un peu les marchands :

– Bon voyage, les vilains ! je n'ai plus affaire de vous et je vous engage à ne pas compter sur ma peau pour votre écot. Vos harengs sont très bons ; je n'en regrette pas le prix. À vous le reste, sauf celui-ci que j'emporte pour la faim prochaine. Dieu vous garde, les vilains !

Cela dit, Renart joue des jambes, et les harengers de se regarder confus et ébaubis. Ils le huent, ils le menacent ;

peines perdues, il n'en presse pas d'un brin son allure. Il va le trot, le pas, l'amble ; à travers monts, bosquets, plaines et vallées, jusqu'à ce qu'il ait enfin regagné l'endroit où il avait laissé Primaut.

Primaut y était encore ; et il faut le dire à son honneur, il ne put, en revoyant Renart, s'empêcher de verser deux larmes de repentir. Il se lève même, va de quelques pas à sa rencontre, et quand il se trouve à portée, il le salue d'un air contrit. Pour Renart, il fait semblant de ne pas le voir.

— Beau compain, dit Primaut, de grâce, ne me tenez pas rigueur. J'ai failli, je le reconnais ; mais je vous offre satisfaction : laquelle voulez-vous ?

— Primaut, répondit Renart, au moins pourriez-vous bien vous dispenser de railler : si vous avez mangé seul le morceau que nous avions gagné de commun, c'est un trait de gloutonnerie qui doit vous suffire, sans que vous ayez besoin d'alléguer de méchantes excuses. Les occasions de vous amender ne manqueront pas, si vous les cherchez.

— Ah ! Renart, je dis la vérité ; oui, je ressens un profond regret de vous avoir fait tort : Apprenez que je n'en ai de rien profité. Je me disposais à manger notre oison, quand tout à coup voilà Mouflart qui fond sur moi et le happe, sans me laisser le temps de le retenir. Le vilain l'a dit avec raison : entre la bouche et la cuiller il y a souvent grand encombre. J'essayai d'attendrir le vautour, peines perdues, il me répondit comme j'avais fait à vous, mon cher compain ! que je gâtais mon français, et que je ne mangerais que ses restes. N'ai-je donc pas bon sujet de me repentir de ne pas vous avoir donné part à l'oison ! mais, ami Renart, tout le monde n'est pas aussi sage, aussi honnête que vous : le fou doit faire des folies, heureux s'il a, comme moi, le repentir et la résolution de mieux agir une autre fois. Demeurons bons amis, croyez-moi, et ne parlons plus de ce qui est passé.

— Eh bien, soit ! dit Renart, j'oublie tout, puisque vous le désirez ; mais je voudrais que votre foi fût engagée : promettez de me tenir loyauté, et je m'engagerai de même envers vous.

Tous deux alors tendirent les mains, en signe d'alliance. Mais Primaut seul était en résolution de tenir la parole donnée. Cependant, Primaut n'avait pas cessé d'être à jeun, et apercevant le hareng que Renart avait apporté :

— Que tiens-tu là, compain, dit-il, entre tes pieds ?

— C'est un hareng, un simple hareng : je viens d'en manger tant que j'ai voulu, dans une charrette qui se rendait à la foire.

— Ah ! compain, reprit Primaut, tu sais que depuis hier matin je n'ai rien mangé ! voudrais-tu bien me donner ce poisson ?

— Très volontiers, dit Renart, le voici.

Primaut l'eut en un instant dévoré.

— Ah ! le bon hareng, pourquoi n'est-il mieux accompagné ! hélas ! il n'a pu tout seul apaiser une faim telle que la mienne. Mais, ami Renart, de grâce, comment as-tu pu gagner ceux que tu as mangés ?

— Voici toute l'histoire, répond l'autre. Quand je vis

venir la charrette, je me couchai tout du long sur le chemin, faisant mine de mort. Les marchands crurent qu'il suffisait de me jeter sur leurs paniers pour être maîtres de ma peau. Alors je fis mon repas, puis en descendant j'emportai un hareng à votre intention ; car voyez-vous, Primaut, malgré votre mauvaise conduite, je vous aimais toujours. Mais maintenant, j'y pense : il ne tiendrait qu'à vous d'avoir la même aubaine ; seulement il faudrait courir après la charrette avant qu'elle n'arrivât à la foire. Vous savez comme j'ai fait, vous n'aurez qu'à recommencer.

– Par saint Leu ! dit Primaut, tu es d'excellent conseil ; je cours après les marchands ; attends-moi ici, je reviendrai dès que j'aurai fait bonne gorge de leur poisson.

Primaut se met aussitôt à jouer des jambes ; il atteint la charrette comme elle approchait de l'enceinte où se tenait la foire. Il la dépasse, ne perd pas de temps, se couche dans la voie et fait le mort comme Renart lui en avait donné la leçon. Les marchands l'ayant aperçu :

– Ah ! crièrent-ils, le loup ! le loup ! allons à lui ; on croirait qu'il est mort. Voudrait-il nous jouer le même tour que le maudit goupil ? Nous allons voir.

Tous les gens de la charrette arrivent du même pas autour de Primaut qui se garde de faire un mouvement, pendant qu'ils le tournent et retournent.

– Il est bien mort ! dit l'un.

– Non.

– Vraiment si, tête Dieu !

– Je vous dis qu'il en fait semblant.

– Eh bien, ce bâton nous accordera.

On joue du bâton, Primaut souffre tout. Un des charretiers avait un énorme levier : il le fait tomber sur les reins du pauvre loup qui étouffe ses gémissements, résiste à la douleur et ne donne pas signe de vie. Pourtant le vilain surprend un soupir : aussitôt il tire un large coutelas dont il allait le frapper, mais Primaut juge à propos de ne pas l'attendre ; il fait un saut, renverse un de ses ennemis, et s'enfuit poursuivi par les huées de tous. Le voilà bien en colère, bien roué, bien battu ; il gagne avec peine la retraite où l'attendait son cher compain.

— Ah ! Renart, tu m'as trahi.

— Comment, sire Primaut, n'avez-vous pas bien dîné des harengs ?

— Il s'agit bien de dîner ; les poissonniers m'ont attaqué, battu, roué, peu s'en faut qu'ils ne m'aient assommé. Quel moment et quelle peur quand, après avoir eu les côtes brisées par un levier, je vis briller le coutelas dont on allait jouer sur mon cou ! C'est alors que j'ai cessé d'être mort et que j'ai rassemblé toutes mes forces pour échapper à ces maudits vilains.

— Ah ! les vilains ! reprit alors Renart en retenant une grande envie de rire, les voilà bien ! de vrais démons dont il ne faut pas même parler, tant on aurait de mal à en dire. Le vilain n'a pas d'amis, il n'a pitié de personne. Mais, sire compain, n'êtes-vous pas blessé ? en tout cas, remercions bien Dieu de vous avoir sauvé la vie. Reposez-vous, et puis nous irons voir si nous pouvons ailleurs trouver à manger ; car vous avez bien faim, n'est-ce pas ?

— Hélas ! oui, répond Primaut, qui ne voyait pas Renart lui faire une lippe de toute la longueur de sa

langue ; je ne sais de quoi je souffre le plus, de la faim ou des coups que j'ai reçus.

Les deux amis s'étendent alors sur l'herbe fraîche ; Primaut en grommelant contre les vilains, Renart en prenant gaiement le temps, la tête enroulée dans ses pattes. C'est ainsi qu'il se laisse aller au sommeil du juste que ne trouble aucun regret et dont tous les vœux sont remplis.

Quatorzième aventure

Comment Renart conduisit Primaut
dans le lardier du vilain, et ce qui en résulta
pour le vilain et pour lui

Primaut, que la faim tourmentait, réveilla Renart
avant le point du jour :

– Compain, je meurs de faim, tu le sais ; apprends-
moi donc où je pourrai trouver à manger.

Renart se frotte les yeux, réfléchit un moment, puis :

– Si vous tenez à faire un bon repas, il y a près d'ici
une maison de ma connaissance qui vous en donnera
tous les moyens. Elle appartient à un vilain, possesseur
de quatre gros bacons : je sais par où l'on y peut entrer,
et si vous voulez je vous y conduirai.

– Si je le veux ! dit Primaut, mais tout de suite, je t'en
prie. Ne vois-tu pas que je grille d'être en face de ces
bacons ?

– Eh bien ! partons.

Arrivés devant la maison, Renart commence par faire
l'examen des portes et des fenêtres : elles étaient toutes
closes, et la mesgnie du vilain dormait encore. Renart se
souvient d'un jeu qu'il avait fréquemment essayé. Il y
avait, du côté opposé à la porte, dans le courtil, une
ouverture étroite : il y conduit Primaut, passe le premier

et invite à le suivre son ami. Primaut eut toutes les peines du monde à passer ; mais la faim avait effilé son ventre et lui donnait une ardeur singulière ; les voilà dans la maison. Ils arrivent au lardoir, ils découvrent les bacons.

— Maintenant, soyez content, sire compain, dit Renart ; jamais vous n'aurez plus belle occasion d'apaiser votre faim.

L'autre, au lieu de répondre, tombe sur les jambons, les dévore et n'en aurait pas même offert à Renart, si celui-ci n'eût pris ses précautions d'avance. Mais comme il n'oublie pas qu'on peut les surprendre, il avertit Primaut de se hâter.

— Je suis prêt à partir, répond l'autre, mais j'ai tant mangé que je marche avec difficulté.

En effet, sa panse était devenue plus large que son corps n'était long. Clopin-clopant, ils reviennent au pertuis que Renart passa sans trop de peine ; mais il en fut tout autrement de Primaut. Le ventre qu'il rapportait opposait une résistance inattendue.

— Comment faire, disait-il, comment sortir de là ?

— Vous avez quelque chose, frère ? dit doucement Renart.

— Quelque chose ? J'ai que je ne puis repasser outre.

— Repasser ? vous voulez rire sans doute.

— Je te dis, par mes dents, que je ne puis sortir.

— Voyons, essayez d'avancer la tête et de pousser.

Primaut suit le conseil qu'on lui donne ; Renart le prend alors aux oreilles, tire le plus fort qu'il peut, jusqu'à lui mettre le cuir en écharpe. Mais il a beau tirer de

haut, de bas, de côté, tout est inutile, le ventre résiste toujours.

— Essayons un autre moyen, dit Renart, car le jour ne tardera guère ; le vilain peut venir, et s'il nous trouvait là... Attendez-moi, compain, j'y suis ; je vais chercher à vous tirer de ce mauvais pas.

Il court aux bois tailler une branche dont il fait une hart, et revenant à Primaut :

— Il faut maintenant pousser et tirer de toutes vos forces, car pour rien au monde je ne vous laisserai en pareil danger.

Et ce disant, après avoir passé la hart dans le cou de Primaut, il s'appuie d'un côté à la paroi du mur et tire de l'autre de façon qu'une partie du corps se trouve engagée comme la tête ; il ne cesse de répéter avec componction : « Saint-Esprit, aidez-nous ! Faudra-t-il laisser ici mon compain, mon ami ! Non, assurément. » Du col au sommet de la tête il enlève et rebrousse la peau du pauvre Primaut ; vaincu par la douleur, le patient jette un long cri, le vilain s'éveille et sort du lit, voilà qu'il accourt à toutes jambes.

— Laisse-moi, laisse-moi, Renart ; j'aime mieux essayer de rentrer dans l'enclos pour me défendre du vilain.

Renart ne le fait pas répéter, il s'éloigne, à peu près certain qu'enfin son cher ami ne se tirera pas de là.

Primaut eut pourtant la force de débarrasser son avant-corps, comme le vilain arrivait tenant une chandelle d'une main, un tronçon de lance de l'autre. Il essaie d'esquiver le coup, mais il n'y parvint qu'à demi ; de bonheur, la chandelle s'éteint. Primaut, dont l'œil est meilleur que ceux du vilain, en profite pour revenir sur son ennemi et pour le saisir comme il tentait de ranimer les dernières lueurs. Le vilain, violemment mordu vers la partie basse du dos, pousse un long cri de détresse : « À moi ! bonnes gens ; au secours ! » Sa femme l'entend la première ; elle se lève, prend sa quenouille, arrive sur le lieu du combat et s'en vient frapper d'une main débile le cuir du loup. Vains efforts, Primaut garde sa proie. Il fallait alors entendre les clameurs des deux époux : « Au meurtre ; au voleur ! on m'étrangle ! on me tue ! les diables m'emportent ! » et cent malédictions. La femme se décide à ouvrir la porte du courtil, dans l'espoir d'obtenir secours du dehors. Le loup profite de l'occasion, serre les dents, emporte un morceau du gras de la cuisse du vilain et gagne les champs à toutes jambes ; car le danger lui avait rendu ses forces et son agilité.

Il retrouve dans le bois Renart, qui, réellement chagrin de le voir, semble l'être des épreuves que son compain vient de subir.

– Allons, dit Primaut, le mal n'est pas aussi grand qu'il pouvait l'être : je m'en suis tiré ; et si tu veux manger à ton tour, je t'apporte de la chair de vilain : il n'est rien de tel ; quant à moi, je la préfère à celle du porc.

– Je pense autrement que vous, répond Renart ; par l'amour que je porte à mon fils Malebranche, la chair de vilain, qu'elle soit blanche ou noire, sera toujours de vilain : je n'y voudrais toucher pour rien au monde, je me croirais à jamais souillé.

Quinzième aventure

Comment Primaut fut de nouveau gabé par Renart,
et comme il fut, par beau miracle,
retenu sur le tombeau d'un saint martyr

—Mais, poursuivit Renart, je sais une chose meilleure
que chair de vilain. Près de l'endroit où nous sommes,
au-delà de la haie qui ferme ce plessis, une longue
troupe d'oies grasses pourraient être à nous, si nous le
voulions.

—Où sont-elles ? allons-y, mais n'y a-t-il pas danger ?

—Non : elles sont gardées par un seul paysan.

—Cela suffit, dit Primaut, et j'y cours. Je veux en rapporter une ou deux, et cette fois nous les mangerons
ensemble.

—Bon voyage donc ! sire compain.

Et Renart demeure, en espérant que son cher ami va
courir à de nouvelles mésaventures.

En effet, Primaut arrive au milieu de la bande d'oies,
et d'abord tout lui réussit. Il jette son dévolu sur la plus
grasse, fond sur elle et déjà la ramenait, quand le pâtre
retournant du bois l'aperçoit et lance sur lui les deux
mâtins qui l'accompagnent. Le chemin lui étant ainsi
fermé, Primaut se résigne à lâcher sa proie, non sans
avoir reçu de légères atteintes de la dent canine. Il

revint à Renart plus vite qu'il n'était parti, mais cette fois de fort mauvaise humeur.

— Par le corbleu ! Renart, dit-il en arrivant, voilà trop longtemps que tu me honnis et me gabes. Tu n'avais rien à attendre de ma mort, mais tu pourras bien te repentir de l'avoir voulu préparer. Ah ! je le vois maintenant : quand tu me faisais sonner les cloches, c'était pour appeler le prouvère ; quand tu m'envoyais aux marchands de harengs, c'était pour me faire assommer ; quand tu me montrais le chemin du lardoir, c'était pour laisser au vilain ma peau en gage ; tu m'indiquais tout à l'heure une bande d'oies, et tu comptais sur les chiens pour me faire déchirer. Maître fourbe ! vous êtes trop malin ; je vais une bonne fois payer toutes mes dettes.

Il lui pose alors sa furieuse patte sur le museau ; Renart fait un mouvement de côté, mais se sentant arrêté :

— Sire Primaut, dit-il, vous abusez de votre force : les grands ne peuvent sans péché accabler ainsi les petits. J'irai me plaindre au roi, à la reine, à tous les pairs. Mais de grâce, au moins, écoutez ; vous verrez que je n'ai pas mérité votre colère.

— Non, non ! point de pardon pour le traître, le félon, le scélérat ; tu ne mourras que de ma main.

— Mais encore ! songez-y bien, sire Primaut, si vous me tuez, vous aurez affaire à bien du monde. J'ai des fils, vous le savez ; j'ai des parents, de puissants amis ; il vous faudra compter avec eux ; et quand on saura que vous m'avez surpris à l'écart, assassiné, vous serez jugé à mort ou vous abandonnerez le pays.

Toutes ces paroles ne font qu'ajouter à la rage de

Primaut. Il saisit Renart par la nuque, le terrasse, le foule aux pieds, lui marche sur le ventre et le couvre de morsures. Renart meurt déjà de la peur de mourir. Rassemblant alors toutes ses forces :

– Merci ! damp Primaut : je jure, et c'est ma dernière confession, que je n'avais jamais cherché à vous nuire.

Ces mots arrêtent subitement la colère de Primaut. Le doute commence à s'emparer de lui : « Si pourtant Renart n'avait rien à se reprocher ! » Renart voit l'effet de ses dernières paroles, il poursuit d'un ton plus élevé :

– Oui, j'en atteste les reliques, j'ignorais que les oisons fussent sous la garde des chiens. Non, je n'ai pas fermé les portes de l'église ; non, je n'ai pas deviné que les harengers vous traiteraient plus mal que moi. J'implore justice, et j'adjure ma femme et mes enfants d'aller demander au roi vengeance de ma mort.

Primaut ne frappait plus, il réfléchissait aux suites de cette affaire.

– Allons ! Renart, je te laisse la vie, je veux tout oublier. Lève-toi, tu n'as plus rien à craindre de moi.

– M'est-il bien permis de le croire ?

– Oui, je te pardonne.

– Et qui m'en assurera ?

– Si tu veux, j'en ferai serment.

– Oui, je le veux.

– Eh bien ! soit. Indique-moi le moutier dont je prendrai les saintes reliques à témoin.

– Il en est un assez voisin ; si vous le désirez, je vais vous y conduire.

– J'y consens, allons !

Ils se mettent à la voie, mais Renart avait déjà médité une trahison nouvelle. À l'entrée du plessis se trouvait un piège de sa connaissance, formé d'une branche de chêne courbée par une clef que le moindre poids faisait céder. C'est là qu'il conduit Primaut. Arrivés en cet endroit :

— Là, dit Renart, repose un corps saint, celui d'un confesseur et martyr, longtemps ermite dans ce monde, et maintenant en Paradis. J'ai grande dévotion à sa tombe, et sans aller plus loin, si vous voulez jurer sur elle que vous ne me battrez plus et que vous resterez mon ami fidèle, je me tiendrai pour satisfait.

— J'y consens, par sainte Agnès, dit Primaut.

Aussitôt, il s'agenouille, pose la main au-dessus du piège, et prononce ces paroles :

— Au nom de saint Germain, de tous les bienheureux et de celui qui repose ici, je consens à ne pas voir la journée prochaine, si je garde rancune à Renart et si je cherche querelle à lui et aux siens.

— Ainsi Dieu te soit en aide ! répond Renart.

Alors Primaut, pour se relever, pose le pied sur la branche courbée : la clef s'échappe, et le pied reste pris dans le piège.

— Au secours ! à moi ! sire Renart, je suis pris.

— Ah ! tu es pris, traître ! c'est que tu parlais contre ta pensée ; c'est que tu étais parjure, et voilà pourquoi le saint t'aura puni. Je me garderai bien d'aller contre la volonté de Dieu : il te retient, prie-le de te laisser échapper. Ah ! je reconnais maintenant tes jongleries, et tu vois ce qu'il en coûte de ne pas être loup de bien.

Cela dit, Renart s'éloigne et reprend la route de Maupertuis. Chemin faisant, il rencontre un autre oison dont il s'empare, et triomphant revient trouver Hermeline, qui ne sut, elle et ses enfants, comment assez le festoyer. Il conta plaisamment tous les tours qu'il avait joués dans son excursion, et comment Primaut, toujours trompé, était enfin demeuré dans le piège. Hermeline en rit de bon cœur : elle s'intéressait faiblement au frère d'Ysengrin, et dès qu'elle avait retrouvé son baron et partagé son butin, elle ne voyait plus ce qui pouvait lui rester à désirer. Quant à Primaut, on ne sait pas bien ce qu'il devint. En fut-il quitte pour laisser en gage un de ses pieds dans le piège, ou mourut-il sous la dent des chiens qui le trouvèrent, c'est un point que l'histoire n'a pas éclairci. Seulement, depuis cette dernière et fâcheuse aventure, le livre se tait de lui et nous permet de supposer qu'il rendit l'âme sur la tombe du saint qu'il avait eu la mauvaise pensée d'invoquer.

Le translateur
La légende du piège dans lequel Renart prend les autres ou se laisse prendre a plusieurs fois éveillé l'émulation des trouvères français. C'est par là que vont commencer les faits et gestes de maître Tybert le chat, héros digne de disputer à Renart le prix de la ruse et de la malice, ainsi que vous verrez, lecteur, si vous voulez bien écouter la suite de notre très véridique histoire. Nous reprenons le récit au moment où, grâce au frère convers, Renart a mis en défaut les veneurs qui le poursuivaient.

Seizième aventure

Comment Tybert prit les soudées
de Renart, et comme il en cuit
de s'attaquer à un vieux chat

Échappé de la rencontre des veneurs et du frère
convers, Renart avait gagné de larges fossés qu'il
connaissait, et les avait mis entre la meute et lui. Mais
il avait grand besoin de repos : sa faim, plusieurs fois
irritée, n'avait pas été satisfaite ; il se promettait de
prendre une autre fois sa revanche du corbeau, de la
mésange et surtout de Chantecler quand, au détour
d'un vieux chemin, il aperçoit Tybert le chat, se dédui-
sant avec lui-même et sans compagnie. Heureux
Tybert ! sa queue lui suffisait pour exercer son adresse
et lui donner carrière : il la guettait de l'œil, la poursuivait, la laissait aller et venir, la saisissait au moment
où elle y pensait le moins, l'arrêtait entre ses pattes et
la couvrait alors de caresses, comme s'il eût craint de
l'avoir un peu trop malmenée. Il venait de prendre la
pose la plus abandonnée, tour à tour allongeant les
griffes et les ramenant dans leur fourreau de velours,
fermant les yeux et les entrouvrant d'un air de béati-
tude, entonnant ce murmure particulier que notre
langue ne sait nommer qu'en l'imitant assez mal, et qui

semble montrer que le repos parfait du corps, de l'esprit et du cœur peut conduire à l'état le plus doux et le plus désirable. Tout à coup, le voilà tiré de son voluptueux recueillement par la visite la moins attendue. Renart est à quelques pas de lui : Tybert l'a reconnu à sa robe rousse, et se levant alors autant pour se mettre en garde que par un juste sentiment de déférence :

— Sire, dit-il, soyez le bienvenu !

— Moi, répond brusquement Renart, je ne te salue pas. Je te conseille même de ne pas chercher à me rencontrer, car je ne te vois jamais sans désirer que ce soit pour la dernière fois.

Tybert ne jugea pas à propos d'essayer une justification ; il se contenta de répondre doucement :

— Mon beau seigneur, je suis désolé d'être si mal en grâce auprès de vous.

Renart cependant n'était pas en état de chercher noise ; car il jeûnait depuis longtemps, et il était harassé de fatigue. Quant à Tybert, il était gros et séjourné ; sous de longs grenons argentés et luisants reposaient des dents bien aiguisées ; ses ongles étaient grands, forts et effilés ; d'ailleurs, damp Renart n'aimait pas les combats à force égale. L'air décidé de Tybert lui ayant fait changer de ton :

— Écoute-moi, lui dit-il, je veux bien t'annoncer que j'ai entrepris contre mon compère Ysengrin une guerre sérieuse et terrible. J'ai déjà retenu plusieurs vaillants soudoyers ; si tu voulais en augmenter le nombre, tu ne t'en trouverais pas mal, car je prétends lui donner assez de besogne avant d'accepter la moindre trêve. Bien maladroit celui qui ne trouvera pas avec nous l'occasion de gagner un riche butin.

Tybert fut charmé du tour que la conversation avait pris.

— Sire, dit-il, vous pouvez compter sur moi, je ne vous ferai pas défaut. J'ai de mon côté un compte à régler avec Ysengrin, et je ne désire rien tant que son dommage.

L'accord fut bientôt conclu, la foi jurée, et Tybert accepta les soudées de Renart pour une guerre dont il ignorait la cause et qui n'était pas déclarée. Les voilà faisant route chacun sur son cheval (*car notre poète fait volontiers voyager ses héros comme nobles gens de guerre*) ; en apparence les meilleurs amis du monde, mais au fond disposés à s'aider de la trahison dès que l'occasion s'en présentera.

Tout en chevauchant, Renart avise, au beau milieu de l'ornière qui bordait le bois, un fort collet tendu dans une souche de chêne entrouverte. Comme il prenait garde à tout, il l'esquiva ; mais l'espoir lui sourit de voir Tybert moins heureux. Il s'approche de son nouvel homme d'armes et lui jetant un ris :

— Je voudrais bien, mon cher Tybert, lui dit-il, éprouver la force et l'agilité de votre cheval : sans doute on peut le recevoir dans les montres, mais je voudrais en être sûr. Voyez-vous cette ligne étroite qui longe le bois ; élancez-vous bride abattue droit devant vous ; l'épreuve sera décisive.

— Volontiers, répond Tybert, qui soudain prend son élan et galope.

Mais arrivé devant le collet, il le reconnaît à temps, recule de deux pas et passe rapidement à côté. Renart le suivait des yeux.

— Ah ! Tybert, votre cheval bronche, il ne garde pas la voie. Arrêtez-vous, et recommençons !

Tybert, qui ne doutait plus de la trahison, ne fait pas de difficulté. Il reprend du champ, pique des deux, arrive une seconde fois devant le collet, et saute une seconde fois par-dessus avec la même légèreté. Renart comprend que sa malice est découverte ; mais sans se déconcerter :

— Vraiment, Tybert, j'avais trop bien jugé de votre cheval : il vaut moins que je ne pensais ; il se cabre, il se détourne, il ne sera pas reçu par le maréchal de mon ost, et vous n'en tirerez pas un grand prix.

Tybert s'excuse du mieux qu'il peut ; mais pendant qu'il offre de faire un troisième essai, voilà deux mâtins qui accourent à toutes jambes et donnent des voix en apercevant Renart. Celui-ci, dans son trouble, oublie le collet dont il se rapproche pour se perdre dans le bois ; mais Tybert, moins effrayé, saisit l'occasion, et simulant une égale terreur, se jette sur Renart qui, pour se retenir, avance le pied gauche justement sur le collet. La clef qui tendait le piège tombe, la large fente se referme, et c'est messire Renart qui se trouve pris. Voilà Tybert au comble de ses vœux ; car il croit être bien sûr que son compagnon ne s'en tirera pas :

— Demeurez, lui dit-il, demeurez, mon seigneur Renart ; ne vous inquiétez pas de moi, je saurai me réfugier en lieu sûr. Mais ne l'oubliez pas une autre fois :

à trompeur, trompeur et demi ; ce n'est pas à Tybert que Renart doit se prendre.

Disant ces mots il s'éloigne, car déjà les chiens étaient acharnés sur Renart. Averti par leurs abois, le vilain accourt qui avait disposé le collet. Il lève sa lourde hache : qu'on juge de l'épouvante de Renart ! Jamais il n'avait vu la mort de si près. Par bonheur, la hache tombe à faux, rouvre le piège, et Renart, délivré par celui qui devait le tuer, prend le large, disparaît dans la forêt sans que les cris du vilain, le glapissement désespéré des chiens soient capables de lui faire tourner la tête. Vainement est-il poursuivi ; il sait leur donner le change et quand il fut délivré de ce danger extrême, il s'étend presque inanimé sur le revers d'un chemin perdu. Peu à peu la douleur des blessures dont il était couvert lui fait reprendre ses esprits : il s'étonne d'avoir pu si longtemps courir, et tout en léchant ses plaies, en étanchant le sang qui en sortait, il se rappelle avec épouvante et dépit la coignée du vilain, le mauvais tour et les railleries de Tybert.

Dix-septième aventure

Comment Renart et Tybert, redevenus bons amis,
font la découverte d'une andouille que Tybert
emporta et que Renart ne mangea pas

Vous avez vu comment Renart avait à grand-peine
tiré sa jambe du terrible piège. Quand il eut un peu
dormi d'un sommeil agité, il se remit tristement en chemin, clochant du pied et pressé d'une faim cruelle.
Tybert le croyait bien mort, quand il le vit arriver à lui,
la queue basse, l'œil doux et bienveillant. Ce n'est pas
qu'à la vue de celui qui l'avait si bien joué le sang ne lui
frémît violemment ; mais, pour assurer sa vengeance, il
sentit qu'il fallait se contraindre.

– Eh ! Tybert, quel vent vous mène, lui dit-il en le
voyant fuir ; là ! là ! ne courez pas si vite. Laissez-moi
vous dire quelques mots : avez-vous oublié la foi jurée ?
Si vous pouviez me supposer la moindre rancune, vous
seriez dans une grande erreur. À Dieu ne plaise ; j'ai
repris ce chemin, uniquement dans l'espoir de vous
rejoindre, comme mon féal chevalier.

À ces paroles doucement prononcées, Tybert ralen-
tit le pas ; il s'arrête même, en prenant soin toutefois de
bien préparer ses ongles. Pour Renart, épuisé de faim et
de fatigue, il était encore moins disposé que la veille à
engager une lutte ouverte.

– En vérité, mon cher Tybert, dit-il, le monde est bien méchant : on n'y connaît plus de charité ; on ne songe qu'à tromper les autres, comme si la mauvaise foi n'était pas toujours punie. Je vous dis cela pour ce grand sermonneur, le compère Ysengrin, qui tout nouvellement est entré dans les ordres : j'apprends qu'il vient d'être surpris par celui qu'il voulait prendre, et son exemple m'a fait ouvrir les yeux. Je ne veux pas être traité comme lui ; jamais les méchants n'ont fait une bonne fin, et je sais trop bien, d'ailleurs, ce qu'il en coûte de ne pas avoir de véritable ami. Vous, par exemple, Tybert, pour qui j'ai toujours ressenti une affection particulière, quand vous m'avez cru mort, vous avez décampé. Non que vous ayez ri de mon malheur ; je ferais mauvais parti à qui vous en accuserait, puisqu'il y avait entre nous foi jurée ; mais, dites-moi bien la vérité, cher Tybert : vous avez eu, n'est-ce pas, un grand chagrin de cœur en me voyant arrêté dans le piège, quand les chiens s'attachaient à mes flancs et que le vilain levait sur moi sa coignée ? Il croyait me tuer du coup, et du coup il me délivra, si bien que j'ai, grâce à Dieu, conservé ma peau.

– J'en ai vraiment de la joie, dit Tybert.

– N'est-ce pas ? J'en étais sûr : bien que vous ayez peut-être un peu aidé à me pousser dans ce vilain piège, ce que je vous pardonne et de grand cœur. Seulement je dis, non pour vous en faire un reproche, que vous auriez pu agir un peu plus charitablement. N'en parlons plus !

Tybert, à ces douces paroles, répondait mollement, en protestant de ses bonnes intentions et, comme on semblait disposé à l'en croire, il offrit de renouveler son hommage, tandis que Renart s'engageait à le défendre envers et contre tous. Voilà la paix de nouveau signée, paix que l'un et l'autre entendent tenir comme à l'ordinaire.

Ils suivaient, sans trop discourir, le sentier frayé, tourmentés d'une faim à peu près égale, quand ils font rencontre d'une grande andouille abandonnée près du chemin, à l'entrée d'une terre labourée. Renart s'en saisit le premier.

— J'y ai part ! crie Tybert aussitôt.

— Assurément, reprend Renart ; si je vous en privais, que deviendrait la foi jurée ?

— Eh bien, partageons et mangeons.

— Non, doux ami, le lieu n'est pas assez écarté ; nous y serions mal à l'aise. Il faut l'emporter ailleurs.

— J'y consens, puisque vous le voulez.

Renart prend l'andouille par le milieu, de façon à laisser pendre les deux bouts. Tybert le suivait, inquiet de ce qu'il avait en pensée. Ah ! s'il tenait lui-même la bienheureuse pièce, il serait plus assuré d'en avoir au moins sa part.

— Eh, mon Dieu ! dit-il, compain, comment tenez-vous donc cette andouille ! vous en laissez traîner les deux bouts dans la poussière et vous mouillez le milieu de votre salive ; c'est à soulever le cœur. Si vous continuez, je vous en cède ma part. Oh ! que je la porterais autrement !

— Comment la porteriez-vous ?

— Vous allez voir : aussi bien dois-je avoir tout le mal, puisque vous l'aviez vue le premier.

Renart, tout bien considéré, le laissa faire. « Car, pensait-il, la charge l'embarrassera et j'aurai plus aisément raison de lui. »

Tybert prend l'andouille, serre un des bouts entre ses dents, la balance et la rejette sur son dos.

— Voyez-vous, compain, dit-il, cela s'appelle porter une andouille ; elle ne prend pas de poussière et ma bouche ne touche que ce qu'on ne mange pas. Suivons le chemin ; il conduit à la croix que nous apercevons là sur cette hauteur, bon endroit pour y manger à l'aise ; on voit de tous côtés, on n'y craint pas de surprise.

Renart n'était pas trop de cet avis ; mais le chat, sans attendre de permission, courait à toutes jambes et c'était à Renart de le suivre.

— Attendez-moi donc ! compain.

— Mais vous, reprenait Tybert, hâtez le pas, si vous voulez arriver à temps.

Quand il fut au haut du tertre, Tybert, qui dès sa première enfance avait appris l'art de monter et descendre, dresse les pieds et, grâce à ses ongles, grimpe aisément sur les bras de la croix. Il s'y arrête en ronronnant, pendant que Renart arrive :

— Eh ! Tybert, comment l'entendez-vous ?

— Comme il faut, compain. Montez, nous mangerons ensemble.

— Cela me serait difficile, c'est à vous de descendre. Vous savez à qui l'andouille appartient ; c'est d'ailleurs un objet sanctifié qu'il faut partager avant de manger. Gardez-en la moitié et jetez-m'en l'autre ; ainsi notre association sera consacrée.

— Ah ! Renart, que dites-vous là ! êtes-vous ivre ? je ne le ferais pas pour cent livres. Oui, l'andouille est un symbole de foi et c'est pour cela qu'on ne peut mieux la manger que sur croix ou dans l'église. On doit y mettre une grande révérence.

— Mais, dit Renart, il n'y a pas de place pour deux sur votre croix ; vous le savez, chevalier déloyal. Vous m'avez engagé votre foi, allez-vous déjà me fausser compagnie ? Quand deux amis sont ensemble, s'ils viennent à trouver fortune, ils sont tenus de partager ; faites donc là-haut le partage de l'andouille et jetez ma part ; j'en prends le péché sur moi.

— En vérité, répond Tybert, vous êtes pire qu'un hérétique ; vous voulez que je jette ce qu'on doit tenir avec le plus grand respect ! Il faudrait que le vin m'eût bien monté à la tête pour aller ainsi contre la foi ; car enfin, je le répète, c'est une andouille, une chose qu'il faut garder entre les doigts. Écoutez-moi : si vous m'en croyez, pour cette fois vous vous en passerez ; mais la première que nous trouverons, je vous le promets, elle sera vôtre.

— Au moins, Tybert, laisse tomber quelques miettes de celle-ci !

— Non, vous êtes trop glouton ; eh quoi ! ne pouvez-vous attendre qu'il en arrive une autre, meilleure peut-être ?

Il n'en dit pas davantage et se mit à manger l'andouille.

À cette vue, le cœur de Renart se gonfle, ses yeux se mouillent.

— Je vois avec plaisir, dit Tybert, que vous pleurez vos

anciens péchés ; Dieu, témoin de votre repentir, vous en donnera le pardon.

– C'est trop fort, en vérité ! s'écria Renart écumant de rage, tu me le paieras cher ; car il faudra bien que tu descendes, ne serait-ce que pour aller boire.

– Quant à cela, Renart, Dieu y a pourvu. Il a pratiqué dans la croix un trou où s'est conservée l'eau de la dernière pluie. Il y en a plus qu'il n'en faut pour apaiser ma soif.

– Il faudra pourtant que tu descendes.

– Ce ne sera pas aujourd'hui.

– Eh bien ! ce sera dans un mois, dans un an.

– Vous resterez à m'attendre ?

– Oui ! fallût-il rester sept ans.

– Vous en feriez serment ?

– Oui ! je jure de ne pas quitter cette croix avant que tu n'en descendes.

– Vous savez que c'est se damner que d'être parjure.

– Oh ! je ne le serai pas ; et pour m'engager davantage, je le jure sur la croix.

– Vous m'affligez, Renart ; car enfin vous êtes à jeun, et demeurer sept ans ici sans rien trouver à mettre sous la dent, cela vous semblera bien cruel. Mais comme vous l'avez juré…

– Tais-toi !

– Oh ! je le veux bien, cela me permettra d'achever mon excellent repas.

Damp Renart ne tint pas longtemps le serment qu'il avait prononcé. Un mâtin, qui avait flairé ses pistes, donna des voix, puis les brachets et les veneurs.

— Quel est ce bruit ? dit-il avec émotion.

— Attendez et ne bougez pas surtout, dit Tybert : c'est une agréable mélodie, présage de l'arrivée d'une charmante société qui vient ici prendre ses ébats. Ils vont chercher une messe dans le voisinage, et vous serez là bien à propos, car je crois me souvenir que vous avez été prêtre.

Renart ne trouva pas sa présence aussi nécessaire dans l'assemblée. Il se leva et comme il gagnait le large :

— Mon Dieu, lui dit Tybert, qu'allez-vous faire ! et votre serment, Renart, l'avez-vous oublié ? Songez que vous en rendrez compte au Jugement dernier. Pourquoi vous effrayer ? Je suis au mieux avec les chiens ; s'il le faut, je leur donnerai pour vous mon gage.

Renart ne l'écoutait plus, il était loin quand les chiens arrivèrent. Cependant, tout en courant de son mieux, il maugréait le perfide Tybert et se promettait de le poursuivre jusqu'à la mort.

Dix-huitième aventure

Comment deux prouvères chevauchaient
allant au synode ; comment ils firent rencontre
de Tybert et comment Tybert rentra
dans le presbytère, monté sur le palefroi

Ici l'histoire nous ramène à Tybert. Satisfait de s'être
approprié l'andouille, peu soucieux des projets de vengeance de damp Renart, il commençait à fermer volup-
tueusement les yeux, quand vinrent à passer deux
prêtres devant la croix qui l'avait si bien servi. Ils se
rendaient au synode ou convocation épiscopale. L'un
montait une vieille jument, et l'autre conduisait un
palefroi doucement amblant. Le prêtre à la jument dit
le premier :

– Venez donc, compain ; quelle bête voyons-nous là ?

– Arrêtez, étourneau que vous êtes, dit l'autre, c'est
un magnifique chat sauvage, et je serais plus content
qu'un roi si je pouvais l'attraper. Sa peau défendrait
mon chef du froid, j'y taillerais facilement un grand et
bon chaperon ; Dieu, connaissant le besoin que j'en ai,
me l'a sans doute envoyé. C'est bien votre avis, n'est-ce
pas, Turgis ? Pour n'en rien perdre, je veux y laisser la
queue : elle donnera au chaperon meilleur air, elle tom-
bera plus agréablement sur la nuque. Voyez comme elle
est grande et bien fournie !

– C'est fort bien, répond l'autre ; mais vous ne parlez pas de la part qui m'en revient.

– Votre part ? Eh ! ne voyez-vous pas, maître Turgis, que j'ai besoin de la robe entière ? ainsi vous me la laisserez.

– La laisser ? pourquoi, s'il vous plaît ? Suis-je de votre hôtel ? avez-vous jamais rien fait pour moi ?

– La peste soit de vous ! dit Rufrangier ; des ladres on ne doit rien attendre. Partageons donc, j'y consens. Mais le moyen ?

– Je vais vous le dire : vous désirez en faire un chaperon, n'est-ce pas ? eh bien, nous la donnerons à priser, et vous me paierez moitié de la valeur.

– Faisons mieux encore, dit Rufrangier ; car je veux toute la bête : allant de compagnie au synode, nous devons prendre hôtel et manger, durant le voyage : je propose de payer double écot, mais à la condition que vous céderez votre part du chat.

– Ne disputons pas, répond Turgis, j'y consens.

– Il ne s'agit plus que de prendre le chat : qui s'en charge ?

– Ah ! dit Turgis, ce ne sera pas moi : qui le doit avoir le happe !

– Je vais donc y pourvoir.

Disant cela, et pendant que Turgis prenait un peu d'avance, le bon Rufrangier approche de la croix et lève les mains ; mais, son palefroi n'étant pas assez haut, il ne put atteindre la proie : il se décide alors à monter droit sur la selle, bien persuadé qu'il n'aurait plus qu'à saisir ; mais Tybert dresse les poils, lui jette les ongles sur le visage, fait un saut, le déchire à belles dents, si bien que Rufrangier se détourne au plus vite et tombe à la renverse au pied de son cheval. Pendant que la douleur de la chute et les morsures du chat lui ôtent sa présence d'esprit, Tybert descend sur les arçons que le prouvère venait de quitter ; le cheval effrayé s'enfuit bride abattue, arrive à travers champs à la maison, et pénètre dans la cour au moment où la femme du prouvère se baissait pour ramasser du petit bois. Elle ne voit pas le cheval qui, poussé de grande violence, vient la frapper en pleine poitrine.

— Au secours ! au voleur ! au diable d'enfer !

Car tel lui sembla Tybert, accroupi sur la selle ; mais Tybert connaissait la maison, et quand le cheval s'élança vers l'écurie, il fit un saut et, le plus tranquillement du monde, il alla tenter une reconnaissance dans les combles du logis.

Cependant Rufrangier revenait à lui. Il appelle Turgis, et le prie de lui amener son palefroi. Turgis arrive :

— Ah ! messire, êtes-vous blessé ?

— Blessé, non ; mais égorgé. Ce n'est pas un chat, c'est un démon auquel nous avons eu affaire. Nous sommes ensorcelés, nous sommes perdus ; ce lieu nous sera fatal. Et mon palefroi ! mon palefroi !

Alors il commence sa kirielle, il dit *Credo*, *Miserere*, *Pater noster*, et Turgis chante les répons. Après avoir longtemps attendu si le cheval revenait, ils font encore un signe de croix, renoncent au synode et retournent au logis.

— Eh ! qu'avez-vous ? dit la dolente femme de Rufrangier.

– Nous avons, répond le prouvère, que le diable nous a battus, moi et messire Turgis de Longbuisson ; qu'il nous a ensorcelés et que, sans nos prières et nos signes de croix, il nous aurait tous les deux emportés.

Le translateur
La justice nous oblige à déclarer que l'aventure de l'andouille partagée n'est pas racontée par tous les historiens à l'avantage de Tybert : plusieurs soutiennent que Renart avait encore ici trouvé la meilleure ruse. Il était aisé de prévoir que ces deux maîtres passés en tous genres de fourberies auraient leurs partisans exclusifs, et que le juge impartial aurait toujours de la peine à donner l'avantage à l'un des deux sur l'autre. Je ne veux être ici que le rapporteur. Ceux donc qui nous représentent Tybert comme la victime de Renart racontent l'histoire de l'andouille comme vous allez voir.

Dix-neuvième aventure

Comment Roussel et Tybert, Blanche et Fremont
jouaient aux marelles, et comment Renart
mangea l'andouille

Un jour, Renart atteignit, au bout de grands terrains
en friche, un champ nouvellement moissonné qui lui
parut fort convenable pour y sommeiller, doucement
couché dans une meule de foin. Le jour commençait à
poindre quand il se réveilla : à peu de distance il aperçut, sur le bord du sentier, une croix ombragée d'un
sapin ; on l'avait dressée pour conserver la mémoire d'un
ancien meurtre. Les parents de la victime avaient creusé
pieusement la fosse de celui qu'ils voulaient honorer,
et sur la terre qui recouvrait le corps ils avaient étendu
une grande pierre taillée, avec la croix posée en chef et
le sapin en pied. Les bergers du pays s'arrêtaient souvent
et se rassemblaient en ce lieu, et même, avec la pointe
de leurs couteaux, ils avaient tracé sur la pierre un
marellier.

De l'endroit où il était, Renart put distinguer aisément autour du jeu quatre personnages : c'était Fremont
la fourmi, Blanche l'hermine, Tybert le chat et Roussel
l'écureuil. Tous quatre voyageant de compagnie avaient
fait rencontre d'une andouille parfaitement ficelée. Qui

l'avait perdue et d'où venait-elle ? ils ne s'en inquiétèrent pas, mais bien de savoir comment ils la partageraient. Elle était gonflée par le milieu, mince et fluette par les extrémités ; de là, grande difficulté de donner autant à l'un qu'à chacun des autres. Après de longs pourparlers, ils avaient jeté les yeux sur la pierre tumulaire, et ils étaient convenus de jouer leur andouille aux marelles.

Ils s'étaient placés, Blanche et Fremont d'un côté, Roussel et Tybert de l'autre ; ces deux derniers rapprochés pour se surveiller mutuellement et prévenir la tricherie d'une ou d'autre part. Comme ils étaient tout au jeu et qu'on ne pouvait dire encore lequel gagnerait, voilà que Baudouin l'âne, en traversant avec sa charge le sentier, détourna la tête vers eux et bruyamment leur cria :

– Voici Renart, bonnes gens, sauvez-vous !

Aussitôt on eût vu les joueurs tirer au large ; Tybert, plus adroit, prend son temps, met la patte sur l'andouille, et grimpe sur la croix avec elle. Ce fut l'affaire d'un instant ; vienne maintenant qui voudra, Tybert ne craint roi, ni comte, ni goupil.

Renart arrivait en effet. Son premier coup d'œil fut pour Tybert qui d'un air insouciant se détourne et, la queue dressée, lui présente nonchalamment le dos.

– Eh ! je ne me trompe pas ; c'est toi, mon cher Tybert !

L'autre revenant sur lui-même :

– Oui. Et d'où viens-tu, mon petit Renart ?

– Du bois voisin, mon cousin. Mais pourrait-on savoir pourquoi tu as grimpé si haut ?

— Pour plus grande sûreté.

— Tu as donc peur de quelqu'un ?

— Mais oui.

— De qui ?

— De toi, par exemple.

— La raison ?

— La raison, c'est le friand morceau que j'ai sous la main, et que je ne me consolerais pas de perdre.

— Quel est donc ce morceau friand ? Une bonne capture ?

— Oui.

— Laquelle ? m'est-il interdit de l'apprendre ?

— Non, mais bien de la prendre : c'est une andouille.

— Ah ! tu es heureux d'avoir pu trouver pareille viande.

— Que t'importe, puisque tu n'en dois pas goûter ? Sans toi, nous sommes quatre au partage.

— Je voudrais pourtant bien venir en cinquième.

— Mon petit Renart, pour cela vous arrivez un peu bien tard.

Renart se tait, plus irrité, plus inquiet qu'on ne saurait dire. Il lèche ses grenons, gratte des pieds, se lève, se baisse, se dresse sur le bas de la croix, pousse de petits cris de dépit et de convoitise. L'andouille est là devant ses yeux, déjà entamée par les fines et bonnes dents du chat ; chaque coup d'œil ajoute à ses désirs, à ses impatiences. Enfin, il imagine un expédient inattendu : il s'élance à l'autre bout de la tombe, avance le museau dans l'herbe, cherche, semble fureter de côté et d'autre, l'œil ardent, le corps vivement agité.

— As-tu vu, Tybert ? crie-t-il.

— Oui ? fait l'autre, le dos tourné ; voyons, qu'as-tu découvert ?

— Par Dieu, une souris.

— Une souris !

À ce nom de la chose qu'il aime le mieux au monde, Tybert met tout en oubli, même l'andouille ; il se tourne vivement du côté de Renart, et dans ce mouvement il avance un peu la patte, l'andouille tombe. Renart fait un saut, la saisit, et pendant qu'il l'étend sur la pierre avec complaisance, Tybert du haut de la croix mène un deuil amer.

— Renart, vous m'avez trahi ; malheur à qui entre en conversation avec vous.

— Pourquoi donc me parles-tu ?

— Oui, malheur à qui se fie en vous !

— Et à qui voudra rien partager avec toi. M'as-tu seulement regardé, quand je te demandais une petite part de cette andouille vraiment excellente ? Je l'ai maintenant ; je t'en offre la ficelle. Adieu beau cousin, mon cher Tybert : en vérité, je n'ai pas de rancune. Au revoir.

Le translateur

L'histoire parle d'une autre rencontre entre Tybert et Renart, qui ne s'accorde pas très exactement avec les trois affaires du piège, de l'andouille, et des deux prouvères. Ce n'est apparemment qu'une contrefaçon des événements dont la ferme de Constant Desnois fut le théâtre. Nous laissons au lecteur la liberté de lui assigner sa véritable place dans l'ensemble des faits et gestes de damp Renart.

Vingtième aventure

De la chevauchée de Renart et de Tybert
dans la maison d'un vilain, et comment Tybert
y dut laisser sa queue en gage

Un beau jour de printemps, autour de l'Ascension, damp Renart, sortant de Maupertuis très affaibli par une longue diète, fit rencontre de Tybert auquel il adressa le premier parole.

— Mon bel ami, puis-je savoir quel heureux vent vous amène ici ?

— Assurément ; j'allais rendre visite à un vilain dont l'enclos se trouve à peu de distance. Le vilain est marié, sa femme dispose de tout ; elle a serré dans sa huche un grand pot de lait, je veux savoir quel goût il a. Allons ensemble, sire Renart, je vous montrerai comment on peut entrer au logis ; mais j'y mets une condition, c'est que vous engagerez votre foi de me tenir bonne et loyale compagnie, et de ne venir qu'après moi. Il y a là force chapons et gelines, je n'y prétends rien.

— Soit ! répondit Renart, je prends l'engagement de te suivre et de ne rien prétendre avant toi de ce qui pourra nous convenir à tous deux.

Ils pressent alors le pas. Arrivés devant la haie, ils se trouvent en présence d'un pieu rompu qui déjà plus d'une fois avait livré passage à Tybert ; bientôt ils furent dans l'enclos. Renart flairait déjà le gelinier et se dirigeait de ce côté, mais Tybert l'arrêtant :

– On ne réussit que par adresse et prudence : le vilain dort, l'attaque du gelinier peut le réveiller, et dès lors il faudrait faire retraite. Allons à la huche, nous l'ouvrirons sans danger, les chapons viendront ensuite.

Ce raisonnement ne persuadait pas Renart.

– Écoute-moi donc, reprend Tybert, si tu vas d'abord aux poules, les chiens pourront te sentir, te donner la chasse et te mordre : j'en aurais du chagrin, car cela nuirait à mes intérêts. Faisons mieux : allons d'abord au lait, il en restera pour toi, je t'assure.

– J'ai promis de te suivre, répond Renart que le lait tente bien un peu ; allons à la huche.

Tybert montre le chemin, entre dans la maison, et désignant le grand coffre à son compagnon :

– Soulève le couvercle, ami Renart, afin que j'y puisse entrer le premier : tu sais nos conventions.

Renart fait ce qu'on lui dit ; Tybert passe la tête, le corps, la queue ; il se met à l'œuvre et lape le lait avec recueillement. Renart soutenait le couvercle, mais la vue du lait le faisait geindre et frémir de convoitise. La langue lui brûlait en voyant Tybert humer avec tant de plaisir.

– Ah ! Tybert, tu te trouves bien là, il me semble ; tu as tout ce que ton cœur voulait. Maintenant, sois bon compain ; remonte, car, par saint Denis je suis fatigué de soulever ce pesant couvercle, et je n'aurai pas la force de continuer. Remonte, mon cher Tybert, mon bon Tybert !…

L'autre, préoccupé de son lait, ne perdait pas le temps à répondre. Vainement Renart accumulait les douces suppliques :

– Bel ami, hâte-toi, de par Dieu ! je n'en puis plus ; je vais laisser retomber la huche.

Toutes les paroles étaient inutiles, Tybert huma tant qu'il en eut jusqu'aux grenons, et bien plus : soit avec intention, soit par mégarde, il renversa le pot et répandit tout le lait qu'il n'avait pu boire.

– Ah ! dit Renart furieux, voilà qui est mal, Tybert. Cela est pire que si tu m'avais griffé, mordu, moi ton seigneur. Mais enfin sortiras-tu ?

– Mon Dieu ! compain, attends un peu.

– Je n'attends plus une seconde.

Tybert alors se décide à faire un saut vers l'ouverture ; mais Renart, justement comme il voit passer la tête et le corps, se retire et la queue du pauvre Tybert demeure si fortement prise qu'il fallut en laisser la moitié en gage. La douleur lui arracha alors un violent cri ; il resta près de la huche, immobile et les yeux flamboyants.

– Comment te trouves-tu, mon bon Tybert ? lui dit alors Renart de sa voix la plus caressante.

– Ah ! mauvais compain, tu m'as servi de ton plat ordinaire ; tu m'as fait laisser la plus chère partie de moi-même.

– Peux-tu m'accuser d'un malheur qui est ton ouvrage ! C'est toi qui prenant trop d'élan as fermé la huche, sans qu'il fût possible de la retenir ouverte. Mais après tout, de quoi te plains-tu ? tu devrais être rempli de joie d'avoir quelques pouces de queue de moins ; tu en seras plus léger, moins embarrassé. Pense à l'avantage de ne plus rien traîner après soi qui vous arrête. Tu ne faisais rien de cette queue ; ma foi ! je voudrais bien que pareille chose m'arrivât.

— Damp Renart, damp Renart, dit le pauvre Tybert, vous savez gaber mieux que personne ; mais laissons cela et, dès ce moment, renonçons à la société que nous avions faite. Aussi bien, sans ma queue ne puis-je tenter de grandes entreprises. Je crois ouïr du bruit près de nous, les chiens apparemment sont éveillés ; laissez là les gelines, et dans tous les cas je vous quitte, nous ne sommes pas faits pour aller longtemps de compagnie.

— Eh bien ! soit, dit Renart ; j'en conviens, nous n'avons rien à gagner l'un avec l'autre. Je te rends ta foi, et je ne te devrai pas de soudées. Adieu ! Nous pourrons nous revoir ailleurs.

— Oui, dit Tybert en le quittant, nous nous reverrons ; mais à la cour du roi.

Vingt et unième aventure

De l'arrivée de Renart chez dame Hersent
durant l'absence d'Ysengrin, et comment la guerre
prit commencement entre les deux barons

À quelque temps de là, Renart se trouva devant un amas de branches entrelacées qui formaient une haie et dissimulaient l'entrée d'un souterrain. Il franchit la haie, découvrit l'ouverture et, soit par un mouvement de curiosité, soit dans l'espoir d'y trouver à prendre, il descendit et n'eut pas de peine à reconnaître la demeure de son bel oncle Ysengrin. Le maître était sorti, dame Hersent, nouvellement relevée de couches, allaitait et léchait ses louveteaux. Comme elle avait déposé son chaperon, le soleil vint la frapper au visage quand Renart ouvrit la porte ; cela lui fit regarder qui venait ainsi lui rendre visite.

Pour Renart, la crainte d'un mauvais accueil le décidait à demeurer immobile derrière la porte ; mais Hersent l'avait reconnu tout de suite à sa robe rousse.

— Ah ! dit-elle en riant, c'est donc ainsi, damp Renart, que vous venez épier les gens ?

L'autre se tait et ne fait pas un geste ; sans doute il comptait sur l'obscurité de la salle pour donner le change à la dame. Hersent l'appelle une seconde fois par son nom et lui fait même du petit doigt signe d'approcher.

– J'aurais bien des reproches à vous adresser, damp Renart ; mais je vois que vous ne voulez rien faire pour m'être agréable. En vérité, jamais on n'a traité sa commère aussi mal que vous faites.

Ces paroles dites d'un ton caressant rendirent confiance à Renart.

– Madame, dit-il, j'en prends Dieu à témoin, ce n'est pas de mon gré que j'ai cru devoir éviter de vous rendre visite pendant vos couches ; bien au contraire : mais Ysengrin, vous le savez, me cherche noise et m'épie constamment par monts et par vaux ; pourquoi m'a-t-il ainsi pris en haine, je l'ignore, ne lui en ayant jamais donné la moindre occasion. Ne prétend-il pas que je vous aime et que je cherche à prendre sa place ici ? Il n'est pas un de vos voisins qui ne lui ait entendu raconter que vous aviez de l'amour pour moi, et qu'il s'en vengerait un jour ou l'autre. Et pourtant, vous savez si je vous ai jamais dit un seul mot qui ne fût pas convenable. À quoi pourrait-il servir de prier d'amour une grande dame qui ne manquerait pas d'en rire à nos dépens ?

Ces paroles, Hersent les écoute avec une colère mêlée de dépit :

– Vraiment, on parle de moi chez nos voisins ! Le vilain dit : *Tel appelle sa honte qui pense à la venger.* Je puis le dire hautement ; jusqu'à présent je n'ai pas eu de pensée mauvaise : mais puisque Ysengrin m'accuse, je veux lui donner raison ; et dès aujourd'hui, Renart, j'entends que vous soyez mon ami. Comptez toujours sur mon bon accueil, j'engage ma foi d'être entièrement à vous.

Renart, charmé de si bonnes paroles, ne se les fit pas répéter. Il s'approcha de dame Hersent, la pressa dans ses bras, et les nouveaux amants firent échange des promesses les plus tendres. Mais les longs propos d'amour n'étaient pas au goût de damp Renart ; il parla bientôt de séparation et de la nécessité de prévenir le retour d'Ysengrin. Avant de sortir de la maison, il a soin de passer sur les louveteaux et de les souiller de ses ordures. Toutes les provisions qu'il rencontre, il s'en empare, puis il revient une seconde fois aux louveteaux qu'il bat comme s'il eût voulu les faire taire, mais en réalité pour mieux les obliger à parler. Il les traite d'enfants trouvés, sans craindre la honte qui devait en retomber sur Hersent.

La dame, dès qu'il est parti, prend les louveteaux, essuie leurs larmes, les flatte et les caresse.

— Mes enfants, leur dit-elle, au moins ne direz-vous pas au père que Renart soit venu et qu'il vous ait maltraités.

— Comment ! répondent-ils, ne pas nous plaindre du méchant roux que vous avez accueilli et qui honnit notre cher père ? À Dieu ne plaise ! il faut que justice en soit prise.

Renart, à la porte, entendit quelque chose de la querelle, mais il ne s'en inquiéta pas et se remit à la voie. Cependant Ysengrin revient au logis. Il a fait bonne chasse, il dépose en entrant force denrées ; puis il va vers ses enfants pour les baiser. Les louveteaux se plaignent à l'envi des injures et des plaies qu'ils ont reçues :

— Renart, le vilain roux, nous a salis, battus, malmenés ; il a dit que nous étions des enfants trouvés et

133

abandonnés ; il a même ajouté contre vous des injures que nous n'avons pas comprises.

Qu'on se figure maintenant la surprise et la rage d'Ysengrin ! Il brait, il hurle, il n'est plus maître de lui.

— Ah ! dit-il, est-ce moi qu'on devait traiter ainsi ! Méchante et odieuse épouse, était-ce pour donner asile à mon ennemi que je vous ai toujours bien nourrie, richement tenue ? Était-ce pour me voir préférer un puant rousseau tel que Renart ? Par les yeux Dieu ! vous ne porterez pas loin cet outrage ; je vous interdis ma couche ; je vous chasse dès aujourd'hui de la maison, à moins que vous ne fassiez tout ce que je dirai.

Ce n'était pas le moment de répondre de même ton ; Hersent le comprit.

— Vous êtes en colère, Ysengrin, dit-elle, et la colère est un mauvais conseiller ; je demande l'épreuve du serment et du jugement. Qu'on me brûle ou qu'on me pende si je ne sors pas justifiée à vos yeux et devant tout le monde. D'ailleurs, ordonnez ; je ferai tout ce qu'il vous plaira de commander.

Ces mots eurent le pouvoir de remettre un peu de calme dans le cœur d'Ysengrin. Il regarda ses enfants, fit un pas vers Hersent et finit par l'embrasser, après qu'elle eut répété la promesse de rendre à Renart tout le mal possible, et chaque fois que l'occasion s'en présenterait.

Vingt-deuxième aventure

Comment Renart eut un songe effrayant
qui fut expliqué par Hermeline,
et comment il déçut la corneille

Renart, à quelque temps de là, reposait tranquillement dans son château de Maupertuis, près de sa femme
Hermeline. Vers le matin, il eut un songe étrange (*qui
par malheur rappelle beaucoup celui de Chantecler*). Il
croyait être seul près d'un bois ; il avait une pelisse de
rouge futaine trouée en plusieurs endroits et bordée vers
le col d'une garniture entièrement blanche. Cette bordure, il avait eu grand-peine à la passer, elle lui serrait
tellement le cou qu'il s'en fallait de peu qu'il n'étranglât.

Tout effrayé, Renart s'éveille en sursaut et cherche ce
qu'un pareil songe peut signifier. Hermeline de son côté
ouvre les yeux et reçoit la confidence de la vision que
nous venons de rapporter.

– Renart, dit-elle tristement, votre songe m'inquiète,
et me donne de vives appréhensions pour vous. C'est
assurément l'annonce de grands ennuis et douleurs ; la
rouge futaine trouée çà et là ne présage rien de bon, et
cette longue bordure blanche est la double rangée de
dents qui doit vous briser les os. Je n'aime pas non plus
cette entrée étroite que vous ne pouviez passer, et j'en

conclus que vous vous trouverez bientôt mal à votre aise. Heureusement je sais un charme dont la vertu vous soutiendra dans les dangers qui vous menacent. Le jour qu'on en fait usage, on ne peut ni mourir ni perdre un seul membre. Le voici : quand vous sortez d'un asile, par le fossé, par la fenêtre ou par la porte, il faut tracer trois croix sur le seuil du fossé, de la fenêtre ou de la porte : on est ensuite assuré de revenir sain et sauf.

Renart, ranimé par ces bonnes paroles, se lève, ouvre l'huis et fait le charme qu'Hermeline vient de lui apprendre. Il gravit une montée dans le bois, et de là ne tarde pas à distinguer une corneille qui après s'être plongée dans une eau limpide, réparait avec son bec le désordre de ses plumes. Renart pour attirer son attention s'étend sur le dos, immobile, les yeux fermés, et la langue tirée. Il espère que l'oiseau, dès qu'il le verra, croira pouvoir s'abattre sur lui et voudra s'emparer de cette langue friande. La corneille en effet jette çà et là les yeux, puis les arrête sur Renart qu'elle suppose avoir été récemment victime d'un assassinat. La langue rouge et humide éveille sa convoitise ; elle agite ses ailes, descend à plomb sur le prétendu cadavre ; mais quand elle va donner le premier coup de bec, Renart s'élance, l'arrête par les ailes, et sans autre cérémonie fait un premier déjeuner du corps de l'imprudent oiseau.

Vingt-troisième aventure

Comment Ysengrin voulut
se venger de Renart,
et comme il en eut regret

C'était là bien commencer la journée. Renart fait
ensuite le tour de la montée, puis descend vers le marais
qui d'un côté la terminait ; il s'y baigne, et donne à ses
membres une nouvelle agilité. Comme il revenait à
terre, il voit arriver sur lui le seigneur Ysengrin qui,
depuis l'aventure racontée par ses louveteaux, n'avait
pas une amitié fort tendre pour lui.

– Ah ! te voilà donc enfin ! dit Ysengrin en lui jetant
un regard furieux ; tu vas, j'espère, payer tout ce qui
m'est dû. Je sais comment tu as violé le seuil de ma maison, comment tu as déshonoré ma famille, outragé, sali,
battu mes enfants. Écoute ce que j'entends faire. Tu te
disais mon neveu, tu faisais semblant de m'aimer comme
j'avais moi-même la sottise de t'aimer ; eh bien ! je vais
te loger dans une prison qui t'empêchera de tromper à
l'avenir qui que ce soit au monde. Tu seras tranquille de
ton côté, sans avoir besoin de dresser pièges, embuscades
ou guet-apens, de sonner le beffroi, de jeter pierres ou
faire jouer mangoneaux. Tu ne craindras plus la vengeance de roi, prince ou seigneur plus puissant que toi.
Et cette prison, tu la connais, je suppose.

Renart, auquel tout moyen de fuite était interdit, sent qu'il ne peut éviter le sort dont on le menace qu'en s'humiliant devant son redoutable ennemi. Il tombe à genoux, la queue entre les jambes, et d'un ton contrit et suppliant :

— Oncle, dit-il, il est d'usage en cour de barons d'offrir et prendre l'amende de ce qu'on a méfait. Vous pensez que j'ai méfait, dites donc quelle amende vous exigez de moi et, Dieu aidant, je vous satisferai.

— Par Dieu le père ! répond Ysengrin, l'amende que je demande c'est la place que je te ménage dans mon ventre. Il me prend envie d'ajouter ta chair à la mienne, de mêler mon sang avec le tien, de réunir par ce moyen les ruses de ton esprit à la générosité de mon courage. Allons ! ne vous faites pas prier, mon beau neveu ; cette belle rangée de dents est prête, comme vous voyez, à vous recevoir. Vous y mettez vraiment trop de cérémonie.

Disant cela, Ysengrin s'était jeté sur Renart, l'avait retenu sous ses pieds sans mouvement, l'avait battu, mordu, houspillé comme jamais ne le fut prisonnier en terre sarrasine. Il a beau crier merci, invoquer la pitié de son oncle, Ysengrin le prend par la nuque, lui déchire la peau et le réduit enfin à ne plus exhaler que des gémissements étouffés.

Une chose préserva damp Renart, sa chair était loin d'être, même pour Ysengrin, un friand morceau. Après l'avoir longtemps martyrisé :

— J'hésite, dit-il, sur le genre de mort que je te donnerai. Si j'allumais un feu ardent pour te griller ? ensuite je te mangerais : non, tu serais mort trop vite.

Et cependant, voyant Renart attendre gueule béante le moment de rendre le dernier soupir, Ysengrin lui ferme la gorge de son pied, et peu s'en faut qu'il ne l'étrangle.

Mais au moment même, il en était grand temps, voilà que la pitié trouve place dans le cœur d'Ysengrin. Il remembre les anciens liens d'amitié, les bons tours qu'ils ont faits souvent ensemble, les jeux, les plaisirs, les agréments de leur première jeunesse. Peu à peu ses yeux se troublent et viennent à se remplir de larmes.

– Ah! mon Dieu, le voilà mort! Et qu'ai-je fait? J'ai pu frapper mon ancien ami, mon meilleur conseiller! maudite colère!

Ces paroles arrivent aux mourantes oreilles de Renart, il fait un léger mouvement.

– Qu'est-ce? dit Ysengrin, je crois qu'il a remué: oui, ses veines battent encore, bien qu'on sente à peine sa respiration.

– Oui, je vis, dit Renart; mais vous avez commis un grand crime, en traitant comme votre plus grand ennemi le pauvre neveu qui vous aimait tant. Vous êtes fort, et vous avez écrasé le faible, l'innocent privé de défense.

Ysengrin fut longtemps sans répondre et comme en proie à de véritables remords pendant que son neveu reprenait des forces et du courage.

– Tenez, dit le premier Renart, au lieu de me maltraiter sans raison, regardez et profitez de l'aventure qui vient s'offrir à nous.

Vingt-quatrième aventure

Comment Renart déçut le vilain,
et comment Ysengrin emporta le bacon,
lequel il ne voulut partager

C'était un vilain qui traversait la plaine, pliant sous une charge de porc salé qu'il ramenait chez lui.

– Qui vous empêcherait, bel oncle, d'arrêter ce bacon, et d'en apaiser votre faim ? Il vaut bien mieux que ma maigre et dure échine.

Ysengrin était de cet avis.

– Tenez, oncle, laissez-moi le plaisir de vous en procurer la possession. Si vous ne l'avez, je me soumets à tout souffrir sans me plaindre. Vous aurez le bacon, et s'il vous en reste, après en avoir mangé votre saoul, nous le mettrons en vente ; il n'y a pas au monde de meilleur marchand que moi. Nous en partagerons ensuite le prix : à vous les deux tiers, à moi le troisième ; c'est la règle.

– Par saint Cler, dit Ysengrin, je n'ai pas de goût pour les rencontres de vilains. Hier encore, passant rapidement par un village, un d'eux me donna un coup de massue qui m'abattit tout à plat ; je ne pus me venger, et j'en ai grand-honte.

– Ne vous en mêlez donc pas, répond Renart, je puis mener l'affaire à bien, et vous me pendrez la hart au cou, si tout à l'heure vous n'avez le bacon.

– À la bonne heure donc ! dit Ysengrin, je veux bien juger de ce que tu sais faire.

Il se traîne d'abord avec assez de peine, les coups qu'il avait reçus lui ôtant son agilité naturelle ; mais à force de longer péniblement le bois dans un sentier couvert, il gagne un peu d'avance sur le vilain, et recourant à l'un de ses tours favoris, il s'étend le long du chemin, comme il eût fait sans doute dans le bois pour se remettre des rudes épreuves que son compère venait de lui faire subir.

Le vilain, en voyant Renart traîner les reins et tomber ainsi dans le chemin, le crut mortellement blessé et pensa qu'il lui serait aisé de le prendre. Il avance donc, et sans quitter son fardeau, la main posée sur le bâton qui lui servait de soutien, il se baisse comme pour lever Renart de terre. Celui-ci fait un petit saut de côté : le vilain ne se décourage pas, il laisse tomber le bâton sur son échine, et Renart dont les douleurs se renouvellent fait un cri et s'éloigne.

– Tout cela, dit le vilain, ne m'empêchera pas de coudre ta robe à mon manteau.

Mais, entre faire et dire, il y a souvent bien à dire.

Le vilain n'a pas fait dix pas à la poursuite de Renart qu'il se voit obligé de mettre bas sa charge de bacon, afin de courir plus vite. Il la dépose donc à terre, et ne songeait plus qu'à rejoindre Renart dont la peau, pensait-il, devait lui rendre le prix du porc qu'il venait d'acheter ; sans compter le tour du col qu'il garderait pour engouler son manteau. Ysengrin suivait par curiosité et sans trop d'espoir les mouvements de Renart et du vilain ; mais quand il vit celui-ci abandonner son bacon, il pressa lui-même le pas, il descendit dans la plaine, emporta la précieuse charge, et revint d'où il était parti.

Pour le vilain, il se croyait assuré de prendre le goupil quand il vit le loup retourner au bois avec son bacon : Renart, de son côté, n'avait rien perdu des mouvements d'Ysengrin et, cessant aussitôt de ramper péniblement, il partit comme un trait d'arbalète, laissant le vilain entre la bête qu'il voulait prendre et le bacon qui lui était pris, s'arrachant les cheveux, maudissant Ysengrin, Renart et la convoitise qui l'avait conduit à n'avoir ni l'écu ni la maille. C'est ainsi qu'il revint chez lui, assez bien persuadé qu'il avait été ensorcelé.

Laissons maintenant le vilain, et retournons à nos deux amis. Ysengrin, à l'arrivée de Renart, était déjà repu : le reste du bacon il l'avait couvert de feuillage, afin de mieux le tenir au frais. Près de là était la hart dont le vilain l'avait attaché pour le porter plus aisément.

– Sire Ysengrin, dit Renart, vous allez me donner, j'espère, la part qui me revient dans le bacon ?

– Ami, tu veux rire, reprend le loup, assurément tu dois te trouver fort heureux d'avoir échappé à mon ressentiment. Cependant, je te permets de prendre la hart, fais-en ce qu'il te plaira ; mais ne demande rien de plus.

Renart comprit qu'avec un compagnon de la force d'Ysengrin, il n'y avait pas à réclamer.

– Si quelqu'un, dit-il, mérite la hart, ce n'est assurément pas moi. Je le vois, on n'a pas grand profit à attendre de votre compagnie, permettez-moi de prendre congé. D'ailleurs, j'ai la conscience chargée de quelques gros péchés, et mon intention serait, pour en avoir l'absolution, d'aller en pèlerinage à Saint-Jacques.

— Soit, dit Ysengrin, je ne te retiens pas ; je te recommande à Dieu.

— Et vous au diable ! repartit à demi-voix Renart : au moins n'est-ce pas ma prière qui vous en délivrera.

Vingt-cinquième aventure

Comment Renart devenu pèlerin
fait rencontre de damp Frobert le grillon,
lequel disait ses Heures, et comment
il ne put le décider à lui donner son livre

Le voilà donc en semblance de pèlerin, allant par monts et par vaux près de la forêt, séjour ordinaire d'Ysengrin. Un matin, il s'arrête devant un village, pénètre dans l'enclos du prêtre, et là trouve abondance de chairs fraîches et salées. « J'ai bien fait, se dit-il, de venir ici : mais gardons-nous ; il y a souvent de mauvais pièges tendus. » En furetant partout avec précaution et en prêtant l'oreille, il entend quelque bruit et tremble aussitôt d'être dénoncé. C'était Frobert le grillon qui déclinait gaiement sa chanson ordinaire à l'entrée du four. En apercevant Renart il se tut.

– Ah ! vraiment, dit Renart quand il le reconnut, et après avoir allongé ses pieds en avant, il n'y a que les clercs pour bien chanter. Continuez votre psautier, damp Frobert, je veux en faire aussi mon profit.

– Par Dieu ! répond Frobert, vous n'avez guère la mine d'un pèlerin contrit, et je serais assez curieux de voir de quel pied vous clochez.

Il trottine alors à pas pressés vers Renart qui jette aussitôt sur lui la manche de sa pèlerine. Il croyait le tenir et le faire bientôt passer par son gosier ; mais il manqua son coup, et Frobert trouva par bonheur une sortie au travers de l'enveloppe :

– Ah ! Renart ! je t'avais reconnu, dit-il, tu n'as pas changé de nature en changeant de vêtement. Ce sont pèlerins du diable ceux qui guettent les gens sur la route ; mais heureusement Dieu m'est venu en aide.

– Damp Frobert, répond Renart, n'avez-vous pas un peu trop bu ? Moi vous guetter ! ne voyez-vous pas que j'en voulais seulement à votre livre ? si j'avais pu le saisir, j'y aurais appris, assurément, de beaux cantiques. J'avais grand besoin d'en chanter, car je suis en mauvais point : les pèlerinages m'ont épuisé, je n'ai plus longtemps à vivre, et je n'ose penser sans effroi à tous les péchés que j'ai commis. Encore si j'avais un confesseur ! Vous plairait-il, damp Frobert, de m'en servir ? car, vous le savez, je ne dois pas espérer rencontrer ici le prêtre que je venais voir ; il est, m'a-t-on dit, au synode.

– Patience ! répondit Frobert, le prêtre ne peut tarder longtemps à revenir.

Au même instant, on entend les aboiements de plusieurs mâtins escortés de piqueurs, d'arbalestiers et de chasseurs. Renart aussitôt de jouer des pieds ; mais il est aperçu, les veneurs découplent leurs chiens.

– *Le goupil ! le goupil !* crient-ils à qui mieux mieux. Holà ! Tabaus, Rigaus, Clarembaus ; eh ! Triboulé ! eh ! Plaisance.

Mais Renart, de son côté, ne s'endormait pas ; dans la crainte d'être cerné, il revient, se tapit sur le haut du four, y demeure blotti jusqu'à ce que la meute se soit éloignée, en croyant toujours se rapprocher de lui.

Or cette meute réveillait en même temps Ysengrin, dont elle avait reconnu les traces. On le poursuit, on l'atteint, on le déchire à belles dents : lui se défend avec courage ; plus d'un chien est mis hors de combat, les entrailles déchirées. Du haut de son four, Renart se faisait juge du camp.

– Ah ! bel oncle, criait-il, voilà le profit du bacon que vous avez refusé de partager. Vous seriez moins lourd et plus dispos si vous aviez été moins glouton.

Mais ces mots, au lieu de décourager Ysengrin, redoublent son ardeur : il étrangle le premier chien d'un coup de dents ; les autres, plus ou moins déchirés, ensanglantés, abandonnent enfin la partie.

Vingt-sixième aventure

Comment Renart fit rencontre de Noble le roi
et d'Ysengrin, et comment les deux barons
se donnèrent le baiser de paix

Ysengrin regagne péniblement son logis ; mais son
plus grand mal est le chagrin de ne pas en avoir fini
avec Renart, et de ne l'avoir pas étranglé, quand l'occasion s'en présentait. Il n'est pas encore à bout, et
l'Ascension ne passera pas sans le rendre victime des
nouvelles méchancetés de son beau neveu.

Ysengrin, pour avoir laissé vivre Renart quand il
aurait pu se venger de lui, n'en était pas moins persuadé
que dame Hersent, sa noble épouse, avait eu de grands
sujets de plainte contre son compère ; et Renart, de son
côté, obéissait à son naturel, en ne laissant échapper
aucune occasion de honnir et tromper Ysengrin. Un
jour il était aux aguets dans le bois, avec l'espoir de rapporter quelque chose à la maison pour sa chère Hermeline. Il n'y fut pas longtemps sans voir arriver de son côté
monseigneur Noble le roi, accompagné d'Ysengrin, le
connétable. Ils marchaient du même pas, devisant agréablement. Renart ne se détourne pas ; et même, afin de
tirer parti de la rencontre aux dépens de son compère, il
s'avance et salue le roi d'une inclination profonde :

— Bienvenue la noble compagnie ! dit-il.

— C'est vous, damp Renart ! répond le roi qui, sachant les mésaventures d'Ysengrin, avait peine à ne pas rire. Je vous souhaite bonne journée et chance heureuse, pour le malin tour que vous vous disposez sans doute à jouer.

— En effet, monseigneur, j'ai besoin de vos souhaits : depuis le point du jour je suis en chasse ; j'espérais rapporter quelque chose à l'épouse qui vient de me donner un nouvel enfant, et jusqu'à présent je n'ai rien trouvé.

— Vous êtes en chasse ? répond le roi d'un ton sévère, et c'est ainsi que vous faites sans nous vos affaires ?

— Sire, repartit Renart, par la foi que je vous dois, je sais trop bien qu'à moi ne convient de marcher de pair avec vos compagnons ordinaires, et d'espérer un regard du roi au milieu de tant de grands personnages ! Vous devez naturellement à nous autres petits préférer les hauts barons, tels que sire Brun l'ours, Baucent le sanglier, Rooniaus le veautre, le seigneur Ysengrin et leurs pareils.

— Et voilà, reprit le roi, de vos railleries ordinaires ; mais enfin, demeurez, s'il vous plaît, avec nous ; au moins aujourd'hui je vous admets à ma chasse, et nous allons chercher ensemble de quoi nous déjeuner convenablement.

— Ah ! sire, fait Renart, je n'oserais, à cause de messire Ysengrin, qui me voit toujours à contrecœur. Il m'a voué, pourquoi je l'ignore, une haine mortelle, et cependant, j'en jure par mon chef, jamais je ne lui ai fait la moindre offense. Il m'accuse d'avoir honni sa femme, tandis que je n'ai, par la vertu de Dieu, rien demandé de ma commère Hersent que je n'eusse pu réclamer de ma propre mère.

—Je pense comme vous, Renart, reprit le roi ; il n'y a rien de sérieux dans tout cela : quand même vous auriez entretenu le commerce criminel dont vous êtes soupçonné, il faudrait, pour vous condamner, quelques preuves sensibles, et l'on n'en présente pas. Terminons donc ces malentendus, je veux remettre la paix entre vous.

—Puisse Dieu, sire, vous en récompenser ! car, en vérité, et par la foi que je dois à Hermeline, le droit est de mon côté.

—Voyons, Ysengrin, reprit le roi, cette haine contre Renart est-elle raisonnable ? Vous êtes vraiment fou de lui imputer une vilenie et, pour moi, je suis persuadé qu'il n'a rien à se reprocher à l'égard de dame Hersent. Montrez-vous conciliant ; laissez les vieux levains de rancune. Doit-on haïr les gens pour de méchants propos recueillis çà et là ? Je connais Renart mieux que vous, et je suis assuré que, pour le donjon de l'empereur Octavien, il ne ferait rien de ce qu'on lui reproche.

—Sire, dit Ysengrin, dès que vous en portez témoignage, je le crois.

—Eh bien, qui vous arrête donc ? Allons, rapprochez-vous : pardonnez-lui de bon cœur et sans réserve.

—Je le veux bien. En votre présence, sire, je lui pardonne ; je dépose tout ressentiment du passé, je prétends que nous demeurions toute notre vie bons amis et compagnons.

Alors se donnèrent le baiser d'amitié ceux qui ne s'aimaient guère et ne s'aimeront jamais. Qu'ils disent ce qu'ils veulent, qu'ils jurent toutes les réconciliations du monde, même en présence du roi, ils se détesteront toujours, et je ne donnerais pas une prune de leurs baisers. C'est la paix la plus mensongère et la plus trompeuse ; pour tout dire en un mot, c'est la paix Renart.

Vingt-septième aventure

Comment le roi Noble, Ysengrin et Renart
se mirent en chasse, et de la rencontre
d'un vilain que Renart fit noyer

Voilà les trois personnages remis au chemin ; Noble
le premier, puis Ysengrin, puis Renart.

— Comment nous y prendre ? dit le roi regardant
Renart. Vous qui connaissez les bons endroits, soyez
notre guide ; on s'en rapporte à vous. Savez-vous près
d'ici un pré, bocage ou pâture où nous puissions rencontrer bonne proie ?

— Par saint Rémi, sire, répondit Renart, je ne puis
rien promettre. Pourtant je me souviens qu'entre ces
deux montagnes, là-bas, on trouve une verte vallée où
le bétail du village voisin vient souvent paître. Voulez-
vous prendre ce côté ?

— Je m'y accorde, dit le roi.

Ils marchent, et vous allez juger comme la paix nouvellement jurée était solide. Arrivés dans la prairie,
Ysengrin aperçoit le premier, vers l'autre extrémité, une
proie superbe. Alors tout joyeux :

— Nous sommes en bonne voie, sire, dit-il, je distingue
là-bas un taureau, une vache et son veau ; il ne faut
pas qu'ils nous échappent. Mais il serait bon d'envoyer

Renart en avant, pour éprouver s'il n'y aurait pas de mâtin ou de vilain à craindre : on ne saurait prendre trop de précautions.

– Vous parlez bien, dit le roi, Renart est fin et rusé, il reconnaîtra mieux que personne les lieux. Allez donc en avant, Renart, et quand vous aurez vu, vous reviendrez nous avertir.

– Volontiers, sire.

Aussitôt de courir à travers champs : il arrive à portée de la proie. Le vilain, gardien du bétail, dormait tranquillement sous un orme. Renart se coule tout auprès de lui, cherchant dans sa tête un moyen de s'en défaire. Sans le réveiller, il saisit une branche de l'arbre et saute rapidement plus haut : il va de branche en branche et s'arrête enfin précisément au-dessus de la tête du berger. Me sera-t-il permis de continuer ? Renart, comme un vrai salaud, se tourne, pousse et laisse tomber sur le vilain une large écuelle de fiente infecte. Le berger, sentant couler sur lui un pareil brouet, s'éveille en sursaut, porte la main à son visage humide, et ne devine pas comment pareille chose a pu tomber de l'arbre. Il lève les yeux et ne voit que des rameaux du plus beau vert du monde, car Renart s'était dérobé sous le plus épais du feuillage. La surprise du vilain est extrême ; il se croit le jouet d'un fantôme, il touche de sa main, il sent une grasse humidité dont la puanteur est insupportable ; puis il se lève et court droit au fossé qui fermait la prairie et qui portait une profondeur de vingt pieds d'eau.

« Lavons-nous d'abord, se dit-il, puis je tâcherai de découvrir à qui je dois cette male aventure. »

Comme il arrivait au fossé et qu'il commençait à se pencher accroupi pour se laver, Renart, qui ne l'avait pas perdu de vue, s'était laissé glisser à terre et l'avait rejoint.

Quand il l'avait vu dos courbé, tête penchée sur l'eau, il avait sauté vivement sur son échine, et de son poids avait décidé la chute du vilain au fond du fossé. Pour Renart il n'avait pas même touché la surface de l'eau. Le pauvre homme, transi d'effroi, étendait les bras et jouait des pieds pour échapper au danger ; mais Renart est là, qui avise à quelque distance une large pierre plate et carrée ; il la pousse, la soulève, la fait tomber enfin de telle force sur le dos du vilain que celui-ci descend avec elle dans la bourbe du fossé.

Cependant le roi et le connétable, las d'une assez longue attente, s'étaient avancés quelque peu. Ysengrin, dont les yeux étaient excellents, aperçut Renart près du fossé, et le montrant à monseigneur Noble :

— Voyez, sire, comme Renart se soucie de vous servir ; il prend ses ébats pendant que vous perdez patience. Il a trouvé pour lui, il ne demande rien de plus. On peut l'envoyer chercher la mort ; sûr moyen de l'attendre longtemps ! Si vous le trouvez bon, sire, nous pousserons de ce côté, au moins saurons-nous de lui ce qui l'y retient.

— Soit, dit le roi ; mais par saint Julien ! si Renart nous a joués, il le paiera cher et n'aura pas de longtemps envie de recommencer.

Pendant qu'ils arrivaient de fort mauvaise humeur, le vilain avait longtemps battu l'eau, avait plongé deux

154

fois et deux fois remonté, et perdait tout ce qui lui restait de force. Renart, de son côté, souhaitait d'en finir pour retourner plus vite auprès du roi ; il fait rapidement un amas de grosses mottes de terre et les jette dru comme grêle sur le dos du patient qui plonge la troisième et dernière fois. Le vilain demeura sous les eaux, arrêté dans les herbages. Dieu veuille le recevoir dans son paradis ! Du moins peut-il être sûr qu'à compter de ce jour on ne fera plus sur lui de mauvaises chansons. Quant à la proie, elle était à nos chasseurs, rien ne les empêchait plus de s'en emparer.

Après ce grand exploit damp Renart se mit au retour, et, comme on a vu, monseigneur Noble et sire Ysengrin lui évitèrent la moitié du chemin.

— Bien venus, leur dit-il, vous monseigneur, et votre compagnie !

— Moi, répond le roi, je ne vous salue pas, damp Renart, et je devrais peut-être vous faire pendre aux fourches, pour nous avoir abandonnés si longtemps.

— La faute n'est pas mienne, monseigneur, fait Renart. Par la foi que je dois à ma femme, j'ai eu pour entremets le vilain qui gardait le bétail, et vous comprenez que s'il vous eût aperçus, il eût mis ses bêtes à l'abri de toute attaque ; mais, grâce à Dieu, vous voyez que je reviens frais, dispos et séjourné, pendant qu'il s'en est allé rejoindre les grenouilles au fond du fossé. J'imagine que vous désiriez mon retour ; bien s'ennuie qui fait longue attente ; mais quand vous saurez comment j'ai travaillé, vous m'en aimerez davantage. Écoutez-moi de point en point.

Alors il leur raconta comment il était monté sur l'orme, comment il avait sali le visage du vilain, comment le vilain effrayé avait couru se laver au fossé, comment arrivant à petits pas il s'était posé sur son échine, puis l'avait culbuté dans la mare, et mis ordre à ce qu'il n'en sortît jamais. Le roi l'écoutait, et peu à peu sa colère faisait place à l'envie de rire ; il battait des mains, jurait que jamais vilain n'avait été mieux traité selon ses mérites.

– Oh ! dit Ysengrin à son tour, cela paraît en effet très plaisant ; mais pour le croire, je ne serais pas fâché de l'avoir vu de mes yeux.

– Eh bien, dit Renart, vous pouvez vous en donner le plaisir ; allez au fond de l'eau, le vilain vous dira si j'ai menti d'un mot.

– Il n'est pas nécessaire, reprit le roi, qui voulait sauver la confusion au connétable. Je ne tiens pas assez aux vilains pour en aller voir un de plus, et j'aimerais autant fourrer ma tête dans une tonne de vipères. Il est au fond de l'eau, qu'il y reste ! et pour nous, hâtons-nous de procéder au partage de la proie.

Vingt-huitième aventure

Comment Ysengrin ne fut pas aussi bon partageur que Renart

Noble se tourna d'abord vers Ysengrin :

– C'est vous, damp connétable, qui déciderez ce qui doit revenir à chacun : vous trouverez aisément moyen de nous contenter tous les trois.

– J'obéis, monseigneur, puisque tel est votre plaisir ; d'ailleurs j'avoue que je mangerai volontiers. De quoi s'agit-il ? d'un taureau, d'une vache et d'un veau…

Il parut hésiter un instant, comme cherchant moyen de tout arranger au mieux ; car il se rappelait ce que dit le vilain :

> *Qui le bien voit et le mal prend*
> *Souvent à bon droit se repent.*

En tout cas, il se serait fait étrangler plutôt que de rien proposer à l'avantage de Renart.

– Monseigneur, reprit-il enfin, mon avis est que vous reteniez pour vous le taureau et la belle génisse. Je me contenterai du veau, et quant au roux que vous avez admis dans votre compagnie, je sais qu'il aime peu ces sortes de viandes ; nous l'inviterons à chercher pâture ailleurs.

Oh ! que grande chose est seigneurie ! Il faut au seigneur donner tout à garder, tout faire à sa guise et surtout ne jamais lui parler de partage. En tous pays la coutume est la même ; le connétable Ysengrin pouvait-il oublier une telle vérité ! Or ce qui devait arriver arriva : Noble ne l'avait pas écouté sans branler la tête et sans témoigner une indignation vive. À peine le partageur a-t-il fini que lui se dresse, fait deux pas, lève sa terrible patte et l'étend sur la joue d'Ysengrin d'une telle force qu'il enlève la peau, le cuir du visage, et laisse le coupable couvert de sang.

– Ysengrin, dit-il, n'entend rien aux partages, j'aurais dû le deviner, c'est à vous Renart, plus habile et plus sage, à satisfaire chacun de nous.

– Sire, répondit Renart, vous me faites un honneur que je n'osais espérer ; mais voici ma proposition : prenez, seigneur, ce qu'il vous plaira et nous abandonnez le reste.

– Non, non ! dit Noble, je ne l'entends pas ainsi : je veux que tout soit réglé par jugement, suivant l'équité, et de façon que personne n'ait droit de se plaindre.

– Eh bien ! reprit Renart, puisque vous le voulez, mon avis est d'abord, comme Ysengrin l'avait proposé, que le taureau soit à vous ; c'est la part du roi, il ne peut tomber en mains plus glorieuses. La génisse est tendre, grasse et jeunette ; elle sera pour madame la reine. Le prince impérial votre fils a, si je ne me trompe, été nouvellement sevré, il doit avoir un an, ou peu s'en faut ;

à lui doit revenir ce petit veau, tendre comme du lait. Pour nous autres, ce vilain et moi, nous irons chercher notre chevance ailleurs.

Ces paroles répandent une satisfaction visible sur le fier visage du roi.

— Voilà, dit-il, qui est bien parlé : aussi personne ne réclame. C'est bien, Renart, je suis content. Mais, dites-moi, qui vous apprit à si bien faire les partages ?

— Sire, répond Renart, le chaperon rouge d'Ysengrin est pour moi de grande autorité. Je suis même tenté de croire que la couronne que vous lui avez faite indique un cardinal, sinon l'apostole lui-même. Ô la belle couleur de pourpre ! il faut s'incliner devant elle.

— Maître Renart, maître Renart, fait le roi en lui passant doucement le bras sur l'oreille, vous êtes un subtil personnage, et vous savez mieux que votre pain manger. Tant pis pour qui refuserait vos bons services ; vous retenez bien ce qu'on dit, et vous savez profiter à merveille des sottises d'autrui. Demeurez ici tous les deux et de bonne amitié ; mais je conseille à Ysengrin, s'il veut s'épargner de grands regrets, de mieux répartir une autre fois. Pour moi, j'ai de grandes affaires qui m'obligent à m'éloigner. Cherchez, parcourez ces bois, et si vous y trouvez votre dîner, je vous permets de le prendre. Adieu, Renart ! bien partagé, vraiment, bien partagé !

— Eh bien, sire Ysengrin, que vous en semble ? dit Renart, dès que Noble se fut éloigné emmenant la proie devant lui ; le roi nous a-t-il assez outragés ? des barons tels que nous doivent-ils être ainsi maltraités et joués ? Croyez-moi, en nous entendant un peu, nous pourrions lui donner assez d'embarras. Comme votre ami, je vous dois mes meilleurs conseils, et je vous aiderai volontiers de toutes mes forces à prendre de ce mauvais roi une vengeance éclatante. Car enfin il y a trop de honte à se laisser traiter ainsi et nous lui donnerions l'envie de faire pis encore. Mon avis est de venger avant tout l'injure qu'il vous a faite, puis le déni de justice qui nous a privés du bien qui nous appartenait.

Ysengrin écoute attentivement Renart. Il garde un fier ressentiment du traitement qu'il a reçu ; il serait heureux de pouvoir s'en venger ; mais d'un autre côté il faut avoir des alliés pour entreprendre une guerre contre le roi. La prudence veut qu'on demande avant tout conseil à ses véritables amis. « Cependant, se dit-il, où trouverais-je un plus sage conseiller que Renart, un compagnon plus adroit, plus utile ?... Mais s'il me trahissait ? s'il ne m'arrachait mon secret que pour aller le révéler au roi ? La trahison est assez dans ses habitudes et dans celles de sa race... Non ! je lui fais injure ; c'est, après tout, mon compère ; il ne voudrait pas me perdre ? Il est prudhomme, le roi le disait tout à l'heure encore, en nous réconciliant. Cependant ma femme ! ma femme !... Mauvais propos que tout cela ; je veux me venger du roi, Renart m'offre ses conseils et son aide, je serais fou de l'éconduire. »

Il répond donc à Renart :

— Bel ami, cher et doux compère, j'ai réellement besoin de votre aide et je vous la demande. Je voudrais, avant l'arrivée de la première nuit, tirer vengeance de notre mauvais roi.

– Oh ! reprend aussitôt Renart, qui ne voulait que donner le change à son compère sur le principal objet de ses rancunes, il ne faut pas tant se presser ; nous en reparlerons une autre fois : pour le moment, j'ai le plus grand besoin de revoir ma famille ; je suis hors de Maupertuis depuis fort longtemps, et je veux y faire un tour. Adieu, cher oncle Ysengrin ; demeurons tout d'un accord contre l'orgueil du roi.

Cela dit, les nouveaux amis prirent congé l'un de l'autre. Avant d'avoir fait cent pas, ils avaient oublié la guerre qu'ils devaient entreprendre et la foi qu'ils avaient déjà si souvent jurée et mentie.

Vingt-neuvième aventure

Comment Renart entra et sortit heureusement
du puits ; comment Ysengrin y entra,
mais en sortit à son grand dommage

J'engage à faire silence ceux qui, n'étant pas d'humeur à écouter sermon ou la vie de quelque saint homme, voudraient bien entendre raconter des choses plaisantes et faciles à retenir. Je n'ai pas la renommée d'avoir un grand fond de raison ; mais à l'école, on a vu bien souvent que les fous pouvaient vendre la sagesse. Laissez-moi vous apprendre un nouveau tour de damp Renart, ce grand maître en fourberies, Renart, l'ennemi naturel des chemins droits, qui jouerait aisément le monde entier, et qui lutterait de malice avec le démon lui-même. Il était allé chasser assez loin de sa maison : mais le gibier ayant fait défaut, il lui fallut revenir du bois sans souper. Il sortit une seconde fois, et perdit une seconde fois ses peines : dans les joncs, au milieu desquels il restait inutilement au guet, il n'entendit que son ventre murmurer de la paresse de ses dents et du repos de son gosier.

Ces plaintes répétées le décidèrent à faire une nouvelle tentative. Un étroit sentier couvert le conduisit dans une plaine à l'extrémité de laquelle était un plessis, formant l'enceinte de grands bâtiments. C'était une abbaye de blancs moines, gens qu'on ne prend guère au dépourvu de bonnes provisions. La grange était à la gauche du cloître, et Renart désirait y faire une pieuse visite ; mais les murs étaient hauts et solides. Quel dommage cependant ! Là sans doute était réuni tout ce qu'avait à désirer un goupil : poules, coqs, chapons et canards. Renart, en regardant sous la porte, apercevait le gelinier où devait reposer ce qu'il aimait le mieux au monde, et ses yeux ne pouvaient s'arracher à cette vue irritante. N'y avait-il donc là ni fenêtre extérieure, ni trou, ni la moindre lucarne ? Comme il commençait à désespérer et que, pour mieux suivre le cours de ses tristes pensées, il allait s'accroupir au bas de la porte, ô bonheur ! une légère pression fait céder le guichet mal joint et lui offre un passage inattendu. Aussitôt le voilà dans la cour. Mais ce n'est pas tout d'être entré, s'il est aperçu, sa pelisse pourra bien demeurer en gage.

Avançant donc avec précaution, il arrive à portée des gelines : un pas de plus, elles sont à lui. Mais si les poules jettent un cri ? Cette réflexion l'arrête et le décide même à rebrousser chemin. Il allait donc repasser le guichet, quand un sentiment de honte le retient dans la cour et lui fait donner quelque chose à l'aventure. Le besoin qui fait vieilles trotter lui représente vivement qu'autant vaut être roué de coups que mourir de faim. Il revient alors aux objets de sa convoitise par un autre détour qui devait mieux assurer sa démarche et sa retraite. Bientôt il avise trois gelines qui s'étaient endormies, juchées au-delà d'un tas de foin, sur une longue pièce de bois. Au premier mouvement qu'elles remarquent dans le foin, elles avaient tressailli et étaient allées se tapir un peu plus loin ; Renart fond sur elles, les étrangle l'une après l'autre, mange la tête et les ailes des deux premières et emporte la troisième.

La campagne avait été heureuse ; Renart quitta sans encombre cette bienheureuse grange de moines. Mais la soif venait succéder à la faim, et comment l'apaiser ? Devant la maison se trouvait un puits auquel il ne manqua pas de courir. L'eau par malheur n'était pas à sa portée. Il frémit d'impatience, lèche ses barbes desséchées et n'imaginait pas d'expédient quand, au-dessus de sa tête, il voit un treuil ou cylindre auquel tenait une double corde. L'une descendait dans le puits, l'autre soutenait un seau vide à fleur de terre. Renart devine l'usage qu'on peut en faire, et déposant la geline qu'il avait rapportée de la grange, il se rapproche de l'ouverture du puits, s'attache à la corde et la tire de toutes ses forces dans l'espoir de ramener le seau qui reposait au fond. Mais soit que le vaisseau ne fût pas rempli, soit que la corde tournée sur le treuil eût échappé à la cheville qui la retenait, Renart fut, quand il s'y attendait le moins, entraîné lui-même dans le gouffre.

Il a maintenant toute liberté de boire ; il aurait même le temps de pêcher à son aise. Mais je doute qu'il s'en soit avisé ; la soif ne le tourmentait plus, elle avait fait place à la crainte, à la terreur. Le voilà donc attrapé, le grand attrapeur des autres ! Que va-t-il devenir, ô mon Dieu ! il faudrait des ailes pour sortir d'ici. À quoi lui sert une sagesse prétendue ? Il restera dans ce lieu jus-

164

qu'au jour du Jugement, à moins qu'un autre ne vienne l'en tirer. Et dans ce cas-là même, que n'aura-t-il pas à craindre de ces moines, ennemis de sa race et si convoiteux du collier blanc de sa fourrure !

Tout en faisant ces douloureuses réflexions, il se tenait d'une patte à la corde du puits, de l'autre à l'anse du seau qui flottait au-dessus de l'eau. Or, le hasard voulut qu'Ysengrin fût sorti du bois à peu près en même temps que lui et que, dans une intention pareille, il arrivât dans ces parages, souffrant de la faim et de la soif. Trop maladroit pour découvrir le défaut du guichet : « Voilà, disait-il en revenant sur ses pas, une terre du démon, non du Dieu vivant. On n'y trouve rien à manger, rien à boire ; je vois bien là ce qu'ils appellent un puits, mais le moyen d'en tirer une seule goutte d'eau ? »

Ysengrin s'en était pourtant approché ; il avait mis ses pieds sur la pierre circulaire et mesuré des yeux la profondeur. Damp Renart, tranquille comme une ombre, conservait à l'eau dans laquelle il était à demi plongé toute sa transparence.

– Que vois-je là ! dit tout à coup Ysengrin, au fond de ce puits damp Renart ! Est-il possible ?

Il regarde encore, et cette fois son image reproduite à côté du corps de Renart lui donne les idées les plus étranges. Il croit voir de ses propres yeux Renart en compagnie de dame Hersent, il suppose entre eux un rendez-vous convenu. « C'est bien lui ! c'est bien elle ! Ah ! traîtresse, diras-tu maintenant que tu n'as pas été surprise avec le méchant Renart ? » Le puits sonore répond : « *Renart !* » Il répète ses injures et l'écho lui apporte la confirmation de sa honte et de son malheur.

Renart avait aisément reconnu son compère, il le laissait maugréer et crier. Cependant au bout de quelques minutes :

— Qui va là-haut ? dit-il, et qui se permet de parler ?

— Va ! dit Ysengrin, je te reconnais.

— Je vous reconnais aussi ; oui, je fus autrefois votre bon cousin, votre compère, et je vous aimais comme votre neveu ; mais aujourd'hui je suis feu Renart ; j'étais assez sage durant ma vie, aujourd'hui je suis, Dieu merci, trépassé, et je me trouve dans un lieu de délices.

— S'il est vrai que tu sois mort, répond Ysengrin, je n'en suis pas autrement fâché ; mais depuis quand ?

— Depuis deux jours. Ne vous en étonnez pas, sire Ysengrin : tous ceux-là mourront qui sont encore en vie ; tous passeront le guichet de la mort. Notre Seigneur, dans sa bonté, m'a tiré de la vallée de misère, du siècle puant dans lequel j'étais embourbé, puisse-t-il aussi vous visiter, Ysengrin, à l'heure de la mort ! Mais d'abord, je vous engage, dans votre intérêt seul, à changer de disposition envers moi.

— Je le veux bien, répond Ysengrin ; puisque te voilà mort, je prends Dieu à témoin que je n'ai plus de haine : je commence même à regretter que tu ne sois plus du monde.

— Et moi j'en ai grande joie.

— Comment ? Tu parles sérieusement ?

— En pure vérité.

— Mais explique-toi.

— Volontiers. D'un côté mon corps repose dans la maison de ma chère Hermeline, de l'autre mon âme est en Paradis, placée devant les pieds de Notre Seigneur. Comprenez-vous maintenant que j'aie sujet d'être joyeux et satisfait ? J'ai tout ce que je puis désirer. Ah ! sire Ysengrin, je ne veux pas faire mon éloge, mais vous auriez dû me tenir plus cher que vous ne faisiez, car je ne vous ai jamais voulu de mal et je vous ai souvent procuré du bien. Non pas que je m'en repente, mes vertus sont aujourd'hui trop bien récompensées ; et si vous êtes un des grands de la terre, je suis encore mieux placé dans l'autre monde. Je ne vois ici que riches campagnes, belles prairies, plaines riantes, forêts toujours vertes ; ici, de grasses brebis, des chèvres, des agneaux comme on n'en voit pas chez vous ; ici, vingt fois plus de lapins, de lièvres et d'oisons que vous n'en pourriez compter. En un mot, j'ai tout ce que je désire, comme tous ceux qui vivent à peu de distance de moi. Autant de gelines que nous voulons. En voulez-vous la preuve ? Sur le bord de cette ouverture doit s'en trouver une que j'ai jetée comme superflue, en sortant de notre dernier festin. Regardez, vous la trouverez.

Ysengrin détourne un peu la tête et trouve en effet la geline dont Renart lui parlait. « Il dit ma foi vrai, pensa-t-il ; mais quel bon Paradis que celui où l'on a telle viande à foison ! Je n'en voudrais jamais d'autre. » En même temps il jetait les dents sur la geline et la dévorait sans y rien laisser que les plumes. Puis, revenant au puits :

– Feu Renart, dit-il, aie compassion de ton compère ; apprends-moi, par la grâce de Dieu, comment à ton exemple je pourrai gagner Paradis.

– Ah ! répond Renart, vous demandez là quelque chose de bien difficile. Voyez-vous, le Paradis, c'est la maison du Ciel, on n'y entre pas quand et comme on veut. Vous conviendrez que vous avez toujours été violent, larron et déloyal. Vous m'avez toujours poursuivi d'injustes soupçons, quand vous aviez une femme remplie de vertus, un vrai modèle de pudicité.

– Oui, oui, j'en conviens, dit Ysengrin, mais à cette heure je suis repentant.

– Eh bien ! si vous êtes dans les bonnes dispositions que vous dites, regardez les deux vaisseaux qui sont l'un près de vous, l'autre près de moi. Ils servent à peser le bien et le mal des âmes. Quand on se croit en état d'espérer les joies du Paradis, on entre dans la corbeille supérieure, et si l'on est en effet repentant, on descend facilement ; mais on reste en haut si la confession n'a pas été bonne et complète.

– Confession ? dit Ysengrin, est-ce que tu as confessé tes péchés ?

– Assurément : avant de mourir j'ai vu passer un vieux lièvre et une chèvre barbue, je les ai priés de m'écouter et j'en ai reçu l'absolution. Il faut donc, si vous voulez descendre près de moi, commencer par vous confesser et vous repentir de vos méfaits.

– Oh, s'il ne faut que cela, dit Ysengrin fort joyeux, je suis en bon point : hier justement j'ai rencontré sur mon chemin damp Hubert l'épervier, je l'ai appelé, l'ai prié d'entendre ma confession générale et de m'absoudre ; ce qu'il a fait sans hésiter.

— S'il en est ainsi, dit Renart, je veux bien prier le roi des cieux de vous ménager une place auprès de moi.

— Je t'en prie, compère, et je prends à témoin sainte Appetite que j'ai dit la vérité.

— Mettez-vous donc à genoux et demandez à Dieu qu'il vous accorde l'entrée de son Paradis.

Ysengrin tourna vers l'orient son postérieur, et sa tête vers le soleil couchant. Il marmotta, il hurla à rompre les oreilles.

— Renart, dit-il ensuite, j'ai fini ma prière.

— Et moi j'ai obtenu votre grâce. Entrez dans la corbeille, je pense que vous descendrez facilement.

On était alors en pleine nuit : le ciel était inondé d'étoiles dont le puits renvoyait la lumière.

— Voyez le miracle, Ysengrin, dit alors Renart ; mille chandelles sont allumées autour de moi, signe assuré que Jésus vous a fait pardon.

Ysengrin rempli de confiance et d'espoir essaie longtemps sans succès ; mais enfin, aidé des conseils de son compère, il parvient à se tenir à la corde avec les pieds de devant, en posant les deux autres dans le seau. La corde alors se dévide et cède au nouveau contrepoids de son corps. Il descend, Renart beaucoup plus léger s'élève dans la même mesure. Voilà pour Ysengrin un nouveau sujet de surprise : au milieu de la route il se sent heurté par Renart.

— Où vas-tu, cher compain, dis-moi ? Suis-je dans la bonne voie ?

– Oui, vous y êtes et je vous la quitte entière. La coutume est telle ici : quand vient l'un s'en va l'autre. À ton tour, beau compain, à demeurer dans la compagnie des moines aux blancs manteaux. Belle occasion pour toi d'apprendre à mieux chanter.

En prononçant ces derniers mots il touchait au bord du puits ; il saute à pieds joints, sans demander son reste, et ne cesse de courir jusqu'à ce qu'il ait perdu de vue l'abbaye des blancs moines.

La surprise, la honte et la rage ne permirent pas au pauvre Ysengrin d'essayer une réponse. Il eût été de ceux qui furent pris devant la cité d'Alep[1] qu'il n'eût pas été plus confus et plus désespéré. Vainement essaie-t-il de remonter, la corde glisse entre ses bras, et tout ce qu'il peut faire c'est, grâce au seau qui l'a descendu, de conserver la tête au-dessus de l'eau glacée dans laquelle le reste de son corps est plongé.

Ainsi passa toute la nuit, pour lui si longue et si cruelle. Voyons maintenant ce qu'on faisait dans le couvent.

Apparemment les blancs moines avaient trop salé les fèves crevées dont ils avaient soupé la veille, car ils se réveillèrent fort tard. Après avoir ronflé comme des tuyaux d'orgue, ces généreux sergents de Jésus-Christ sortirent enfin de leur lit et demandèrent à boire. Le cuisinier, gardien des provisions, envoya sur-le-champ à la cave et voulut bien aller lui-même au puits accompagné

1. Allusion aux combats livrés en 1146 dans la campagne d'Alep, et à la reprise d'Édesse par Noureddin sur Jocelyn de Courtenay. Voyez les historiens des croisades.

de trois frères et d'un gros âne d'Espagne qu'ils attachèrent à la corde. Le loup eut soin alors de se maintenir sur l'eau. L'âne commence à tirer ; mais il n'a pas assez de toutes ses forces pour soulever le poids que le puits lui oppose. Les frères le frappent, les coups sont inutiles. Alors un des frères s'avise de regarder au fond du puits ; ô surprise ! il aperçoit les pieds, il reconnaît la tête d'Ysengrin. Il appelle les autres : « Oui ! c'est le loup. »

Ils retournent à la maison, jettent l'alarme au dortoir, au réfectoire. L'abbé saisit une massue, le prieur un candélabre ; il n'y a pas un moine qui n'ait pieu, broche ou bâton. En cet attirail ils reviennent au puits, se mettent tous à la corde, si bien qu'enfin, grâce aux efforts de l'âne et des moines, le seau monte et touche à l'extrémité supérieure du puits. Ysengrin n'avait pas attendu si longtemps ; d'un bond il avait sauté par-dessus la tête des premiers frères ; mais les autres lui ferment le passage : il reçoit une grêle de coups, la massue de l'abbé tombe d'aplomb sur son pauvre dos, si bien que, faisant le sacrifice de sa vie, Ysengrin ne se défend plus et demeure à terre, sans mouvement. Déjà le prieur mettait la main au couteau : il allait commencer à découdre sa pelisse noire, quand l'abbé, vénérable personne, le retint :

– Que pourrions-nous faire de cette peau ? dit-il, elle est toute déchiquetée, toute couverte de trous. Allons-nous-en et laissons cette charogne.

Ysengrin ne se plaignit pas du mépris qu'on faisait de sa fourrure, et quand les frères, dociles à la voix du digne abbé, se furent éloignés, il fit un effort, se souleva

172

et parvint lentement à se traîner jusqu'aux premiers buissons qui annonçaient la forêt. C'est là que son fils le retrouve :

— Ah ! cher père, qui vous a mis en pareil état ?

— Fils, c'est Renart le traître, le félon, le pendart.

— Comment ! ce nain roux qui, devant nous, fit honte à ma mère et nous a salis de ses ordures ?

— Lui-même, et que le juste ciel me donne le temps de le bien payer !

Ce disant, Ysengrin prenait son fils par le cou et, soutenu par lui, parvenait au seuil de sa demeure. Dame Hersent en le revoyant dans cet état cria plus haut que les autres et parut désolée de la mésaventure de son cher époux ; on se mit en quête de bons mires, on les amena, ils s'empressèrent de visiter les plaies, de les laver, d'y appliquer de bons topiques, et de préparer au malade une potion faite des simples les plus rares. Grâce à leur science, le malade recouvra ses forces, il retrouva l'appétit, il put se lever, il put marcher. Mais s'il désirait vivre c'était dans l'espoir que l'occasion se présenterait bientôt de tirer du traître Renart une vengeance complète.

Trentième aventure

De la nouvelle infortune arrivée à dame Hersent,
et de la résolution d'Ysengrin
d'aller porter plainte à la cour du roi

Nous avons vu qu'Ysengrin, à peine guéri de ses gouttes, et relevé de la maladie gagnée dans le puits des blancs moines, avait aussitôt médité sur les moyens d'assurer sa vengeance. Défier son ennemi, lui déclarer une guerre ouverte, c'était courir de grands risques ; car le roi pouvait intervenir, et Renart avait de nombreux amis qu'il engagerait aisément sous sa bannière. Ysengrin jugea donc plus sage de commencer par épier Renart en lui ménageant un guet-apens qui pouvait tout finir, plus vite et plus sûrement pour lui.

Il se fit rendre un compte exact des endroits que Renart visitait d'habitude. À certain jour, il voulait le cerner et le pousser le long d'un mur de clôture, de façon à lui enlever tout moyen de salut. On était au temps de la coupe des pois : les tiges étaient liées et rassemblées sur la voie, et Renart ne manqua pas de les visiter. Ysengrin, dès qu'il le vit approcher, baissa la tête, jeta un cri et courut sur lui. Mais Renart ne marchait jamais sans prévoir quelque danger ; il ne perdit pas le sens, et quand Ysengrin se croyait sûr de le prendre, il était déjà loin, la queue basse et le cou tendu.

Ysengrin et dame Hersent se mettent à le poursuivre : tandis que damp Renart s'esquive par un sentier tortueux et qu'Ysengrin croit l'atteindre en se perdant dans une autre route, dame Hersent, plus attentive aux mouvements de Renart, n'avait pas quitté ses pistes, soit qu'elle voulût l'avertir des dangers qui le menaçaient, soit qu'elle eût à cœur de tirer vengeance elle-même de l'ancienne injure. De son côté, Renart ne se rendait pas bien compte des véritables dispositions de la dame ; au lieu de l'attendre, il éperonna jusqu'à l'ouverture d'une voie creuse qui dépendait de Maupertuis et qui était justement assez grande pour lui donner passage : mais la malheureuse Hersent, plus large des flancs et de la croupe, s'étant élancée après lui, se trouva retenue de façon à ne pouvoir avancer ni reculer d'un pas, la tête et le haut du corps engagés dans cette crevasse rocheuse. Au cri de détresse qu'elle ne put retenir, Renart ressortant du côté opposé accourut vers elle.

– Ah ! c'est vous, dame Hersent, lui dit-il d'un ton railleur, c'est bien à vous de venir ainsi trouver les amoureux jusque dans leur logis ! Oui, je le vois, vous vous êtes engagée par le cou, pour avoir le prétexte de rester plus longtemps avec moi. Oh ! demeurez tant qu'il vous plaira : si le compère Ysengrin vous trouve, je ne m'en mêle pas, qu'il en pense ce qu'il voudra. Lui direz-vous encore que vous ne m'aimez pas, que vous ne m'avez jamais accordé de tête-à-tête ? Quant à moi, je vous le déclare : je dirai tout le contraire, que vous m'aimez cent fois plus que votre mari et que rien ne vous arrête quand vous avez l'espoir de me rencontrer.

La pauvre Hersent, plus confuse qu'on ne saurait dire, répondait en priant le méchant roux d'avoir compassion d'elle et de la tirer du mauvais pas où elle se trouvait ; Ysengrin arriva comme Renart essayait en effet de lui porter secours. Quelle ne fut pas alors sa rage !

— Ah ! maudit nain ; vous allez payer cher ce dernier outrage.

— Lequel, et de quoi parlez-vous ? répond Renart qui s'était hâté de rentrer au logis et se remontrait par la plus étroite ouverture. En vérité, sire Ysengrin, vous reconnaissez mal le service que j'allais rendre à votre digne épouse. Ne voyez-vous pas comme elle est prise ? Est-ce ma faute si elle est venue s'y engager ? Cependant au lieu de me remercier de l'aide que je lui portais, vous en paraissez tout en colère. Supposeriez-vous que j'aie voulu frapper dame Hersent ? Je suis prêt à jurer que j'ai fait tout ce qui dépendait de moi pour la dégager.

— Toi jurer ! double traître ! mais ta vie n'est qu'un long parjure. Laisse tes mensonges et tes inventions ; j'ai vu, j'ai entendu. Est-ce en l'outrageant de paroles que tu marques ton respect pour elle et pour moi ?

— Vous êtes, en vérité, trop fin et trop subtil, sire Ysengrin. Votre femme s'est engagée volontairement dans cette porte ; elle n'en était pas encore sortie, j'en conviens, mais j'allais la délivrer quand vous êtes arrivé. Si je ne me suis pas pressé davantage, c'est que je fus, il n'y a pas longtemps, blessé à la jambe, et que je n'ai pu faire plus grande diligence. Je vous ai dit la vérité ; vous en tomberez d'accord, à moins que vous ne soyez décidé à me faire mauvaise querelle. D'ailleurs, madame est là ; vous pouvez l'interroger, je suis bien sûr qu'une fois rendue libre elle ne joindra pas sa clameur à la vôtre. Dieu vous garde, sire Ysengrin !

Cela dit, il rentra la tête dans Maupertuis, ferma la lucarne, et disparut.

Ysengrin n'était pas dupe de ces belles paroles. Il croyait en avoir assez vu, les excuses du coupable étaient, pensait-il, un nouvel outrage. Il vient à sa femme qu'il essaie de délivrer ; il la saisit par les pieds demeurés en dehors, il tire au point de la blesser et de lui arracher de nouveaux cris. Pour comble d'ennui, l'excès de tant d'émotions avait jeté dans les entrailles de la dame un certain désordre, dont le malheureux Ysengrin ressentit les fâcheux effets. Un instant, il se tint à l'écart, puis réunissant ses efforts à ceux de la pauvre dolente, et jouant à qui mieux mieux des mains et des pieds, ils enlevèrent quelques pierres, élargirent un peu la voie, et dame Hersent, le dos et les genoux écorchés, fut tirée de ce maudit piège. Il lui fallut alors essuyer les reproches d'Ysengrin :

– Ah ! louve abandonnée, venimeuse couleuvre, serpent infect ! Pourquoi n'avoir pas suivi le même chemin que moi ? Pourquoi ne m'avoir pas averti que je faisais fausse route ? Renart devait vous rencontrer, vous ne sauriez le nier.

– Non, sire, je ne l'essaierai pas. Renart est capable de tous les crimes, mais il n'a pas dépendu de moi de le punir comme je l'eusse voulu. Ne parlez pas de tout ce que j'ai entendu, de tout ce que j'ai souffert : l'injure ne sera pas amendée par ce que vous ou moi pourrions dire. Mais à la cour du roi Noble, on tient les plaids et les assises : on connaît de tous les cas de guerre et de querelle ; c'est là que nous devons aller, que nous devons faire notre clameur et demander vengeance.

Ces paroles, prononcées d'un air douloureusement résigné, furent pour Ysengrin comme un baume salutaire posé sur les plaies de son cœur.

— Il se peut, en effet, dit-il, que je vous aie trop accusée ; c'est l'effet de mon peu de réflexion ; j'oubliais les usages et les lois de notre pays. Votre conseil, dame Hersent, me rend à la vie : oui, nous irons porter notre clameur au roi, et malheur à l'affreux nain, s'il vient à comparaître devant la cour de nos pairs !

Livre deuxième

Trente et unième aventure

Comment le connétable Ysengrin et dame Hersent
firent leur clameur à la cour du roi

Lors Ysengrin n'avait pas perdu de temps pour se rendre à la cour, en compagnie de madame Hersent. C'était, il ne faut pas l'oublier, un grand personnage, revêtu dans la maison du roi de la charge de connétable ; on s'accordait à lui reconnaître surtout une profonde expérience de tous les usages de la cour.

Il monta les degrés de la salle où le roi donnait audience, et trouva l'assemblée grande et plénière, garnie de hauts et puissants animaux, de riches vavasseurs, tous plus ou moins à priser. Le roi était assis dans le faudesteuil, avec toute la dignité qui convenait au rang suprême, et les barons formaient une sorte de glorieuse couronne autour de sa personne.

Ysengrin, tenant par la main sa compagne, madame Hersent, s'avança jusqu'au milieu de la salle et rompit le silence général en levant clameur, de la manière suivante :

– Sire, n'y aura-t-il plus de foi dans le monde ? La justice sera-t-elle méprisée ? La vérité devra-t-elle céder la place au mensonge ? Vous aviez fait publier à son de trompes que nul à l'avenir ne fût si hardi que de violer la loi du mariage ; Renart n'a pris souci de vos vœux ni de vos ordres : Renart, origine de tous les discords, assemblage de tous les genres de malice, sans respect pour les liens d'amitié et de compérage, m'a déshonoré dans la personne de ma chère femme, et ne croyez pas, sire, qu'une aveugle pensée de haine et de rancune me conduise auprès de vous : la clameur que je porte à votre cour n'est, hélas ! que trop juste, et dame Hersent va l'appuyer de son témoignage.

— Il est vrai, sire, dit alors Hersent, les yeux baissés, le visage voilé de confusion, dès que je fus en âge d'être épousée, Renart m'a fatiguée de ses poursuites. Je l'avais toujours évité, j'avais montré le plus constant mépris de ses importunités et de ses prières quand, l'autre jour, accompagnant en chasse mon noble époux, j'eus le malheur d'arriver devant sa demeure. Là, je me trouvai tellement perdue dans les défilés de son hôtel d'où mon embonpoint m'ôtait la liberté de me dégager, que damp Renart put me frapper, m'outrager et m'accabler des injures les moins méritées ; en présence, et c'est là ce qui redouble ma honte, de mon époux lui-même.

Elle se tut, mais aussitôt Ysengrin :

— Oui, sire, vous venez d'entendre la vérité. Et maintenant, que vous en semble ? Renart a-t-il été contre droit et raison ? Je lève donc clameur contre lui, et vous adjure de remettre la cause à vos barons, pour que justice me soit rendue. J'ajouterai ce que dame Hersent n'a pas dit, et ce qu'elle ne démentira pas. Renart était venu, quelque temps auparavant, chercher querelle à mes fils dans mon propre hôtel ; il les avait salis de ses ordures, les avait battus, échevelés, traités de bâtards et de fils d'abandonnée. Il en a menti, par la gorge ! Mais quand, le retrouvant à cette maudite chasse dont vous a parlé madame Hersent, je lui reprochai son odieuse conduite, il nia tous les faits et m'offrit de venir s'en purger par serment, en quelque lieu qu'il me plût de désigner. Je conclus donc, sire, en demandant que la cause soit retenue, qu'il en soit fait jugement, pour qu'on ne voie pas se renouveler à l'avenir de pareils forfaits.

Ysengrin revint à sa place. Sire Noble, la tête un peu penchée, semblait vouloir comprimer un sourire :

– Connétable, dit-il, avez-vous encore à ajouter quelque chose ?

– Non, monseigneur, sinon que pour mon honneur je n'aurais pas rendu cette querelle publique, si j'avais eu le choix des moyens ; mais la charge que j'occupe dans l'État ne me permettait pas de donner l'exemple de la violation de vos édits, en me faisant justice moi-même ; chose qui m'eût été bien aisée.

– Hersent, reprit le roi, répondez à votre tour. Vous venez ici nous raconter que damp Renart vous a recherchée : mais vous, ne l'avez-vous jamais aimé ?

– Moi, sire ? Non.

– Comment donc se fait-il que, n'étant pas son amie, vous ayez eu la mauvaise pensée de prendre le chemin de son logis ?

– Pardonnez, sire, cela n'est pas exact, et vous pourriez mieux parler. Monseigneur le connétable, qu'assurément on peut croire, vous a dit qu'il était avec moi, au moment où j'eus à me plaindre des procédés de Renart.

– Il était réellement avec vous ?

– Sans aucun doute.

– Alors qui pourra jamais admettre qu'un nain tel que Renart vous ait outragée impunément, en présence de votre baron ?

Ysengrin se levant avec vivacité :

– Sire, vous ne devez prendre ici la défense ni de lui ni de moi. Il doit vous suffire d'écouter ma clameur, de la retenir et de faire en sorte qu'elle soit considérée ou rejetée. J'appelle Renart en justice et, quand il comparaîtra, il ne me sera que trop facile de le convaincre d'outrage et de félonie à l'égard de ma femme, de mes enfants et de moi-même.

Il est à propos de remarquer que monseigneur Noble le roi était porté naturellement à ne pas laisser connaître sa cour des délits dont l'amour était l'occasion ou le prétexte ; tant qu'il voyait espoir d'accommoder les querelles de ce genre, il refusait d'en prendre gage de bataille. La clameur levée par Ysengrin lui était donc fort déplaisante. Il dit encore :

– Connétable, pour rien au monde, je ne voudrais voir s'engager le combat entre vous et Renart le nain. Il me semble qu'on pourrait trouver un moyen de vous accommoder.

– Il me semble, à moi, sire, reprit Ysengrin, que vous soutenez la cause de mon ennemi. Sainte Marie ! Vous auriez pourtant meilleure grâce à prendre ma querelle en main, car je vous ai toujours mieux servi que Renart. Mais je le vois : si j'avais été comme lui faux, traître et déloyal, je trouverais grande faveur auprès de vous.

Par mon museau ! vous me donnez regret à tous mes anciens sacrifices, et je m'aperçois un peu tard de la vérité du proverbe : *Tel le seigneur, tel le loyer.*

Le roi, qui l'avait impatiemment écouté, répondit avec hauteur :

– Oui, je ne m'en cache pas, j'excuserais Renart, si l'amour était la cause de ses torts. Le chagrin qu'il vous aurait causé, dans l'intérêt de sa passion, ne l'en ferait pas estimer pour cela moins courtois et moins loyal. Cependant, puisque vous le voulez, on le citera ; on examinera l'affaire, on la traitera suivant l'usage de ma cour ; dès ce moment, je fais retenir la cause.

Trente-deuxième aventure

Comment messire Chameau, le légat, fit sur
la clameur d'Ysengrin un savant discours qui ne fut
pas compris de tout le monde. Et du conseil secret des
barons, dans lequel furent entendus Brichemer, Brun,
Baucent, Plateau le daim et Cointereau le singe

Ce jour-là, parmi les conseillers du roi se trouvait
messire Chameau, dont la cour estimait grandement la
sagesse. Il était né devers Constantinople, et l'apostole,
qui l'aimait tendrement, l'avait envoyé de Lombardie
au roi Noble, en qualité de légat. C'était un légiste de
grande autorité.

– Maître, lui dit le roi, avez-vous souvenir de telles
clameurs levées et accueillies dans vos contrées ? Nous
voudrions bien avoir sur ce point votre avis.

Le chameau prit aussitôt la parole :

– Quare Messire me audité ; nos trobames en décret,
à la Rebriche de matremoine violate, primo se doit
essaminar, et se ne se puo espurgar, le dois grevar tu ensi
que te place, perché grant meffait ha fatto. Hec e la
moie sentenza ; et sel vuol tornar en amendance, je dis
que si puo prender molto de la pecune, ovvero lapidar
ou ardre lo corpo de l'aversari de la renarde ; et si vo di,
buon rege, que nus ne deit vituperar la lei, et que l'en
deit toute jorno ben et dreitament judicar, si com fece

188

Julius César l'empereres. Et ensi fais, bon signor, ce que juger dois, quar non es bone rege, se ne vuol far de droit tort. Vide bon favela, et tene toi par la tue baronie, car altrement cure n'aras de roialta, et tu ne pas estar bon rege : favellar come ti plaira, che plus n'en sa ne n'en vuol dire.

Ce discours fut accueilli par les barons de façon diverse. Les uns en murmurèrent, les autres s'en prirent à rire. Sire Noble seul conservant toute sa gravité :

– Écoutez-moi tous, barons et hauts seigneurs. Je vous donne à juger une question de délit amoureux. Vous aurez à décider d'abord si, pour prononcer une condamnation, on peut admettre le témoignage de la personne qui eut part à la faute.

Ces mots entendus, tous se lèvent, et les plus sages vont, en sortant du pavillon royal, se former en conseil. Brichemer, le cerf, comprenant la gravité de la cause, consentit à diriger la discussion. À sa droite se plaça Brun, l'ours, connu par sa haine contre Renart, à sa gauche Baucent, le sanglier. Baucent n'avait pas de parti pris, il ne voulait écouter que droit et justice. Les voilà donc réunis, assis et prêts à commencer l'instruction de l'affaire.

Brichemer, ayant pris l'avis de Baucent, demanda à parler :

– Seigneurs, vous avez écouté la clameur d'Ysengrin contre Renart. L'usage de notre cour, quand on vient lui demander la répression d'une forfaiture, est d'exiger la preuve par main triple ; tel, en effet, pourrait aujourd'hui même lever une clameur, dont serait victime la bête la plus innocente. Venons au témoignage de madame Hersent : c'est la femme épousée d'Ysengrin, elle habite avec lui, elle lui est entièrement soumise ; elle ne peut parler ou se taire, aller ou venir sans le bon plaisir de son baron ; son témoignage ne peut donc suffire, il faut en demander à l'accusateur de plus libres et de plus désintéressés.

— Par Dieu ! seigneurs, dit alors Brun l'ours, je ne saurais, comme juge, approuver les paroles que vous venez d'entendre. Il ne s'agit pas ici d'un personnage obscur, ordinaire. Monseigneur le connétable a sans aucun doute le droit d'être cru sur parole. Oh ! si le plaignant était un mauvais garçon, un larron fossier, un briseur de chemins, l'appui de sa femme ne serait pas à nos yeux d'un grand poids ; mais telle est l'autorité du nom d'Ysengrin qu'il devrait en être cru, quand il n'aurait d'autre garant de sa parole que lui-même.

— Messire Brun, dit à son tour Baucent, a raison sans doute ; il n'est personne ici qui ne soit prêt à tout croire de ce qu'avancera monseigneur Ysengrin. Mais, ici, la véritable difficulté sera de décider quel est le plus croyable de celui qui affirme ou de celui qui nie. Si vous dites que le meilleur baron est messire le connétable, Renart répondra que, pour ne pas occuper la même charge, il n'est pas moins loyal ni moins digne de confiance. Il ne faut pas ici considérer le mérite ou la dignité de la personne ; autrement, voyez ce qui arriverait : chacun pourrait faire clameur, en offrant sa femme pour garant. On dirait : un tel me doit cent sous, ma femme l'atteste, donc la dette est réelle ; et de

fort honnêtes gens pourraient être ainsi condamnés. Non, jamais je n'approuverai pareille façon de procéder. Sire Brun, qu'il me permette de le dire, n'est pas ici dans le vrai, et je me tiens à l'avis de damp Brichemer ; il était impossible de parler d'une façon plus sage, plus judicieuse et plus vraie.

Ici, Plateau le daim demanda à parler.

— La clameur porte sur autre chose encore : Ysengrin accuse Renart de lui avoir enlevé ses provisions, d'avoir embrené ses louveteaux, de les avoir battus, échevelés, appelés bâtards. Or de pareils excès exigent une forte amende, si l'on ne veut pas qu'ils se renouvellent sans cesse.

— Vous dites vrai, reprit Brun, et je vais plus loin : honte et déshonneur à qui prendra la défense de Renart ! Comment ! on pourrait honnir un prudhomme et s'emparer de son bien comme de légitime conquête, comme de fortune trouvée ou de trésor perdu ! Je plaindrais le roi s'il abandonnait ainsi la cause de ses barons ; mais, après tout, je n'en serais pas autrement surpris. Car *À tel morceau telle cuiller* et *Le chat sait toujours bien quelles barbes il lèche*. Je n'en dis rien de plus ; sinon que monseigneur le roi, sauve sa grâce, ne s'est pas fait beaucoup d'honneur en riant en dessous de la clameur d'Ysengrin, et en prenant le parti d'un vil et méprisable flatteur tel que Renart. Laissez-moi, seigneurs, à ce propos, vous raconter comment je fus un jour trompé moi-même par cet insigne fripon. L'histoire n'en sera pas longue. Renart avait fait la découverte d'un grand village nouvellement bâti : il avait sur la lisière du bois reconnu la maison d'un vilain abondamment garnie de bestiaux et de provisions ; c'est elle qu'il choisit pour but de ses courses de nuit. Tous les jours il rentrait à Maupertuis avec une de ces pauvres bêtes, après en avoir mangé sur les lieux une autre. Cela dura un mois entier. Enfin, le vilain, par voie de représailles, disposa ses chiens, cacha, dans les chemins et dans chacune des allées du bois, toutes sortes de pièges, collets, regibeaux, bourjons, filets et trébuchets ; si bien que Renart, serré de près, n'osa plus de quelque temps sortir du couvert et prendre le chemin de la ferme.

« Mais alors, il se souvint que ma grande prestance et mon allure imposante me faisaient partout reconnaître, tandis que sa taille courte et menue lui permettait d'échapper. Il pensa que si l'on nous surprenait de compagnie on s'attacherait à moi de préférence, tandis qu'il esquiverait la recherche et la poursuite du vilain et de ses chiens. Et comme il savait que le miel est la chose que j'aime le mieux au monde, il vint à moi, il y aura un an à la Saint-Jean :

« – Ah ! sire Brun, me dit-il, que je sais un beau pot de miel !

« – Où est-il, où est-il ? demandai-je.

« – Eh ! chez Constant Desnois.

« – Pourrai-je y mettre la tête ?

« – Oui, vraiment, venez seulement avec moi.

« Et dès la nuit suivante, nous étions à tâtonner le terrain, pour arriver à la ferme. Nous avancions pas à pas, ne posant le pied qu'après avoir examiné si personne n'avait suivi la même trace. Nous trouvons le guichet ouvert, nous pénétrons par la petite entrée, et, pour ne rien aventurer, nous restons quelque temps sans mouvement dans les choux. Il était convenu que, d'abord, nous irions au pot, nous le briserions, nous mangerions le miel et puis nous retournerions. Mais Renart, en passant devant le gelinier, ne put se tenir d'y monter et de jeter l'alarme parmi les poules. Elles poussent des cris aigus ; le village s'émeut, les vilains accourent de tous les côtés, on reconnaît Renart et chacun de huer, de courir à qui mieux mieux sur lui. Vous comprenez qu'en ce moment j'aie éprouvé certaine inquiétude : je décampai au grand galop ; mais comme Renart savait bien mieux les détours et les retraites, ceux qu'il avait ameutés, me reconnaissant, l'abandonnèrent aussitôt, pour me fermer passage. Je le vis alors, le traître, gagner le large :

« – Eh quoi ! Renart, lui dis-je, pourrez-vous bien me laisser seul dans l'embarras ?

« – Ma foi, beau sire Brun, répond-il, chacun fait de son mieux ; je me sauve, le besoin fait vieilles trotter. Allons ! travaillez à vous tirer de là ; pourquoi n'avez-vous pas un coursier rapide et des éperons tranchants ? C'est votre faute si les vilains viennent à vous mettre dans leur saloir. Entendez-vous leur vacarme ? Si votre pelisse est trop chaude, comptez sur eux, ils vous en déchargeront. Pour moi je vais à la cuisine préparer, à votre intention, la poularde que j'emporte ; mais j'oubliais, damp Brun : à quelle sauce la voulez-vous ?

« Cela dit, le félon s'esquive et me laisse dans la presse. Vit-on jamais, dites-moi, plus odieux gabeur ?

« Cependant le bruit devient affreux, les vilains me cernent, les chiens m'entourent, je sens la dent des uns et la flèche des autres. Je comprends le danger et je me décide à le braver. Je reviens sur les mâtins, je les mords, je les déchire, je les renverse l'un sur l'autre. Jamais chasseurs ne trouvèrent mieux à qui parler. Quoique percé de cent flèches barbelées, les chiens n'osèrent me toucher, et je contraignis les vilains à me laisser maître du champ de bataille. Mais ce ne fut que pour un instant ; tandis qu'aucun d'eux n'osait plus m'attendre, j'en atteignis un dont je mis à découvert les entrailles pantelantes. Je le labourais de mes pieds et de mes dents, il poussait un dernier cri de détresse, quand par malheur un autre, arrivant par-derrière, me décharge sur la nuque un coup de massue qui me fait chanceler et tomber. Les chiens et les vilains de revenir tous à la charge : je sens l'étreinte des dents, le fer des pieux, la pluie des pierres et des carreaux. Les mâtins tombaient, revenaient sans cesse. Enfin mon corps sanglant n'était plus qu'une blessure ; je pris le parti de regagner les bois. On n'osa me poursuivre ; je me dirigeai lentement vers le premier taillis, et de là me retrouvai bientôt au milieu de mes domaines.

« Tel est le beau service que Renart me rendit. Je ne prétends pas en faire clameur, j'ai voulu seulement montrer par un exemple quelle était sa façon de procéder. Aujourd'hui damp Ysengrin porte plainte contre lui ; l'autre jour c'était Tiecelin qu'il avait plumé traîtreusement et qu'il voulait mettre en lieu sûr. Tybert le chat le rend responsable de la queue qu'il a perdue, et dame mésange, sa propre commère, vous dira comment il voulut la dévorer, en lui offrant comme un autre Judas le baiser de la paix. Il faut enfin réprimer tant de méfaits ; c'est l'impunité qui seule a pu lui donner tant d'audace.

À ce long discours, Baucent demande la permission de répondre en peu de mots :

– Sauve votre grâce, messire Brun, on ne peut terminer brusquement la cause dont nous avons à connaître. La clameur d'Ysengrin n'a pas encore été rendue publique ; et certes il faudrait une grande sagesse pour juger, suivant droit et raison, une affaire dans laquelle on n'aurait entendu que l'accusateur. Nous avons écouté la plainte, nous devons écouter la défense. Qui nous presse ? Rome a-t-elle été faite en un jour ? Et je ne parle pas dans l'intérêt de Renart ou dans celui d'Ysengrin ; mais ne devons-nous pas tous souhaiter de prévenir une lutte publique devant la cour ? Il faut tous deux les interroger et les entendre : quand Renart sera présent et que la cause sera débattue, nous verrons distinctement quelle amende il convient d'exiger de la partie coupable.

– Oui, dit Cointereau le singe ; et le diable prenne ces gens pressés qui veulent juger sans attendre le *quia*.

– Pour vous, Cointereau, répliqua Brun, vous n'étonnerez personne, si vous êtes du parti de Renart ; vous avez le même genre de savoir-faire. Renart s'est déjà tiré de plusieurs mauvais pas, il sortira de celui-ci pour peu qu'on s'en rapporte à vous.

– Eh bien ! maître, répondit le singe en faisant une de ses plus belles moues, dites-nous au moins comment vous justifieriez une sentence aussi précipitée.

– Par saint Richer! dit Brun, il n'y a pas de cour au monde où je ne sois prêt à déclarer que tout le mal vient de Renart et qu'Ysengrin a raison de l'accuser. Avons-nous besoin de preuves, quand la femme et le mari sont d'accord pour en demander justice? Il conviendrait donc de commencer par s'assurer de la personne du coupable, de l'amener pieds et poings liés, de le jeter en chartre ou geôle, de le battre de verges, et de le mutiler pour l'empêcher de jamais insulter d'autres nobles matrones. C'est ainsi que partout l'outrage est puni; et la répression du crime est sévère, même quand il s'agit d'une femme commune, abandonnée. Se montrera-t-on plus indulgent, quand la victime est une vertueuse et noble épouse, qui ne se consolera jamais de l'insulte qu'elle a essuyée? Car enfin, il ne viendra dans l'esprit de personne qu'Ysengrin eût levé cette clameur, si l'offense n'était pas aussi claire que le jour; et quelle ne serait pas sa honte, si, maintenant, on lui déniait justice?

– Ma foi! répondit en ricanant Cointereau, il est singulier qu'on mette une sorte de point d'honneur à faire éclater aux yeux de tous sa propre honte. Eh, mon Dieu! si Renart a fait ce qu'on lui reproche, à tout pécheur miséricorde, et notre devoir est d'accommoder les parties. Croyez-moi, d'ailleurs, le loup n'est pas si grand qu'on le pense, et Renart ne le craint guère : il sait que petite pluie a souvent abattu grand vent. Il viendra, j'en ai la conviction. Quant à messire Brun, en parlant aussi longuement, il a véritablement perdu belle occasion de se taire.

Damp Brichemer était de trop grand sens pour continuer ces querelleuses railleries. Résumant donc nettement le débat :

— Seigneurs, dit-il, nous ne devons penser qu'à prendre jour pour accorder les parties. Renart a proposé de faire serment ; sommons-le de tenir cet engagement. Aussi bien, comme Baucent l'a sagement remarqué, ne peut-on tenir plaid, à propos de meurtre ou de mortel outrage, tant que la question de fait n'est pas mise hors de doute. Et jusque-là, nous devons tenter d'accommoder la querelle. Mais il faut aller au-devant de surprise et de malentendu. Une fois le serment fait, il peut arriver que le roi soit absent du pays ; alors, devant qui se tiendra l'assise ? Il me semble que Rooniaus, le chien de Frobert de La Fontaine, pourrait être désigné comme justice. C'est une personne honnête, d'une piété exemplaire ; le choix serait approuvé de tout le monde.

Cette proposition fut accueillie par un applaudissement général : la séance fut levée et les conseillers retournèrent vers le roi pour rendre compte de ce qu'on y avait résolu.

Trente-troisième aventure

Comment Brichemer le sénéchal rendit compte
au roi Noble des conclusions du conseil, et comment
Grimbert fut chargé de semondre Renart

Brichemer, auquel revenait l'honneur de porter la
parole, le fit en bonne rhétorique :

– Sire, dit-il, nous nous sommes enquis des usages de
la terre, en ce qui touchait à la cause présente. Nous les
avons retrouvés et je vais, à défaut de tout autre, les
exposer, sauf votre grâce.

Le lion, tournant la face vers lui, fit un signe de
consentement ; et Brichemer après s'être incliné continua de la manière suivante :

– Écoutez-moi, seigneurs, et reprenez-moi si je ne dis
pas bien. Nous avons d'abord reconnu que la clameur
d'Ysengrin devait être reçue et qu'on y ferait droit ;
mais s'il veut mieux prouver la justice de sa cause, il
devra présenter, à jour nommé, un troisième garant des
faits dont il demande vengeance. Ensuite, nous avons
établi que le témoignage de sa femme n'était ici d'aucune valeur et ne pouvait lui donner aucun avantage.
Le point fut vivement débattu entre Brun et Baucent ;
mais le conseil parut se tenir à la décision que je viens
d'exposer. La chose est d'ailleurs arrangée de façon que

nul n'ait droit de se plaindre. Dimanche, à l'issue de la messe, Renart fera le serment et, sans désemparer, le jugement sera rendu devant Rooniaus le mâtin : quel qu'il soit, les deux parties devront y souscrire et consentir à une réconciliation mutuelle.

— Par les saints lieux de Bethléem ! dit gaiement le roi, j'aurais donné plus de mille livres pour être ainsi déchargé de cette fâcheuse affaire. Voilà donc qui est bien entendu : la cour se réunira dimanche, au sortir de la messe, devant le vertueux Rooniaus, chien de Frobert de La Fontaine. Et Renart ne s'étant pas encore présenté, je vais le faire semondre, par Grimbert le blaireau, de venir après la procession prêter le serment ou répondre sur tous les faits dont Ysengrin a porté plainte.

Après ce discours, tout le monde se tut, l'assemblée se leva et chacun revint à son hôtel. Grimbert de son côté ne perd pas un instant pour ses apprêts de départ : il se met en route, arrive à Maupertuis, y trouve Renart et lui expose comment les barons et les comtes l'ont ajourné pour le serment et pour le plaid qui sera tenu sous la présidence de Rooniaus, et comment le roi mande qu'il ait à s'y trouver. Renart répond qu'il ne souhaite rien de mieux, qu'il obéira, et que d'avance il est prêt à se conformer à l'égard ou verdict de la cour.

Trente-quatrième aventure

De la visite intéressée d'Ysengrin
à Rooniaus le mâtin

Grimbert s'éloigne et laisse Renart confiant dans sa fortune et dans ses ruses. Il sait qu'il a beaucoup d'ennemis, mais il ne prend aucun souci de les ramener à lui, tant il les hait tous et les méprise. Ysengrin ne met pas ainsi la chose en nonchaloir et, trois jours avant le jugement, il s'en va trouver Rooniaus, comme il reposait doucement sur un lit de paille devant l'enclos de Frobert de La Fontaine. D'abord il n'était pas sûr qu'il fût bien prudent à lui de le déranger ; mais Rooniaus, en considération des trêves, lui fit signe d'approcher de confiance ; Ysengrin ne se fit pas prier.

— Je vous dirai tout de suite, fait-il à Rooniaus, le sujet de ma visite. J'ai besoin de bon conseil ; je suis en guerre avec Renart dont vous savez les nombreux méfaits. J'ai levé clameur contre lui, la cause est retenue, on a pris jour ; dimanche après la messe Renart doit comparaître devant vous ; car la cour vous a choisi pour conduire le plaid. Mais avant les débats Renart doit se purger par serment. Cela lui coûtera peu, sans doute ; je viens donc réclamer votre amitié, pour conduire l'affaire de manière à le confondre. Et d'abord où devons-nous chercher le sanctuaire sur lequel il devra jurer ? Le point est de grande conséquence et, je vous l'avoue, il m'embarrasse un peu.

— Par ma foi, dit Rooniaus, vous trouverez dans ce village assez de saints ou de saintes, et vous n'aurez que l'embarras du choix. Mais écoutez ; si Brichemer voulait remplir l'office de justice, on essaierait quelque chose de mieux. Je ferais le mort, je m'étendrais dans un fossé, hors du village : vous répandriez le bruit de ma fin édifiante, et quand on viendrait lever mon corps, on me trouverait couché sur le dos, mâchoires ouvertes, langue tirée : vous convoqueriez l'assemblée autour de moi, et Renart étant venu, vous déclareriez le tenir quitte de tout, pourvu qu'il fût consentant de jurer sur ma dent qu'il n'avait jamais outragé votre femme. S'il se tient assez près de mon chef pour me permettre de l'empoigner, il pourra se vanter que jamais corps saint n'aura mieux retenu ni mordu. Et si, devinant le piège, il refuse d'avancer jusqu'au sanctuaire, il y gagnera peu de chose ; car je ferai tenir en aguet plus de quarante mâtins de première force. Ou Renart sera plus qu'un diable, ou il n'échappera pas à mes reliques d'une part, et à mes bons amis de l'autre. Dieu vous garde, Ysengrin ! Songez à tout bien disposer ; je me charge du reste.

Trente-cinquième aventure

Du parlement d'Ysengrin avec tous ses parents
et amis, et de l'arrivée des deux barons
et de leurs alliés, en présence de saint Rooniaus

Ysengrin approuva grandement la pensée de Rooniaus. Tout joyeux de la visite, il prend congé de son
allié, retourne dans la forêt et se met en quête de ses
amis. Il ne leur envoie pas de message, mais se rend lui-
même chez eux, en bois, en plaines, en montagnes.
Bientôt arrivèrent à son hôtel Brichemer le sénéchal, la
tête haute, la démarche assurée ; damp Brun l'ours, Baucent le sanglier, Musart le chamois, le léopard, le tigre,
la panthère, l'enchanteur Cointereau nouvellement
arrivé d'Espagne, lequel, sans trop se soucier de l'un ou
l'autre des plaideurs, venait pourtant se ranger par
curiosité du côté d'Ysengrin.

— Seigneurs, leur dit celui-ci, je vous ai tous réunis
dans l'espoir de trouver bon secours en vous.

Tous alors, étrangers ou familiers, parents ou amis,
s'engagent à ne pas se séparer, avant d'avoir obtenu
pour lui satisfaction complète. Tels étaient donc les
appuis d'Ysengrin. Renart, de son côté, pouvait compter sur autant de défenseurs de sa querelle. Son porte-
oriflamme était Fouinet le putois ; Tybert le chat suivait

de près ; il n'aimait pas Renart, mais il était enchaîné par les devoirs de la parenté ; Grimbert, porteur de la semonce, ne pouvait non plus refuser son appui, en sa qualité de cousin germain. Rousselet l'écureuil arriva trottant, puis Gente la marmotte, Courte la taupe, damp Pelé le rat, damp Couart le lièvre, la loutre, la martre, Bièvre le castor, le hérisson, la belette ; la fourmi, fière ment et l'un des premiers, vint garantir l'appui de ses bras à Renart ; pour damp Galopin, le lapin, il s'excusa de venir dans une assemblée qui lui donnait trop d'inquiétudes, et l'on prit en considération ses motifs d'abstention.

Renart se hâta de conduire cette noble compagnie aux abords du village où le plaid devait être tenu. Ysengrin et tous ses amis les avaient précédés. Il y eut à l'abord quelques difficultés ; mais on convint enfin qu'Ysengrin occuperait la vallée et Renart la montagne. Entre les deux camps, sur le fossé, damp Rooniaus, le cou replié et la langue tirée, ne remuait ni pieds ni tête. À quelque distance, et cachés par un verger, se tenaient tous les amis que l'on sait ; ils pouvaient être une centaine, tant lices que mâtins, tous animés des mêmes sentiments contre l'ennemi d'Ysengrin.

Trente-sixième aventure

Comment damp Renart eut des scrupules
de conscience, et ne voulut pas jurer
sur la dent de saint Rooniaus

Brichemer, élu d'un commun assentiment pour le parleur de cette première assemblée, s'étant levé en pieds :

– Renart, dit-il, vous devez aller au-devant de ce qu'Ysengrin allègue contre vous ; approchez, et faites sans hésiter le serment promis. Nous savons bien qu'on pourrait s'en rapporter à votre simple affirmation, sans obliger à prendre à témoin les saintes reliques. Toutefois, au moins convient-il que vous juriez, sur la dent de saint Rooniaus le rechigné, que vous n'avez jamais trompé Ysengrin, que vous n'avez pas insulté votre commère, et qu'on ne peut mettre en doute votre droiture et votre loyauté.

Renart se lève en pieds à son tour, replie la queue de son manteau, se drape, et fièrement se met en mesure de prêter le serment qu'on lui demande. Mais, en fait de ruses et d'aguets appensés, Renart ne connaissait pas de maîtres. Il s'aperçut donc que les pas étaient gardés ;

il devina que Rooniaus était encore du monde, au battement de ses flancs et à sa reprise d'haleine. Le mouvement qu'il fit alors en arrière n'ayant pas échappé à l'œil de Brichemer :

— Eh ! qu'est-ce, Renart ? lui dit-il, hésiteriez-vous ? il ne s'agit que de mettre votre main droite sur la dent de saint Rooniaus.

— Sire, répond Renart, je sais qu'à tort ou à droit je suis tenu d'exécuter l'ordonnance ; cependant je crois voir une chose que vous ne soupçonnez pas et dont je dois vous avertir.

— Non, non, répond Brichemer, je ne reçois pas votre excuse, il faut jurer, ou vous résigner aux condamnations que nous allons prononcer contre vous.

Par bonheur, damp Grimbert le blaireau avait également découvert la trahison : mais ne voulant pas s'exposer à la haine de tant de puissants personnages, il s'avisa d'un adroit expédient.

— Seigneur, dit-il, la raison veut au moins que Renart n'ait pas à se défendre de la presse, et qu'on ne laisse pas écraser un baron de son rang par la foule qui lui tombe sur le dos. Faites éloigner l'assistance, de façon à laisser au noble accusé la liberté d'aborder le sanctuaire.

— En effet, dit Brichemer, et je n'y songeais pas ; oui, vous avez raison, damp Grimbert ; je vais rendre la voie libre.

En même temps, il donne l'ordre d'écarter la foule devant, derrière et des deux côtés. Renart saisit le moment favorable ; il fait un demi-tour, et, au lieu de

s'arrêter au sanctuaire, il s'élance à toutes jambes dans la carrière qu'on venait de lui ouvrir ; il franchit la montagne où tous les siens étaient réunis, disparaît dans une gorge et traverse un vieux chemin ferré, pendant que crient, hurlent et glapissent les amis d'Ysengrin, et que les chiens disposés par Rooniaus s'élancent comme autant de traits empennés sur ses traces.

Trente-septième aventure

Comment les amis de saint Rooniaus, indignés
de la fuite de damp Renart, le poursuivent,
et comment le connétable Ysengrin jura
de renouveler sa clameur aux prochaines assises

Voulez-vous connaître le nom de ces généreux mâtins ? C'était d'abord Rooniaus, aussitôt relevé du fossé ; c'était Espillart, le chien du riche vilain Maubert ; puis Harpin, Morant, Bruié, Égrillart, Heurtevilain, Rechigné, le chien de Gillain, femme d'Éverart le drapier ; Afaitieus, Gorfaus, Tiran, Roillet, Lovelas, Amirant, Clarmont, Galiniers, le chien de Macart de Rives, Cornebues, Herbelot, Friart, Brisegaut, Frisant, Voisié, Léopart, Tison, Courtin, Rigaut, Passeloup, Gringaut, Loyer, Passeoutre, Sillart, Baculart, Estourmi, le chien de sire Tybert du Fresne, Pilet, Chapet, Pastour, Estour, L'Engignié, le barbet Écorchelande, Malfloré, Violet, Oiselet, Grésillon, Émerillon, Estourneau, Esclariau, Chanut, Morgain, Vigier, Passavant, Bolet, Porchas, Malet, Poignant, le chien du boucher Raimbaut, Hospitaus, Tracemenu, Tournenfuie, Follevil et Passemarais, nouvellement arrivés de Pont-Audemer.
Parmi les lices, on remarquait Baude et Foloise, Coquille, Sébille, Briare, venue de Sotlaville, Fauve, Bloette, Morete, Boete, Violette, Brachine, Maligneuse,

Mauparlière, qui était à Robert de la Marlete, Gente-rose, Prime-Noire la lice au prouvère, et Pinconette qui menace de plus près Renart ; il ne tiendra pas à elle s'il n'est arrêté à l'entrée du bois. Renart de son côté ne met aucun de ses bons tours en réserve, et l'on ne peut assu-rément l'en blâmer, le besoin fait vieilles trotter.

Trois des meilleurs mâtins l'attendaient sous les pre-miers buissons de la forêt ; ce sont Tranchon, Boémont et Failli : le voilà donc en plus grand danger que jamais ; ils tombent sur lui, le roulent et le déchirent ; le sang jaillit sur les restes de sa riche pelisse ; mais enfin il par-vient à leur donner le change et, moitié courant moitié rampant, il arrive à son manoir de Maupertuis.

Pendant qu'il y trouve le repos dont il avait grand besoin, et qu'il va chercher à panser et cicatriser ses plaies, jurant haine mortelle à Rooniaus qui s'est rendu l'artisan de la trahison du sanctuaire, Ysengrin mène grand deuil de ce que Renart est échappé. Retrouvera-t-il jamais une occasion pareille ?

Il convoque autour de lui toutes les bêtes de son parti :

— Damp Brun, damp Rooniaus et damp Baucent, vous, les amis particuliers du roi, vous, ses conseillers les plus intimes, vous avez vu comment le traître Renart a tenu sa promesse ; pouvait-il mieux laisser voir qu'il avait tort, et qu'il n'était pas en état de faire le serment convenu ? Écoutez-moi donc, bêtes grandes et petites, votre honneur est engagé à témoigner devant notre sei-gneur le roi, quand il tiendra sa haute cour, que Renart a fait défaut de serment.

– Et le roi, interrompit damp Brun, sera bien mauvais s'il n'en fait pas justice, s'il ne le condamne pas à être publiquement pendu.

– Pendu ou brûlé, reprend Ysengrin.

– Mais pourtant, dit Grimbert, on m'accordera bien le droit de dire que Renart, en gagnant le large quand vous étiez au pont Guichart, n'a pas fait aussi mal que vous dites : il avait apparemment deviné quelque aguet appensé, il avait reconnu que Rooniaus tout du long étendu, la langue tirée, n'était pas mort et conservait sa respiration.

Ces paroles causèrent dans l'assemblée un véritable scandale et devinrent le signal d'un grand tumulte. Rooniaus agité de crainte et de honte se leva :

– Damp Grimbert, voulez-vous lever contre moi clameur de trahison ?

– Je ne dis pas cela, répond Grimbert, mais je cherche à excuser Renart. Ne soulevons pas ici de querelle, allons en cour, et si Renart est coupable il vous fera satisfaction.

– J'y suis bien résolu, dit Ysengrin ; et quoi qu'il arrive, je suivrai ma clameur à la prochaine assemblée de mai ; je demanderai justice à la cour de mes pairs, et j'amènerai des témoins qui prouveront que le traître Renart a refusé le serment qu'on lui demandait.

Après ces mots, ils se séparèrent et ne se retrouvèrent plus que devant le roi, aux prochaines assises, quand fut assemblée de nouveau la haute cour.

Trente-huitième aventure

Comment le roi Noble tint cour plénière,
et comment Ysengrin fit une seconde clameur
contre Renart

Perrot qui mit tout ce qu'il avait d'esprit et d'étude à faire des vers sur Renart et son cher compère Ysengrin, Perrot qui nous a si bien raconté comment sire Noble le lion avait partagé la proie, et comment Renart avait refusé de prêter serment sur la dent de saint Rooniaus, a pourtant oublié le plus beau de sa matière ; j'entends le jugement rendu dans la cour du roi Noble, sur la grande querelle de cet odieux Renart avec messire Ysengrin et dame Hersent sa noble épouse.

L'histoire dit que l'hiver était passé, l'aubépine fleurissait et la rose commençait à s'épanouir ; on approchait de l'Ascension, quand sire Noble le roi convoqua les bêtes dans son palais, pour s'y former en cour. Toutes répondirent à l'appel, toutes à l'exception de damp Renart, le trompeur et le mauvais larron. Chacun alors de le diffamer à qui mieux mieux et de rappeler ses gestes. Ysengrin ne devait pas être le dernier à saisir l'occasion d'assurer sa vengeance ; il s'avança jusqu'au faudesteuil du roi et parla en ces termes :

— Beau très doux sire, je vous demande justice de l'outrage commis par Renart à l'égard de dame Hersent ma

214

femme épousée. Il l'avait conduite par surprise dans son château de Maupertuis : avant de lui laisser le temps de se reconnaître, il l'avait outragée de faits et de paroles ; j'arrivai pour être témoin de ses insolences. Quelque temps auparavant, il avait furtivement pénétré dans ma demeure et souillé de ses ordures mes louveteaux, comme pour ne rien épargner de ce que j'avais de cher dans le monde. Sur la plainte que j'en avais portée naguère à votre cour, Renart prit jour pour se justifier, mais, les saints apportés, il jugea plus à propos, par quels conseils je l'ignore, de reculer précipitamment et de regagner son repaire. Ce fut, comme on le pense bien, à mon grand regret.

Le roi, ayant attentivement écouté, répondit :

– Ysengrin, croyez-moi, désistez-vous de votre clameur ; vous n'avez aucun intérêt à rappeler votre honte. Les barons et les comtes, les rois eux-mêmes sont exposés à des ennuis pareils : ils y sont peu sensibles. Tous ceux qui tiennent les hautes cours sont tout ce que vous pensez être, et jamais, pour si peu de chose, je ne vis faire tant de bruit. Les chagrins domestiques sont toujours de ceux dont on fait bien de ne rien dire.

– Ah ! sire, dit alors Brun l'ours, vous pourriez parler avec plus de convenance. Ysengrin est-il mort ou retenu prisonnier, qu'il n'ait pu trouver les moyens de se venger lui-même des insultes de Renart ? Tout au contraire, on le sait assez puissant pour ôter à ce roux les moyens de nuire ; mais il a été retenu par le respect de la paix nouvellement jurée. C'est à vous, souverain du pays, à prévenir la reprise des armes, à maintenir l'union entre vos barons. Nous sommes prêts à mettre haro sur ceux que vous accuserez. Ysengrin se plaint de Renart ; faites prononcer jugement sur la querelle, et si l'un doit à l'autre, il faut qu'il satisfasse et vous paie en outre l'amende du méfait. Envoyez donc citer Renart dans Maupertuis : pour ce qui me regarde, si vous me chargez du message, je me fais fort de l'amener ici et de le tenir au courant des usages de la cour.

— Sire Brun, dit alors Bruiant le taureau, malheur, je ne dis pas à vous, mais à qui se réunirait à vous pour conseiller au roi de prendre l'amende du tort et de la honte que Renart aurait fait à sa commère. Renart a commis tant de crimes, outragé tant de bêtes honorables que personne ne doit le recevoir à merci. Pourquoi messire Ysengrin viendrait-il justifier des faits qui sont à la connaissance de tout le monde ? Qu'on en dise ce qu'on voudra, mais si cet insigne larron, cet odieux trompeur, ce méchant roux de Renart avait jamais dit à ma femme une seule parole insolente, il n'y a fort ni château, il n'y a pas de Maupertuis qui m'empêcherait de le broyer et de jeter dans un privé sa puante charogne. À quoi pensiez-vous donc, dame Hersent, de ne pas vous être vengée vous-même ? En vérité, je comprends votre confusion d'avoir pu de sang-froid recevoir quelque affront de la part d'un être aussi facile à châtier !

— Écoutez, sire Bruiant, dit alors Grimbert le blaireau, il faut à tout prix étouffer le bruit d'un aussi mauvais cas. Tel qui l'a divulgué, commenté, exagéré, regretterait bientôt de ne le pouvoir retenir. Il ne s'agit ici ni de violence ouverte, de porte brisée, de trêve rompue ; tous les mauvais procédés reprochés à Renart peuvent être l'effet d'un amour très excusable. En conséquence, on ne devait pas se hâter d'en parler mal et d'en porter plainte. Renart aimait Hersent depuis longtemps, et madame Hersent n'aurait pas fait clameur, s'il avait dépendu d'elle. Pour Ysengrin, avouons qu'il a pris cela beaucoup trop à cœur, et qu'il aurait dû se garder d'en instruire le roi et le baronnage. Qu'il veuille bien examiner un peu : s'il reste la moindre trace du délit, si la maison est endommagée ou les meubles brisés, enfin s'il a perdu dans tout cela la valeur d'une noix de coudrier, je m'engage, au nom de Renart, à tout remettre en état, et à lui en faire prendre l'engagement dès qu'il sera arrivé. Mais en fin de compte, la honte de tout cela va retomber sur Hersent. Oui, madame, le profit le plus clair pour vous du bruit qu'a fait votre mari sera d'être l'objet de toutes les conversations, de tous les quolibets. Ah ! vous seriez la dernière des créatures, si vous aimiez Ysengrin après cela, et si vous pouviez souffrir qu'il vous donnât le nom de sœur ou d'épouse !

Ces paroles firent monter le rouge au visage de madame Hersent ; tout son corps frémit et la sueur parut inonder son front. Enfin jetant un grand soupir :

– Sire Grimbert, dit-elle, vous avez raison ; j'aurais mille fois mieux aimé que monseigneur et Renart demeurassent bons amis. Il est certain que jamais Renart n'eut de moi la moindre faveur, et je suis, pour le prouver, prête à subir l'épreuve du fer chaud ou de l'eau froide. Mais hélas ! de quel poids sera ma déclaration ? On n'ajoute pas foi à ce que peut dire une pauvre malheureuse. Oui, j'atteste tous les saints qu'on adore et Dieu mon sauveur lui-même que Renart ne me traita jamais autrement que si j'eusse été sa mère. Non que je le dise pour Renart ou pour le profit de sa cause ; je ne me soucie pas de lui et de ceux qui l'aiment ou le haïssent plus que du chardon dont les ânes se régalent ; mais je le dis pour monseigneur Ysengrin, dont la jalousie ne me laisse pas de relâche, et qui s'imagine toujours qu'on l'a trompé. Par la foi que je dois à mon fils Pinçart, il y aura dix ans au premier avril, le propre jour de Pâques, que l'on nous maria Ysengrin et moi. Les noces furent somptueuses ; nos fossés, nos terriers pouvaient à peine contenir les bêtes conviées à la fête ; une oie n'y aurait pas trouvé place pour y pondre son œuf. J'ai, depuis ce temps, vécu en loyale épouse, sans donner à personne le droit de me blâmer ou de me prendre pour une bête folle. Ainsi, que l'on me croie ou non, je n'en attesterai pas moins sainte Marie que jamais je ne fis rien qu'une sage et pieuse nonne ne pût avouer.

Le discours d'Hersent et la façon naturelle dont elle avait justifié sa conduite répandirent une joie inexprimable dans la bonne âme de l'âne, damp Bernart. Il en conclut qu'Ysengrin pouvait bien avoir raison, mais que dame Hersent n'avait pas tort.

— Ah ! s'écria-t-il, gentille baronne, plût à Dieu que mon ânesse fût aussi sage, aussi loyale que vous ! Vous avez adjuré Dieu et les saints du paradis, il suffit : je soutiendrai votre cause et je suis tout prêt à jurer avec vous. Dieu ne me fasse pas miséricorde, qu'il ne me laisse trouver un seul tendre chardon, si vous avez jamais favorisé l'amour et les sollicitations de Renart ! Mais telle est la méchanceté, la médisance et l'envie du siècle, qu'il affirme ce qu'il n'a pas vu et blâme ce qu'il devrait honorer. Ah ! Renart, maudite l'heure où vous fûtes engendré, où vous êtes venu au monde ! car c'est par vous que le bruit s'est répandu de la faiblesse d'Hersent à votre endroit. Vous êtes un insigne menteur. Quelle apparence, en effet, quand elle vient offrir aujourd'hui de se justifier, par l'épreuve du fer chaud ou de l'eau froide !

Hersent l'écouta avec une agréable surprise, mais se garda d'ajouter un mot. Chacun alors de dauber à qui mieux mieux sur Renart ; c'est ainsi qu'on agit à l'égard de ceux dont la cause est désespérée ; le seul Grimbert, en ami fidèle, soutint contre tous les intérêts de son cousin. Il s'avance vers le roi, abaisse son chaperon sur ses épaules et relevant son manteau :

— Je demande, dit-il, un moment de silence. Sire, veuillez en gentil et bon prince apaiser la querelle de vos deux barons, et recevoir à merci damp Renart. Permettez-moi de le conduire ici ; vous entendrez ses réponses, et si votre cour le condamne, vous fixerez l'amende qu'il devra subir ; il y satisfera. Que s'il a négligé de venir en cour et s'il n'a pas justifié son absence, vous pourrez lui adresser une réprimande sévère et l'obliger à une double composition.

Le connil ou lapin honora ce discours et celui de Bernart l'archiprêtre de son approbation.

— Par saint Amant ! dit-il, messire Grimbert a sagement parlé. Si damp Renart était contraint de quitter la terre sans être entendu, la justice en serait blessée. Que

Renart soit donc mandé ; je m'en rapporte à lui du soin de sa justification. Mais s'il a réellement mérité quelques reproches à l'égard de dame Hersent, soit en dits, soit en faits, il en conviendra plutôt que de se rendre parjure. Ainsi je me porte volontiers pour le garant de dame Hersent avec Bernart, le prudent archiprêtre. Je laisse la parole à d'autres, et je me tais.

La cour après tous ces débats conclut en ces termes :

– Sire, plaise à vous, dans le cas où Renart, sommé de comparaître, ne se présenterait pas et ne fournirait aucune excuse, ordonner qu'il soit ici traîné de force, pour y entendre la sentence qu'il conviendra de prononcer.

– Barons, dit le roi Noble, vous méprenez, en voulant porter un jugement contre Renart. Vous donnez à ronger un os qui plus tard, le cas échéant, vous brisera les dents. Songez-y bien, autant vous en pend à l'œil. J'ai grand sujet de me plaindre de Renart, mais je n'entends pas le perdre s'il consent à reconnaître ses torts. Croyez-moi donc, Ysengrin, consentez à l'épreuve que votre femme réclame ; ou bien, à votre défaut, je prendrai sur moi de l'ordonner.

– Ah ! sire, repartit vivement Ysengrin, n'en faites rien, je vous prie. Car enfin si cette épreuve demandée par Hersent lui devient funeste, si l'eau ou le feu l'atteignent, tous le sauront, ceux même qui l'ignorent encore, et mes ennemis s'en réjouiront. Ils diront en me voyant : le voilà le jaloux, celui que sa femme a trompé. J'aime mieux retirer ma plainte et me faire justice moi-même. Viennent les vendanges, et je compte bien donner une chasse à Renart dont serrure ou clef, muraille ou fossé ne sauront le défendre.

— C'est donc le diable maintenant ! repartit le roi Noble avec indignation, et votre guerre ne prendra-t-elle jamais fin ! Par le corbleu ! vous comptez en vain avoir le dernier avec Renart ; il en sait plus que vous, et vous avez plus à craindre de ses tours que lui des vôtres. D'ailleurs, le pays est en repos, la paix est jurée ; malheur à qui s'avisera d'y porter atteinte !

Trente-neuvième aventure

Comment Chantecler, dame Pinte et ses trois sœurs
vinrent demander justice pour dame Copette,
méchamment mise à mort par Renart

Cette déclaration du roi contre toute reprise de guerre
fut pour Ysengrin un coup terrible : il perdit contenance
et, ne sachant à quel parti s'arrêter, il alla se rasseoir
auprès de sa femme épousée, les yeux enflammés, la
queue entre les jambes. Ainsi, la cause de Renart prenait
le meilleur tour et tout présageait un accommodement
de la querelle, quand on vit arriver en cour, sous la
conduite de Chantecler, dame Pinte et trois autres
dames. Elles venaient implorer la justice du roi, et cet
incident ralluma le feu prêt à s'éteindre. Sire Chantecler
le coq, Pinte qui pond les gros œufs, et ses sœurs, Roussette, Blanche et Noirette, escortaient une litière tendue
de noir. Là reposait une geline morte de la veille : Renart
l'avait surprise et déchirée, lui avait enlevé une aile, brisé
une cuisse, et enfin séparé l'âme du corps. Le roi, las des
plaidoiries, allait congédier l'assemblée, quand entrèrent
les dolentes et Chantecler battant violemment ses
paumes. Pinte eut la force de parler la première :

– Ah ! pour Dieu, mes seigneurs, chiens et loups,
nobles et gentilles bêtes, ne repoussez pas d'innocentes

victimes. Maudite l'heure de notre naissance ! Ô mort, viens nous saisir, avant que nous tombions sous la dent cruelle de Renart ! J'avais cinq frères de père, Renart les à tous dévorés. J'avais quatre sœurs de mère, les unes de l'âge le plus tendre, les autres, déjà gelines d'une beauté accomplie. Gombert du Fresne les engraissait pour la ponte des œufs de choix ; soins inutiles, Renart de toutes n'en épargna qu'une seule, les autres passèrent par son gosier. Et vous, ma douce Cope, couchée dans cette bière, chère et malheureuse amie, qui pourra dire combien vous étiez grasse et tendre ! Et que deviendra votre sœur dolente et éplorée ! Oh Renart ! puisse le feu d'enfer te dévorer ! Combien de fois nous as-tu chassées, effrayées, dispersées ? Combien de robes nous as-tu déchirées ? Combien de fois as-tu franchi de nuit notre enceinte ? Ce fut hier, près de la porte, que tu laissas ma sœur étendue, sans vie. Tu pris la fuite, en entendant les pas de Gombert, qui par malheur n'eut pas un cheval assez rapide pour te fermer la retraite. Voilà pourquoi nous venons à vous ; tout espoir de vengeance nous étant enlevé, c'est de vous seuls, nobles seigneurs, que nous attendons justice.

Après ces paroles souvent interrompues par les sanglots, Pinte tomba pâmée sur les dalles de la salle, et ses trois compagnes en même temps qu'elle. On vit aussitôt, pour les secourir, chiens et loups quitter à l'envi leurs sièges. On les relève, on les soutient, on leur jette de l'eau sur la tête.

En revenant à elles, elles coururent se précipiter aux pieds du roi que Chantecler agenouillé mouillait en même temps de ses larmes. La vue du bachelier remplit l'âme de Noble d'une grande pitié ; il exhala un profond soupir, puis, relevant sa grande tête chevelue, il fit entendre un tel rugissement qu'il n'y eut bête si hardie, ours ou sanglier, qui ne frémît d'épouvante. L'émotion de damp Couart le lièvre fut même telle qu'il en eut deux jours durant les fièvres et qu'il les aurait encore peut-être, sans le beau miracle que vous apprendrez tout à l'heure. On vit en même temps le roi dresser sa noble queue pour s'en frapper vivement les flancs avec un bruit capable d'ébranler la maison. Puis il prononça ces paroles :

— Dame Pinte, par l'âme de mon père, pour laquelle je n'ai encore rien fait d'aujourd'hui, je prends grande part à vos malheurs et je compte en punir l'auteur. Je vais ajourner Renart, et de vos yeux et de vos oreilles vous pourrez voir et entendre comment je sais punir les traîtres, les assassins et les voleurs de nuit.

Quarantième aventure

Où l'on voit les honneurs rendus à dame Copette,
et son épitaphe ; comment sire Brun fut envoyé
semondre damp Renart ; et des beaux miracles
accomplis sur la tombe de sainte Copette

Quand Noble a cessé de parler, Ysengrin se dresse en
pieds :

— Sire, dit-il, vous êtes un grand roi. Vous conquerrez
honneur et louange, en vengeant sur l'assassin le
meurtre de dame Copette. Je n'écoute pas ici ma haine ;
mais le moyen de ne pas prendre intérêt à cette innocente victime ?

— Oui, reprit le roi, cette bière, ces pauvres gelines
m'ont mis la douleur dans l'âme. Je me plains donc à
vous, barons, de cet odieux Renart, ennemi du lien
conjugal et de la paix publique. Cependant il faut penser au plus pressé. Brun, vous allez prendre une étole et
vous ferez la recommandise de la défunte ; vous dispo-
serez sa sépulture dans le terrain qui sépare le jardin de
la plaine.

Brun se hâta d'obéir. Il revêt l'étole ; le roi et tous les
membres du parlement commencent les vigiles. Le
limaçon Tardif chanta seul les trois leçons, le pieux

226

Rooniaus entonna le verset, et Brichemer le trait. L'oraison *Custodiat anima* fut prononcée par damp Brun.

Après les vigiles, les matines ; puis le corps fut porté en terre. On l'avait auparavant enfermé dans un beau cercueil de plomb. La fosse creusée au pied d'un chêne fut recouverte d'une lame de marbre sur laquelle on traça à la griffe ou au ciseau l'épitaphe suivante :

CI GIST COPETTE LA SŒUR PINTE,
QUI MOURUT EN ODEUR DE SAINTE,
LIVRÉE À MARTYRE DOLENT
PAR RENART LE VILAIN PUANT.

On ne pouvait voir, durant la cérémonie, Pinte fondre en larmes, prier Dieu et maudire Renart, Chantecler roidir les pieds de désespoir sans être profondément ému et attendri.

Et quand les grandes douleurs furent apaisées, les pairs se rendirent auprès du roi.

– Sire, lui dirent-ils, nous demandons vengeance de ce glouton, fléau de tous, violateur de la foi jurée.

– Très volontiers, dit le roi Noble, et c'est vous, Brun, que je charge d'aller le semondre. N'ayez pour le traître aucun ménagement. Vous lui direz qu'avant de me décider à l'ajourner, je l'ai attendu trois fois.

– Je n'y manquerai pas, sire, répondit Brun.

Et, sur-le-champ, il prend congé, met son cheval à l'amble et s'éloigne.

Mais pendant qu'il chemine ainsi par monts et par vaux, il survint à la cour un événement qui fut loin de remettre en meilleur point les affaires de Renart. Nous avons vu que pendant deux jours, Couart le lièvre avait tremblé les fièvres. Après l'enterrement de dame Copette, le malade voulut absolument aller prier sur sa tombe. Il s'y endormit, et en se réveillant il se trouva guéri. Le miracle fit grande rumeur : Ysengrin, apprenant que dame Copette était vraie martyre, se souvint d'un tintement douloureux qu'il avait dans l'oreille. Rooniaus, son conseiller ordinaire, le conduisit et le fit prosterner sur la tombe ; tout aussitôt, il fut guéri. C'est de lui-même qu'on le sut : mais s'il n'eût pas été téméraire de révoquer en doute une chose d'aussi bonne créance, si d'ailleurs Rooniaus ne l'eût pas attestée, on n'aurait peut-être pas ajouté toute la foi désirable à la guérison d'Ysengrin.

L'annonce de ce double miracle fut accueillie par le plus grand nombre avec une faveur marquée. Grimbert au contraire s'en affligea ; car ayant pris en main la défense de Renart, il prévoyait la mauvaise impression que ce récit ferait sur les esprits les moins prévenus. Mais il est temps de revenir à damp Brun et de l'accompagner dans son voyage à Maupertuis.

Quarante et unième aventure

De l'arrivée de damp Brun à Maupertuis,
et comment il ne trouva pas doux
le miel que Renart lui fit goûter

Brun l'ours suivit le sentier tortueux qui à travers la forêt conduisait à Maupertuis. Comme la porte du château était fort étroite, il fut obligé de s'arrêter devant les premiers retranchements. Renart se tenait au fond du logis, doucement sommeillant ; il avait à portée le corps d'une grasse geline, et de grand matin il avait déjeuné des ailes d'un gros chapon. Il entendit Brun l'appelant ainsi du dehors :

— Renart, je suis messager du roi. Sortez un instant pour entendre ce que notre sire vous mande.

L'autre n'eut pas plutôt reconnu damp Brun qu'il se mit à chercher quel piège il pourrait lui tendre.

— Damp Brun, répondit-il, de sa lucarne entrouverte, on vous a fait prendre, en vérité, une peine bien inutile. J'allais partir pour me rendre à la cour du roi, aussitôt que j'aurais eu mangé d'un excellent mets français. Car vous le savez aussi bien que moi, damp Brun : quand un homme riche ou puissant vient en cour, tout le monde s'empresse autour de lui. C'est à qui tiendra son manteau, c'est à qui lui dira : « Lavez, lavez, sire ! » On lui sert le bœuf au poivre jaune ; toutes les viandes délicates qui passent devant le roi. Mais il en est autrement de celui qui n'a pas grande charge et force deniers : on le dirait sorti de la fiente de Lucifer. Il ne trouve place au feu ni à la table ; il est obligé de manger sur ses genoux, et les chiens de droite et de gauche viennent lui enlever le pain des mains. Il boit une pauvre fois, deux fois tout au plus et du moindre ; il touche à une seule espèce de viande, et les valets ne lui donnent que des os à ronger. Tristement oublié dans un coin, il devra se contenter de pain sec, tandis que les grands et bons plats, servis par les queux et les sénéchaux à la table du maître, sont mis de côté pour être envoyés aux amies chères de ces cuistres que le démon puisse emporter ! Voilà, sire Brun, pourquoi j'ai, ce matin avant de partir, fait la revue de mes provisions de pois et de lard ; et pourquoi je me suis déjeuné avec six denrées de frais rayons de miel.

À ce mot de miel, Brun, oubliant ce qu'il savait de la malice de Renart, ne put s'empêcher d'interrompre :

– *Nomini patre christum fil*, ami ! Où pouvez-vous donc trouver tant de miel ? Ne voudriez-vous pas m'y conduire ? Par le corbleu ! c'est la chose que j'aime le mieux au monde.

Renart, étonné de le trouver si facile à empaumer, lui fait la loupe, et l'autre ne s'aperçoit pas que c'est la courroie qui doit le pendre.

– Mon Dieu ! Brun, reprit-il, si j'étais sûr de trouver en vous un véritable ami, je vous donnerais, j'en atteste mon fils Rovel, autant de ce miel excellent que vous en pourriez désirer. Il ne faut pas le chercher loin ;

à l'entrée de ce bois que garde le forestier Lanfroi. Mais non : si je vous y conduisais uniquement pour vous être agréable j'en aurais mauvais loyer.

— Eh ! que dites-vous là, Renart ? Vous avez donc bien peu de confiance en moi.

— Assurément.

— Que craignez-vous ?

— Une trahison, une perfidie.

— C'est le démon qui vous donne de pareilles idées.

— Eh bien ! donc, je vous crois, je n'ai rien contre vous.

— Et vous avez raison : car l'hommage que j'ai fait au roi Noble ne me rendra jamais faux et déloyal.

— J'en suis persuadé maintenant, et j'ai toute confiance dans votre bon naturel.

Pour répondre au vœu de damp Brun, il sort de Maupertuis et le conduit à l'entrée du bois. Lanfroi le forestier avait déjà fendu le tronc d'un chêne qui devait lui fournir les ais d'une grande table ; il avait posé deux coins dans l'ouverture, pour l'empêcher de se refermer.

— Voilà, doux ami Brun, dit Renart, ce que je vous ai promis. Dans ce tronc est la réserve du miel : entrez la tête et prenez à votre aise ; nous irons boire ensuite.

Brun, impatient, pose les deux pieds de devant sur le chêne, tandis que Renart monte sur ses épaules et lui fait signe d'allonger le cou et d'avancer le museau. L'autre obéit : Renart de l'une de ses pattes tire à lui fortement les coins et les fait sauter. Les deux parties séparées du tronc se rapprochent et la tête de Brun reste en male étreinte.

– Ah ! maintenant, dit Renart riant à pleine gorge, ouvrez bien la bouche, sire Brun, et surtout tirez la langue. Quel bon goût, n'est-ce pas ? (Brun cependant exhalait des cris aigus.) Mais comme vous restez long-temps ! Oh ! je l'avais bien prévu ; vous gardez tout pour vous, sans m'en faire part. N'êtes-vous pas honteux de ne rien laisser à votre ami ? Si j'étais malade et si j'avais besoin de douceurs, je vois que vous ne me donneriez pas poires molles.

En ce moment arrive le forestier Lanfroi, et Renart de jouer des jambes. Le vilain voit un gros ours engagé dans l'arbre qu'il avait fendu, et retournant aussitôt au village :

– Haro ! haro ! à l'ours ! Nous l'avons pris.

Il fallait voir alors accourir les vilains avec massues, fléaux, haches, bâtons noueux d'épines. Qu'on juge de la peur de Brun ! Il entend derrière lui Hurtevilain, Gondoin Trousse-Vache, Baudoin Porte-Civière, Giroint Barbette, le fils de sire Nicolas, Picque-Anon le puant qui fait sauver les mouches, et le bon videur d'écuelles Corbaran de la Rue, puis Tigerin Brise-miche, Tiger de la Place, Gombert Coupe-Vilain, Flambert, damp Herlin, Autran le Roux, Brise-Faucille prévôt du village, Humbert Grospés, Foucher Galope et bien d'autres.

Aux cris toujours plus rapprochés de cette fourmi-lière de vilains, Brun fait ses réflexions. Mieux lui vaut encore perdre le museau que livrer sa tête entière : la hache de Lanfroi ne l'épargnerait assurément pas. Il tâte et retâte avec ses pieds, se roidit, sent la peau de

son cou céder et se détacher, laissant à nu les oreilles et les joues sanglantes. C'est à ces cruelles conditions que le fils de l'ourse put rentrer en possession de sa tête ; on n'eût pu tailler une bourse dans la peau qu'il en rapportait, et jamais si hideuse bête ne courut risque d'être rencontrée. Il fuit à travers bois ; la honte d'être vu, la crainte d'être assommé se réunissent pour lui conserver des forces.

La meute des vilains le poursuivait toujours. Maintenant voilà qu'il croise le prêtre de la paroisse, le père de Martin d'Orléans, qui revenait de tourner son fumier. De la fourche qu'il avait aux mains, il frappe Brun sur l'échine, et le grand faiseur de peignes et lanternes, frère de la Chievre de Reims, l'atteint d'une longue corne de bœuf et la lui brise sur les reins. Oh ! malheur à Renart si jamais Brun peut le rejoindre ! Mais celui-ci avait pris soin de se mettre à couvert dans Maupertuis, et quand Brun passa devant ses fenêtres, il ne put se tenir de le gaber encore.

— Comment vous trouvez-vous, beau sire Brun, d'avoir voulu manger tout le miel sans moi ? Vous voyez à quoi mène enfin la trahison ; n'attendez pas de prêtre à votre dernier jour. Mais de quel ordre êtes-vous donc, pour avoir ce chaperon rouge ?

Brun ne tourna pas même les yeux sur lui ; qu'aurait-il répondu ? Il s'enfuit plus vite que le pas, croyant toujours avoir à ses trousses Lanfroi, le prêtre, le lanternier et tous les vilains du pays.

Enfin il atteignit les lieux où le roi Noble tenait sa cour. Il était grand temps qu'il arrivât, car il fléchit de lassitude et d'épuisement devant les sièges. Chacun, en le voyant ainsi débarrassé de ses oreilles et de la peau de son chef, fit d'horreur un signe de croix.

– Eh ! grand Dieu ! frère Brun, dit le roi, qui a pu t'accommoder ainsi ? Pourquoi déposer ton chaperon à la porte ? Mais le reste, où l'as-tu laissé ?

– Sire, dit avec la plus grande peine le pauvre Brun, c'est Renart qui m'a mis en cet état.

Il fit quelques pas, puis tomba comme un corps mort, aux pieds du roi.

Quarante-deuxième aventure

Comment le roi Noble envoie Tybert le chat
semondre Renart, pour la seconde fois ; et des souris
qui ne passèrent pas la gorge de Tybert

On aurait alors pu voir le roi Noble rugir, hérisser sa
terrible crinière et se battre les flancs de sa puissante
queue, en jurant par le cœur, les plaies, le sang et la
mort Dieu.

—Brun, dit-il, l'odieux et méchant roux qui t'a maltraité n'a plus de composition à attendre ; les plus grands
supplices seront encore trop doux pour lui. J'en ferai
telle justice qu'on en parlera longtemps par toute la
France. Où êtes-vous, Tybert le chat ? Allez tout de suite
trouver Renart ; dites à ce misérable roux qu'il ait à
venir sans délai faire droit à ma cour, et qu'il ait soin de
prendre avec lui non pas un sommier chargé d'or et d'argent pour distribuer, non pas de beaux sermons à débi-
ter, mais une hart qui serve à le pendre.

S'il avait été libre de refuser, personne n'eût vu
Tybert sur les chemins ; mais il n'y avait pas d'excuse à
produire ; *il faut*, bon gré, mal gré, *que le prêtre aille au
senne*. Tybert, ayant donc pris congé, traverse une vallée
qui le conduit au bois, résidence ordinaire de damp

Renart. En découvrant le château de Maupertuis, sa première pensée fut pour Dieu qu'il réclama dévotement, puis il pria saint Léonard, patron des prisonniers, de le défendre des méchants tours de Renart. Une chose ajoutait à son inquiétude : comme il allait frapper à la porte, il vit traverser, d'un sapin au frêne le plus proche, l'oiseau de saint Martin, le corbeau.

– À droite, à droite ! lui cria-t-il.

L'autre continua son vol à gauche. De ce triste présage Tybert conclut qu'il était menacé d'un grand malheur, et cela lui ôta l'envie d'entrer chez Renart. Mais qui peut éviter sa destinée ? Appelant donc de dehors :

– Renart, sire compain Renart, êtes-vous là ? Répondez-moi.

« Oui, se dit à lui-même Renart, et pour ta male aventure. »

Puis élevant la voix :

– *Welcome*, Tybert, sois le bienvenu, comme si tu arrivais, en pèlerin, de Rome ou de Saint-Jacques, un jour de Pentecôte.

– Ne m'en veuillez pas, compain, et ne jugez pas de mes sentiments d'après ce que j'ai mission de vous dire. Je viens de la part du roi qui vous hait et vous menace. Chacun à la cour se plaint de vous, Brun et Ysengrin avant tous. Vous n'avez auprès de Noble qu'un seul défenseur, c'est votre cousin Grimbert.

– Tybert, répond Renart, les menaces ne tuent pas : qu'ils aiguisent leurs dents sur moi, je n'en vivrai pas un jour de moins. Je prétends bien aller à votre cour ; j'y verrai qui voudra lever clameur contre moi.

– Vous ferez que sage, beau sire, et je vous le conseille en ami. Mais j'ai fait grand-hâte et je m'aperçois que je meurs de faim ; j'en ai l'échine brisée ; n'auriez-vous pas à me donner quelque chapon ou geline ?

– Ah ! vous demandez plus que je ne pourrais vous offrir, compain Tybert, et vous voulez m'éprouver sans doute. Tout ce que je pourrais vous trouver, ce serait des rats, des souris, mais des souris bien grasses, par exemple. Vous n'en voudriez pas.

– Comment ! des souris ? J'en prendrais avec le plus grand plaisir.

– Oh ! non, c'est un trop petit manger pour vous !

– Je puis vous assurer, Renart, que si j'écoutais mon goût, je ne vivrais pas d'autre chose.

– En ce cas, je puis vous en donner plus que vous n'en mangerez assurément. Je vous joins, et vous n'aurez plus qu'à me suivre.

Le besoin avait sans doute fait perdre, ce jour-là, la mémoire à Tybert ; il ne soupçonnait plus de trahison et suivit docilement Renart jusqu'aux portes d'un village voisin dont toutes les gelines étaient depuis longtemps passées dans la cuisine d'Hermeline.

– Maintenant, dit-il à Tybert, coulons-nous entre ces deux maisons ; nous arriverons chez le prêtre, son grenier que je connais est fourni de froment et d'avoine, les souris y trouvent table ouverte. La dernière fois que j'y fis une reconnaissance, j'en pris une grande quantité, dont je mangeai sur place la moitié, je mis les autres en conserve. Et tenez, voici le trou qui donne entrée, passez et régalez-vous.

Tout cela était de l'invention de Renart. Le prêtre n'avait ni froment ni avoine : bien au contraire, chacun, dans le village, se plaignait de sa mauvaise femme qui l'avait rendu père de Martin d'Orléans. Elle avait entièrement ruiné le pauvre homme ; de tout son bétail il ne restait qu'un coq et deux gelines, dont Renart se gardait bien d'approcher, car le beau Martin qui avait déjà couronne de moine (plus tard il devait avoir la corde) avait mis dans le trou deux lacets à prendre Renart. Digne fils de prêtre, qui met son étude à guetter chats et goupils !

– Allons donc guetter ! dit Renart, le voyant hésiter un peu. Avance : Mère Dieu ! que tu es devenu lourd ; va, je t'attendrai ici.

Tybert, excité par ces paroles, s'élance, mais aussitôt reconnaît sa folie : car il se sent pris à la gorge et serré par un vigoureux lacet. Plus il tire et plus il étrangle. Comme il faisait pour échapper de vains efforts, Martinet accourt.

– Debout ! debout ! crie-t-il aussitôt. Sus, beau père ! ma mère, au secours ! De la lumière, accourez au pertuis ; le goupil est pris.

La mère de Martinet, première levée, se hâte d'allumer une chandelle, et de l'autre main prend sa quenouille. Le prêtre suit, sans avoir pris le temps de passer une robe, si bien que le malheureux Tybert eut livraison de plus de cent coups. C'est à qui le frappera, du prêtre, de la prêtresse ou de leur fils. Enfin, perdant toute patience, Tybert voyant le prouvère tout près de lui, se jette avec rage, de la griffe et des dents, sur une de ses joues qu'il mord au point d'emporter le morceau. Le prêtre pousse un cri de détresse, la femme veut le venger, le chat s'élance sur elle et la traite presque aussi mal.

Aux cris aigus qu'elle pousse, Martinet revient près de ses chers parents, mais Tybert, à force de travailler, parvient à ronger le lacet et se sauve roué, meurtri, mais vengé de ses bourreaux. Que ne peut-il aussi tirer vengeance de Renart ! Mais dès que le traître avait vu Tybert dans le piège et Martinet criant haro, il avait repris le chemin de son logis.

– Ah ! Renart, disait Tybert, que jamais Dieu ne te prenne à merci ! Pour moi j'ai mérité tous les coups que je viens de recevoir. Comment ai-je pu me laisser encore tromper par ce puant roux ? Au moins, toi méchant prêtre, tu te souviendras de moi. Puisse Dieu te donner mauvais gîte, peu de pain, et la compagnie des diables à la fin ! La trace de mes griffes restera sur ton vilain visage, et quant à ton digne fils, je lui souhaite de n'avoir jamais denier en bourse et de quitter son abbaye comme relaps, pour être conduit aux fourches comme larron.

Quarante-troisième aventure

Comment Grimbert porta
la troisième semonce à damp Renart,
et comment Renart après s'être confessé
fut absous de ses péchés

C'est en prononçant telles malédictions que Tybert regagna la vallée où résidait la cour du roi. En arrivant, il s'agenouille aux pieds de Noble et lui rend compte des circonstances et du mauvais succès de son voyage.

—En vérité, dit le roi, il y a dans l'audace et l'impunité de Renart quelque chose de surnaturel. Personne ne pourra-t-il me délivrer de cet odieux nain ? Je commence à douter de vous, Grimbert. N'êtes-vous pas d'accord avec lui, et ne lui donneriez-vous pas avis de tout ce qui se passe ici ?

—Sire, je n'ai jamais donné le droit de mettre en soupçon ma loyauté.

—Eh bien ! s'il en est ainsi, rendez-vous à Maupertuis, et ne revenez pas sans votre cousin Renart.

—Sire, dit alors Grimbert, telle est la fâcheuse position de mon parent, qu'il ne viendra pas si je ne suis muni de vos lettres. Mais à la simple vue de votre scel, je le connais, il se mettra en chemin.

– Grimbert a raison, dit le roi.

Et sur-le-champ il dicta la lettre que Baucent le sanglier écrivit et que Brichemer revêtit du sceau royal. Grimbert reçut à genoux et des mains du roi la lettre scellée ; puis il prit congé de la cour et partit.

À l'extrémité d'un essart ou terre labourée, il s'engagea dans un sentier étroit qui appartenait aux dépendances du château de Maupertuis : un guichet ouvert conduisait aux premières palissades. Renart entendant corner s'imagina qu'on venait l'assaillir, et courut du côté d'où partait le bruit. Il reconnut aisément Grimbert, comme il venait de franchir le pont-levis et qu'il s'engageait dans un défilé qui aboutissait à la secrète entrée du manoir.

– Est-ce toi, Grimbert ? lui dit Renart en lui jetant les deux bras au cou. Çà, viens dans mes salles, et qu'on lui apporte deux oreillers ; je veux qu'on fasse à mon cousin tout l'honneur possible.

Grimbert agit en personne sage : il n'exposa le sujet de sa visite qu'après avoir bien dîné. Dès que les nappes furent levées :

– Écoutez-moi, sire Renart ; vos malices ont poussé tout le monde à bout, et le roi m'a chargé de vous porter la troisième semonce. Vous viendrez donc faire droit dans sa cour des pairs. En vérité, je ne devine pas ce que vous opposerez à Brun, à Tybert, à Ysengrin. Je ne veux pas vous flatter d'espérances vaines : vous serez condamné à la peine capitale. Tenez, rompez le scel de ces lettres royales, et vous jugerez par vous-même de la gravité de la situation.

Renart brisa la cire avec une certaine émotion ; la lettre était ainsi conçue : « Messire Noble, le lion, souverain maître de toutes les régions et de toutes les bêtes du monde, mande à Renart honte et dernier supplice, s'il ne vient demain répondre à la clameur élevée contre lui dans ma cour. Il se munira, non pas d'une charge d'or ou d'argent, non pas d'un beau sermon, mais de la hart qui pourra servir à le pendre. »

À la lecture de ces lettres, Renart changea de couleur et perdit contenance.

— Ah ! Grimbert, dit-il, maudite l'heure de ma naissance ! Conseillez-moi, je vous prie ; empêchez que demain je ne sois pendu ! J'aurais dû, quand il en était temps, entrer en religion, à Clairvaux ou à Cluny ; mais les moines eux-mêmes ne sont guère faciles à vivre, et je n'aurais pas longtemps échappé au mauvais vouloir des blancs manteaux. Ils auraient été les premiers à me livrer.

— Laissez là ces regrets, dit le sage Grimbert, et n'oubliez pas que demain vous courrez grande aventure de mort. Personne ne viendra m'aider à vous défendre ; mettez donc à profit le temps qui vous reste. Confessez-vous, me voici pour vous entendre, à défaut de prêtre.

— Hélas ! fit Renart, je reconnais que le conseil est bon à suivre ; car enfin, si je ne meurs pas, la confession ne me fera pas de mal, et si l'on me pend, elle m'ouvrira les portes du paradis. Allons ! écoutez, cousin, je commence : Seigneur, j'ai souhaité la femme de mon prochain. Hersent n'a pas dit vrai ; elle me fut toujours excellente amie, et je n'eus jamais à me plaindre de ses cruautés. Mais si

244

j'ai fait trop de mal à mon compère Ysengrin pour être mis hors de cour, au moins que Dieu me le pardonne ! J'en bats ma coulpe ; c'est ma très grande faute. J'ai fait prendre Ysengrin trois fois : la première, quand un piège à loup l'arrêta dans la vigne ; la seconde, quand sa pelisse fut déchirée par un collet tendu ; la troisième, quand il se gorgea tellement de bacons chez un prudhomme, qu'il ne put sortir du pertuis qui lui avait d'abord livré passage. Je l'ai fait demeurer sur un vivier jusqu'à ce qu'il eût la queue prise entre les glaçons. Je l'ai fait pêcher toute une belle nuit dans la fontaine, pour y prendre, avec les dents, la lune qu'il croyait être un fromage blanc. Je le fis battre par les marchands de poisson. Je le couronnai d'une belle tonsure à l'eau bouillante, il devint moine et chanoine mais, en lui voyant manger les ouailles, ceux qui l'avaient fait berger se vengèrent de ne l'avoir pas fait assommer. Et quand Ysengrin eut, un jour, entrepris le siège de Maupertuis, avec l'aide de Brun l'ours et nombre de bœufs et de sangliers, j'avais, de mon côté, pris à ma solde et retenu Rooniaus le mâtin qui m'avait amené plus de six mille de ses amis. Ils furent souvent battus et navrés pour moi : le siège levé, ils me demandèrent leurs soudées ; je m'accuse de leur avoir fait la loupe et de leur avoir manqué de parole. Je ne puis rappeler tous les autres tours que j'ai joués, mais il n'y a pas à la cour du roi une seule bête qui n'ait à se plaindre de moi. Je ne parle pas des poules et des chapons du vilain, des frères et sœurs de la jeune Pinte, de Brun et du miel que je lui ai brassé ; de Tybert et des souris que je lui ai servies ; de tout cela et de bien d'autres méfaits je bats ma coulpe et je veux faire ma pénitence, si Dieu ne me laisse pas le temps de l'accomplir.

– Damp Renart, dit Grimbert, vous vous êtes bien confessé ; il faut maintenant promettre de ne plus retomber dans les mêmes fautes.

– Ah ! je le promets ; ce n'est pas aujourd'hui le moment de rien dire ou faire qui soit déplaisant à Dieu.

Il se mit à genoux, et moitié latin, moitié roman, Grimbert lui donna l'absolution générale.

Quarante-quatrième aventure

De la chevauchée de damp Renart et de Grimbert,
et comment ils arrivèrent à la cour du roi

Le lendemain, au point du jour, Renart embrassa sa femme et ses enfants qui démenaient grand deuil.

— Enfants de haut parage, dit-il, je ne sais ce qu'il adviendra de moi ; songez à tenir mes châteaux en bon état. Tant que vous les garderez, vous n'avez rien à redouter de roi, de comte, de prince ou de châtelain. Ils resteront six mois devant les barbacanes, sans être plus avancés que le premier jour. Vous avez des provisions pour plusieurs années ; je vous recommande à Dieu, et priez-le de me laisser revenir bientôt.

Et quand ils furent dehors, il fit encore l'oraison suivante :

— Beau sire Dieu, je mets sous ta garde mon savoir et mon esprit. Fais que je les aie bien présents, quand je serai devant Noble, quand Ysengrin lèvera clameur contre moi. Fais que je le confonde, soit en niant, soit en plaidant, soit en combattant. Surtout donne-moi le temps nécessaire pour soulager mon cœur du poids de vengeance qui le brûle, contre tous ceux qui me guerroient.

Alors il se prosterna, dit trois *mea-culpa* et fit un signe de croix pour se prémunir contre les diables et contre le roi Lion.

Les deux barons s'en vont à la cour. Ils passent une rivière, suivent un défilé, gravissent une montagne, puis entrent en plaine. Renart est tellement accablé de douleur qu'il perd le vrai chemin et qu'ils se trouvent tous deux, quand ils s'y attendaient le moins, devant une Grange aux Nonnes. La maison était abondamment garnie de tous les biens de la terre.

— Nous ferions bien, dit Renart, d'avancer le long de ces haies, vers cette cour où s'ébattent tant de poules. Là doit être le chemin que nous avons perdu.

— Ah ! Renart, fait Grimbert, Dieu sait pourquoi vous parlez ainsi. Vous êtes vraiment pire qu'un hérétique. Ne vous êtes-vous pas confessé de vos anciens méfaits ; n'en avez-vous pas battu votre coulpe ?

— Je l'avais oublié, répond Renart. Éloignons-nous donc puisque vous le voulez.

— Hélas ! que tu recules ou avances, tu mourras sans devenir meilleur ; tu resteras parjure et foimentie ! Conçoit-on un pareil aveuglement ! Tu cours aventure de mort, et tu le sais ; tu as eu le bonheur de faire ta dernière confession, et tu songes à recommencer ta méchante vie ! Maudite l'heure où ta mère te laissa tomber sur terre !

— Oui, mon beau cousin, vous avez raison ; cheminons et ne querellons pas.

La crainte de son cousin le retenait ; pourtant, de temps en temps, il tournait la tête du côté de la Grange aux Nonnes, et s'il avait été le maître, il n'eût pas manqué de fondre sur la volatile, au risque d'aventurer les mérites de sa confession.

D'ailleurs il avançait à contrecœur. Plus il approchait et plus il tremblait d'inquiétude. Mais voilà que la dernière montagne est franchie, la vallée se découvre où siège la cour, et déjà la séance était ouverte, quand ils mirent pied à terre et demandèrent à être introduits.

Quarante-cinquième aventure

Comment damp Renart, messire Noble le roi et
Grimbert firent de beaux discours qui ne persuadèrent
personne, et comment messire Noble donna
connaissance à damp Renart de l'acte d'accusation

L'arrivée de damp Renart et de Grimbert causa un
grand mouvement dans l'assemblée des barons. Il n'y
eut bête qui ne témoignât la plus vive impatience de
soutenir l'accusation. Ysengrin le connétable aiguise
même déjà ses dents, dans l'espoir que le champ lui sera
donné ; Tybert et Brun brûlent de venger, le premier sa
queue perdue, le second le chapeau rouge qu'il a rap-
porté. Chantecler se dresse sur ses ergots, près de Rooniaus qui gronde et aboie d'impatience.

Mais au milieu de toutes ces démonstrations de haine
et de fureur, Renart, redevenu lui-même, affecte une
apparente tranquillité ; il s'avance d'un air serein jusqu'au milieu de la salle, et après avoir promené lentement ses regards fiers et dédaigneux à droite, à gauche
et devant lui, il demande à être entendu et prononce le
discours suivant :

— Sire roi, je vous salue, comme celui qui vous a rendu
meilleur service, à lui seul, que tous vos autres barons
réunis. On m'a diffamé auprès de vous ; mon malheur a

voulu que je n'aie jamais joui tout un jour de votre bienveillance. On me dit que, grâce aux flatteurs qui vous entourent, vous voulez me faire condamner à mort. Peut-on s'en étonner, quand le roi se complaît dans le rapport de gens sans honneur, quand il répudie le conseil de ses barons les mieux éprouvés ? Dès que l'on abaisse les têtes pour exalter les pieds, l'État doit se trouver en mauvais point ; car ceux que Nature a fait serfs ont beau monter en puissance, en richesse, ils ont toujours le cœur servile, et leur élévation ne leur sert qu'à faire aux nobles de cœur et de naissance tout le mal possible. Jamais chien affamé ne se contentera de lécher son voisin. Les serfs ne sont-ils pas le fléau des pauvres gens ? Ils conseillent le changement des monnaies pour enfler leur bourse, ils rongent les autres et profitent seuls de toutes les iniquités qu'ils ont provoquées. Mais je voudrais bien savoir ce que Brun et Tybert viennent réclamer de moi. Assurément ils peuvent, avec l'appui du roi, me faire beaucoup de mal, qu'ils aient tort ou raison ; mais enfin, si Brun fut surpris par le vilain Lanfroi, comme il mangeait son miel, qui pouvait l'empêcher de se défendre ? N'a-t-il pas des mains assez larges, des pieds assez grands, des dents assez fortes, des reins assez agiles ? Et si le digne Tybert fut pris et mutilé pendant qu'il mordait rats et souris, en quoi cela peut-il m'atteindre ? Étais-je maire ou prévôt, pour lui faire obtenir réparation ? Et comment viendrait-on me demander ce qu'il ne serait pas en mon pouvoir de rendre ? Pour ce qui regarde Ysengrin, en vérité je ne sais que dire. S'il prétend que j'aime sa femme, il a parfaitement raison ; mais que cela désole le jaloux, je n'en puis mais. Parle-t-on de murailles franchies, de portes rompues, de serrures forcées, de ponts brisés ? Je ne le suppose pas : quelle est donc l'occasion de la clameur levée ? Mon amie, la noble dame Hersent, ne me reproche rien ; de quoi se plaint donc Ysengrin ? Comment sa mauvaise humeur pourrait-elle entraîner ma perte ? Non, sire Dieu m'en préservera. Votre royauté sans doute est très haute, mais je puis le dire en toute assurance : je n'ai si longtemps vécu que pour faire, envers et contre tous, acte de dévouement et de fidélité à votre endroit. J'en prends à témoin le Dieu qui ne ment pas, et saint Georges patron des preux chevaliers. Maintenant que l'âge a brisé mes forces, que ma voix est fêlée et que j'ai même assez de peine à rassembler mes idées, il est peu généreux de m'appeler en cour et d'abuser de ma faiblesse ; mais le roi commande, et j'obéis. Me voici devant son faudesteuil ; il peut me mettre en chartre, me condamner au feu, à la hart ; toutefois, à l'égard d'un vieillard, la vengeance serait peu généreuse, et si l'on pendait une bête telle que moi sans l'entendre, je crois qu'on en parlerait longtemps.

À peine Renart avait-il fini que le roi Noble prenant la parole à son tour :

– Renart, Renart, tu sais parler et te défendre ; mais l'artifice n'est plus de saison. Maudite l'âme de ton père et de la mauvaise femme qui te porta sans avorter ! Quand tu aurais toutes les ruses de la fauve ânesse dont parle le Livre, tu n'éviterais pas la punition de tes nombreux méfaits. Laisse donc là ton apparente sécurité ; c'est de la renardie. Tu seras jugé puisque tu le demandes ; mes barons ici rassemblés décideront comment on doit traiter un félon, un meurtrier, un voleur tel que toi. Voyons, quelqu'un veut-il dire ici que ces noms ne te conviennent pas ? Qu'il parle, nous l'écouterons.

Grimbert se leva.

— Sire, dit-il, vous voyez que nous avons répondu à votre semonce ; nous sommes venus nous incliner devant votre justice : est-ce à dire pour cela qu'il convienne de nous traiter outrageusement, même avant d'entendre la cause ? Voici damp Renart qui se présente pour faire droit et satisfaire à ce qu'on lui va demander : si quelque clameur s'élève contre lui vous devez, sire, laisser à la défense liberté entière et tous les moyens de repousser publiquement une accusation publique.

Grimbert n'avait pas encore cessé de parler quand se levèrent tous ensemble Ysengrin le loup, Rooniaus le mâtin, Tybert le chat, Tiecelin le corbeau, Chantecler le coq, Pinte la geline, Drouin le moineau et damp Couart le lièvre ; sans parler de Brun l'ours, de Frobert le grillon, de la corneille et de la mésange. Le roi ordonne à tous de se rasseoir : puis lui-même expose les diverses clameurs levées contre Renart, et soumises au jugement de la cour assemblée.

Incidence
Ici l'auteur original donne en entier ce qu'on appellerait aujourd'hui l'acte d'accusation : il reprend, l'une après l'autre, les aventures que le premier livre a déjà fait connaître et qui sont le fondement du procès de Renart.

Nous n'avons pas à le suivre dans ces répétitions ; nous tiendrons seulement compte de quelques aventures rappelées par Noble et dont nous n'avons pu retrouver la place. Comme elles figurent parmi les charges de l'accusation, nous sommes obligés d'en donner connaissance ; autrement, l'histoire de Renart serait incomplète.

Le chien Morhou qui, dans une des prochaines aventures, se chargera de la vengeance du bon Drouineau, pourrait bien avoir été le frère de Rooniaus le mâtin qui, dans l'affaire du serment (sans doute en souvenir des mauvaises soudées mentionnées plus haut dans la confession de Renart), s'était rendu l'instrument d'une fraude pieuse des plus hardies. Un des anciens historiens de Renart met également sur le compte de Rooniaus le mâtin plusieurs des fâcheuses rencontres dont la voix publique voulait qu'Ysengrin eût été victime. Tout n'est peut-être pas controuvé dans cette attribution isolée ; car le chien n'a jamais été de pair à compagnon avec damp Renart. On ne s'étonnera donc pas de le voir se prêter de bonne grâce aux projets de vengeance d'Ysengrin et de Drouineau. Quand nous aurons exposé ces nouvelles aventures, nous reprendrons la suite du procès.

Quarante-sixième aventure

Comment un preux chevalier
vit plusieurs fois damp Renart,
et fut marri de ne pouvoir l'atteindre

Il y eut jadis un preux et louable chevalier qui avait
fait bâtir un beau château dans la plus belle situation
du monde. L'édifice s'élevait sur une roche aiguë ; le
long des murs d'enceinte courait une eau vive et profonde enfermée dans un large lit sur lequel un pont
tournant était jeté. La rivière passait au-dessous du
tertre et fournissait l'hôtel du chevalier de toutes les
choses qu'on achète ; puis elle allait à quelque distance
se perdre dans la mer. Une longue prairie charmait la
vue, et sur les coteaux opposés s'étendaient les vignes
qui fournissaient le meilleur vin de France. Pour les
bois dépendant du domaine, ils formaient un gazon de
plus de cent arpents, abondamment peuplé de gibier et
de sauvagine. Un jour, le chevalier monta sur son cheval courant, et dit qu'il voulait aller en bois pour chercher venaison. Aussitôt, écuyers et sergents d'accou-
pler les chiens, et le veneur de marcher en avant sur un
grand chasseur gris. Ils ne tardèrent pas à lever un goupil, et le veneur appelant les chiens :

— Or çà ! or çà ! par ici le goupil !

Les chiens suivent et les chasseurs. Mais Renart a pris de l'avance; il quitte le bois, saute sur le pont tournant et gagne la porte du château. Quand le chevalier le voit entrer:

— Il est à nous, dit-il, il s'est rendu lui-même.

Et, s'élançant à toute bride, il arrive au château le premier, descend de l'étrier que tient un sénéchal, et bientôt tous les autres rentrent et descendent dans la cour après lui.

Ils cherchent partout le goupil, ils fouillent les étables, les chambres, les cuisines, ils retournent tout et ne le découvrent pas. Ils reviennent dans les grandes salles, regardent sous les tables; ils montent aux secondes chambres (*l'étage supérieur*), descendent dans les celliers, visitent tous les coins et recoins, regardent sous les bancs et jusque dans une vieille ruche dont on avait enlevé le miel; ils n'y trouvent pas le goupil.

— Mon Dieu! font-ils, qu'est-il devenu? Comment personne ne l'a-t-il pu découvrir? Il faut donc qu'il soit rentré sous terre!

— Tout ce que je sais, dit le chevalier, c'est que je l'ai vu passer la porte, et qu'assurément il n'est pas sorti depuis que le pont est relevé. Mais enfin, puisqu'on ne peut le découvrir, cessons de lui donner la chasse, il se montrera quand on ne songera plus à lui.

— Pour nous, disent les autres, nous le chercherons jusqu'à la nuit, nous aurions trop de honte s'il nous échappait.

— Comme il vous plaira, dit le chevalier, pour moi je ne serai pas des vôtres.

Il s'éloigne, et les autres se reprennent à chercher, en jurant qu'ils ne cesseront qu'à la nuit tombante. Ils renversaient encore les bancs, ils retournaient encore les lits, quand sonna le couvre-feu qui les avertit de s'arrêter. Revenus auprès du chevalier :

– Ah ! messire ! Renart est plus habile et plus fin que nous.

– Comment ! ne l'avez-vous pas ? Cela tiendrait de l'enchantement ; c'est un présage, un avertissement que Dieu nous envoie. Après tout, il n'est pas aisé de gagner au jeu de Renart : mes chapons et ceux qui les gardent en savent quelque chose. Je croyais bien pourtant l'avoir ; il faut que Dieu ou le démon nous l'ait enlevé. Nous le chasserons une autre fois ; mais que je meure si je ne le fais arriver à la male fin : je le promets à saint Denis en France auquel je suis voué ; je veux que ma pelisse soit plus chaude cet hiver, grâce à la sienne que j'y réunirai. Allons ! allumez les cierges, asseyons-nous au manger ; nous n'avons déjà que trop tardé pour un goupil. De l'eau ! et lavons !

Ils s'asseyent au souper. D'abord le chevalier et, près de lui, la dame épousée, belle, gracieuse et riante comme le doux nom de Florie qui était le sien ; la mesgnie occupe les autres places. Arrivent les grands mets : des lardés ou filets de cerf et de sanglier, de bons vins d'Anjou, de Poitou, de La Rochelle. On tient de plaisants propos, on rit surtout de Renart qui les a tous si bien joués. Renart en personne n'était pas loin : alléché par le fumet des viandes il se glisse sous la table et de là entend comme on parle de lui. Sur le dressoir, à

quelques pas, se trouvaient deux belles perdrix lardées ;
Renart prend son temps, fond sur elles, emporte la plus
grasse. On le reconnaît, on s'écrie :

– Ah ! le voilà ! nous l'avons ; cette fois il n'échappera pas.

Tous se lèvent aussitôt, mais ils ont beau courir,
chercher, fermer les portes, Renart les a devancés ; il
avait à toutes jambes gagné dans la cour un trou de sa
connaissance, par où s'écoulait l'eau des grandes pluies,
et tandis qu'on le traque à flambeaux, à chandelles, par
les salles, les soliers, les caves, les cuisines et les écuries,
il est tranquille dans un réduit éloigné, découpant à
belles dents la perdrix et s'en caressant agréablement
les barbes.

– Ah ! méchant Renart, disait cependant le chevalier, tu as pris assurément leçon à l'école du diable ;
mais que je ne sois jamais assis au souper si tu ne me le
paies enfin comme je l'entendrai. Ôtez les tables, j'ai
perdu toute envie de revenir au manger.

Les tables ôtées, madame Florie vient embrasser son
baron.

– Croyez-moi, lui dit-elle, allez reposer, il en est
temps ; minuit vont sonner ; vous devez être fatigué
d'avoir tant chassé le goupil en bois et en maison.

– Le goupil ? ne pensez pas que je m'en soucie ; mais
allons dormir, puisque vous le souhaitez.

Ils entrent aux chambres où le lit était dressé. Tout
y était ouvré à l'ambre ; l'imagier avait figuré d'un
excellent trait tous les oiseaux du monde, sans oublier
la Procession Renart. Rien d'agréable comme ce travail,

dans toutes ses parties. Le chevalier, quand on l'eut déchaussé, se mit au lit où la dame ne tarda guère à venir le rejoindre, laissant sur une table deux cierges ardents pour combattre l'obscurité de la nuit. Tous dans le château reposèrent jusqu'au lendemain que les sergents et les écuyers se levèrent au grand jour. Le veneur entra le premier dans la chambre au chevalier qu'il trouva sur pied, déjà chaussé et prêt à se rendre dans la grande salle où chacun pour lui faire honneur se leva dès qu'il parut.

– Beau sire, lui dirent-ils, ayez aujourd'hui bon jour !

– Allons ! qu'on selle tout de suite mon chasseur ; je veux courre le goupil.

Le valet, auquel s'adressait le chevalier, court enseller le cheval ; il l'amène devant le degré, pendant que le veneur dispose les chiens. Tous montent, passent la porte et le pont ; ils étaient encore dans le courtil quand ils aperçurent Renart couché tranquillement sous un pommier. Les chiens sont déliés, on corne au goupil, pendant que celui-ci, fâché du contretemps, joue des pieds et atteint la forêt. Les lévriers suivent et font avec lui mille détours ; il revient sur ses pas, sort du bois, franchit une seconde fois le pont et la porte du château. Les lévriers dépistés s'arrêtent, la chasse est terminée.

– Il faut avouer, par Dieu, dit le chevalier, que Renart doit bien se railler de nous qui le laissons échapper ainsi. Cherchons-le pourtant encore dans le château.

On revient, on remue toutes les huches, on ouvre tous les coffres, on regarde sous toutes les tables, dans tous les draps, sur tous les lits ; jamais autant de mouvement et de presse à Senlis, un jour de foire, quand on mène un larron pendre. Tout cela pour rien.

– Il faut bien en prendre son parti, dit le chevalier ; par saint Jacques, je n'entends pas jeûner aujourd'hui comme je fis hier. Çà, mettez les nappes et asseyons-nous au manger !

Quarante-septième aventure

De la visite annoncée au chevalier,
et de la chasse au cerf et au porc sanglier

Les voilà donc assis au manger du matin. À peine commençaient-ils à toucher aux mets qu'ils voient de la fenêtre arriver au château deux écuyers bien équipés portant chacun un grand quartier de biche ou de sanglier. Ils mettent pied à terre devant le degré, montent dans la salle et, saluant le chevalier :

— Sire, Dieu vous bénisse et votre compagnie !

— Dieu vous sauve ! répond le courtois seigneur, et soyez ici les bien venus ! Mais d'abord lavez, et prenez place à la table.

— Avant tout, sire, nous dirons l'occasion de notre venue. Votre cher père vous salue et vos deux frères : tous trois doivent arriver ici demain.

— Soyez donc une seconde fois bien venus, dit le chevalier en levant le siège pour les embrasser.

Entrent alors deux beaux jeunes varlets, le premier portant une serviette, l'autre un bassin de pur argent. Le bassin, rempli d'une eau claire et limpide, est présenté aux deux écuyers qui après avoir lavé disent à demi-voix aux varlets :

– Frères, allez prendre les denrées que nous avons laissées au bas du degré, et n'oubliez pas nos chevaux.

Les varlets s'éloignent : l'un se charge de déposer les quartiers de biche et de sanglier dans le garde-manger, l'autre conduit les chevaux à l'écurie, les fournit de foin et d'avoine, leur prépare une bonne litière et revient dans la salle où les écuyers avaient pris place auprès de madame Florie. Les nappes repliées et les tables levées, on se dispose à retourner au bois, afin d'y chercher la venaison nécessaire pour bien recevoir ceux qu'on attend le lendemain. Le chasseur est amené, les lévriers sont accouplés, et tous entrent dans la forêt.

Ils n'y furent pas longtemps sans lever un grand cerf de quatre cors, lequel ne jugea pas à propos de les attendre. Les chiens lâchés se mettent à sa poursuite avec ardeur. Le cerf les aurait pourtant lassés, sans un archer qui de loin lui décocha une flèche, l'atteignit au flanc, et le fit tomber sanglant et sans force. Les lévriers accourent et le déchirent ; le cerf demeure au pouvoir des veneurs. On relie alors les chiens, et l'on confie cette belle proie aux soins de deux écuyers qui le mettent en état et le font conduire au château.

Ce n'était que le début de la chasse. Le chevalier bat d'un long bâton recourbé les bruyères et les buissons ; le veneur donne du cor, et le son retentit jusqu'aux extrémités de la forêt.

Réveillé par le bruit, un énorme sanglier sort d'un taillis et se met à courir au plus vite. Un grand et fort lévrier s'élance après lui, gagne sur les autres l'avance d'une portée d'arc, l'atteint, et pour le dompter essaie de le mordre à l'oreille. Le sanglier furieux tourne la dent, ouvre le flanc du lévrier et le porte au pied d'un chêne sur lequel il le jette, en faisant jaillir entrailles et cervelle à la fois. Les autres chiens l'entourent avec un redoublement de rage : il leur échappe ; les buissons croisés, les rameaux entrelacés, les branches épaisses le dérobent longtemps à leur vengeance. Enfin, se voyant poussé à bout, il prend le parti de sortir du bois et de fuir du côté de la rivière. Il atteint à la falaise et tombe à plat ventre dans l'eau ; il s'y croyait à l'abri, quand un lévrier saute après lui, jette les dents à son cou, pendant que la meute entière accourt pour porter aide à leur camarade ; mais il était déjà trop tard : le porc l'avait retourné et noyé sous le poids de son corps.

Ce double exemple n'arrêta pas les autres ; ils nagent autour de lui, s'acharnent après sa croupe et ses flancs, jusqu'au moment où les chasseurs arrivent. Le porc alors rassemble ses forces, passe à l'autre rive et fuit à travers champs ; les chiens, les chasseurs le rejoignent et le dépassent : il est forcé de s'arrêter. Un lévrier plus ardent que les autres est atteint de sa terrible dent et, jeté dans l'air, il retombe sans vie, pendant que la bête, gravement blessée, parvient encore à mettre un espace entre les chiens et elle. Mais toute issue lui est interdite ; le sanglier revient à l'eau, la meute entière l'y joint encore, mais reste à quelque distance, et c'est avec cette furieuse escorte qu'il rentre une seconde fois dans la forêt. Un quatrième lévrier, qui l'avait osé prendre à la gorge, est encore saisi, lancé contre un hêtre, la tête brisée, le ventre ouvert. Alors le chevalier prend l'avance d'une

portée d'arbalète. Ferme dans l'étrier, l'épieu au poing, il attend le sanglier que les blessures et la rage aveuglaient, et qui vient se jeter à corps perdu sur lui. Le bois de l'épieu se brise, mais le fer reste dans le corps et pénètre comme un rasoir du bas de l'épaule aux intestins. Aussitôt le monstre chancelle et cesse de se défendre en cessant de vivre. Le chevalier met pied à terre, et tous les chasseurs arrivés autour de lui rendent grâce à Dieu de la victoire.

C'est maintenant au veneur à faire son devoir. Il prend un long couteau dont la poignée était d'argent, ouvre le sanglier, fait sa toilette, donne les intestins et le poumon aux lévriers d'abord, puis au reste de la meute ; sans oublier un seul chien, tous ayant bien fait leur devoir. La curée dévorée, le chevalier monte et après lui tous les autres. On trousse le sanglier sur un fort roncin, la troupe fait bonne escorte jusqu'au château dont le pont se relève ; les portes se referment dès qu'ils sont rentrés. Le chevalier vint se reposer dans la grande salle. Cependant, le veneur faisait étendre le sanglier devant les fenêtres. On dispose un grand amas de paille sur laquelle on couche l'énorme bête : on allume, et quand la noire coine a pris la nuance de rouge doré qu'on lui voulait donner, on le porte devant madame Florie. Ne demandez pas si l'on se récria sur la grandeur de la hure et la longueur des défenses. Mais les tables sont dressées, les écuyers apportent les bassins pleins d'eau qu'ils présentèrent à la dame, au chevalier, à tous les autres, et l'on prit place au manger.

Quarante-huitième aventure

De l'arrivée du père et des frères du chevalier ;
d'un beau nain qui les accompagnait,
et comment on découvrit damp Renart

Les tables levées, on quitte la salle, on monte les
degrés de la tour principale pour mieux jouir de la belle
vue. Le chevalier, l'épieu à la main, s'appuie aux créneaux. Les autres s'asseyent, regardant à leur aise les
vignes, la prairie, les champs de blé, la rivière et la mer
qui se perdait dans l'étendue. Mais d'autres objets atti-
rent leur attention. Des limiers, des brachets, des lévriers
accouraient vers le château, conduits par des varlets à
cheval. L'un portait un cor à son cou, dont il cornait
doucement. Après, venaient deux pesants chariots précédés d'un nain et escortés de deux écuyers. À la suite
des chariots, quatorze hommes d'armes sur des chevaux
richement caparaçonnés.

Le chevalier s'adressant aux deux écuyers arrivés le
matin :

– Frères, leur dit-il, n'est-ce pas l'équipage de mon
seigneur de père ?

– Oui, sire, n'en doutez pas, répondent-ils.

Cependant le pont s'abaissait, la porte du château
s'ouvrait : on décharge les chariots en grande hâte, car la

nuit approchait : le chevalier rentre dans la grande salle et s'assied dans le faudesteuil, sous un riche dais. Puis il se lève à l'approche des hommes d'armes qui, venant s'incliner devant lui :

– Sire, disent-ils, Dieu vous accorde bonne nuit !

Le chevalier rend courtoisement le salut et conduit à table tous les nouveaux arrivés.

Quand le repas fut terminé, le chevalier donne en se levant le signal de la retraite ; les étrangers sont conduits dans les chambres où ils doivent reposer, et le lendemain matin ils sont réveillés par la gaite ou sentinelle qui du haut des créneaux corne le jour. Le chevalier levé, chaussé, vêtu, se rend avec madame Florie au moutier pour y entendre la messe de Notre-Dame, et dès que l'office est achevé, il fait seller les chevaux pour aller au-devant de son père ; mais avant de s'éloigner il a soin de donner des ordres pour que tout concoure à la bonne réception qu'il prétend faire à ceux qui vont arriver.

Ils n'avaient pas marché une demi-lieue sur le chemin ferré qu'ils entendirent le bruit joyeux d'une compagnie à cheval. C'est d'abord un groupe de quatre varlets de pied tenant en main la laisse d'un brachet ou d'un lévrier. Le chevalier passe outre jusqu'à son noble père qu'il accole tendrement. Il n'y a fête qu'il ne lui fasse ainsi qu'à ses deux frères : ils reprennent la route du château, et chemin faisant, ils demandent nouvelles de tout ce qui peut les intéresser. Comme ils approchaient des fossés, ils distinguent fuyant vers le bois un goupil que le voisinage des chiens avait fait lever.

– Ah ! vraiment, dit le chevalier en riant, c'est le même goupil qui m'a déjà tant gabé ; je le reconnais.

– Gabé ! font les autres, et comment ?

– Je vais vous le dire : je l'ai fait deux fois chasser ; quand il se voit trop pressé des chiens, il se prend à fuir vers le château, nous l'y voyons entrer : nous tournons le pont, nous fermons les portes, et nous avons beau chercher, nous ne le trouvons pas. Impossible de savoir où il se retire.

– Ami, dit le père, bien fin celui qui trompera le goupil ; cependant si vous faisiez délier vos chiens, on pourrait le chasser et lui ôter tout moyen de retraite.

Sur-le-champ les varlets mettent les chiens aux pistes de Renart ; mais dès que celui-ci reconnaît leurs voix, il reprend le chemin du château. Ce fut un cri général. Les veneurs ont beau crier et les chiens aboyer, Renart atteint le pont et franchit la porte. Les varlets, les écuyers accourent, se tuent à chercher, à tout ouvrir et bouleverser, autant de peines inutiles. On prend alors le parti d'en rire, le chevalier le premier et plus fort que les autres.

– Oui, mes seigneurs, voilà par saint Lambert comment le goupil en use avec nous depuis longtemps. N'y pensons plus, et ne songez qu'à bien vous reposer.

Le père et les trois frères, les mains l'une dans l'autre, montent les degrés de la salle, et le premier objet qu'ils voient en entrant est le nain qui les avait accompagnés. À vrai dire on eût pu le prendre pour un démon : bossu par-devant et derrière, les pieds tordus, les hanches écrasées, deux courtes branches de pin au lieu de bras que le quart d'une aune de serge suffisait pour couvrir ;

la bouche contournée, les lèvres assez relevées pour donner passage à un pied de veau ; les dents de couleur d'un jaune d'œuf, le nez long d'un demi-pouce, des yeux de chien, des cheveux noirs comme de l'encre et les oreilles d'une chèvre. Il était occupé à tresser un chapeau avec des brins de fenouil ; il s'interrompit pour regarder de travers ceux qui entraient.

— Nain, Dieu te garde ! dit le chevalier.

Au lieu de répondre, il branla la tête et fit entendre un grognement.

Pour offrir un contraste avec cette hideuse créature paraît madame Florie qui fait aux nouveaux venus le plus gracieux accueil. On rit, on échange des paroles courtoises et plaisantes jusqu'à l'heure du manger. Cependant les nappes sont mises, et sur la table le pain et le sel. On donne à laver à chacun, on prend place à table. Je ne décrirai pas les mets ni les vins. Il y eut sanglier empoivré, bons lardés de cerfs, excellents pâtés de chapons, le tout arrosé de vins d'Orléans et d'Auxerre. Pendant qu'ils mangeaient, on remarqua que les brachets levaient la tête, l'œil inquiet, la bouche haletante, comme s'ils eussent senti quelque proie vivante.

Le chevalier s'adressant alors à son veneur :

— Ami, dit-il, apprends-moi, je te prie, combien nous avons peaux de goupil.

— Vous en avez neuf.

— Neuf ? Diable ! moi j'en vois dix, et je ne comprends pas ces brachets qui jappent si fort après elles.

Le veneur s'approche alors des peaux ; l'une semble respirer et respirait en effet, car c'était Renart lui-même, en os, en chair et en peau ; il pendait au plus caché des ardillons destinés à réunir les pelisses de ses pareils ; il s'y retenait des dents et des pieds de devant. Le veneur le reconnaît :

– Ah ! par saint Léonart, c'est en vérité le goupil qui se trouve là dans la compagnie de ces peaux, et voilà pourquoi les chiens glapissent. Un instant, et je vous l'amène.

Il lève alors la main vers les ardillons, arrive à Renart qu'il essaie de prendre ; mais l'autre fait un demi-tour et remplace au crochet les pattes de devant par celles de derrière ; et quand le veneur fait une seconde tentative, il saisit de ses dents la main qu'il broie au point de séparer l'ongle de la chair. Le malheureux veneur pousse un cri aigu, Renart fait un saut vers la porte, sort de la maison et, prévoyant qu'on pourra le joindre dans les bois, prend le chemin de la prairie : il est arrêté dans sa course par la rivière qui lui ferme le passage ; mais il n'avait plus rien à craindre de la poursuite des varlets du chevalier et, comme on devait le croire au bois, il sait qu'on l'y cherchera, avant de penser à le battre dans la plaine.

Quarante-neuvième aventure

Comment Pinçart le héron
pêchait en rivière
et comment damp Renart
pêcha le pêcheur

Renart était assez content de ses dernières journées ; il regrettait pourtant de n'avoir pas eu sa part du grand dîner auquel il venait d'assister. La faim commençait à le visiter quand, du buisson sous lequel il s'était tapi de façon à n'être vu de personne, il aperçut le héron Pinçart qui le long de la rivière pêchait les poissons au bec. Pinçart est un objet de bonne prise ; mais le moyen d'aller jusqu'à lui ?

« Possible qu'il vienne de lui-même : mais quand ? Je pourrai mourir de faim en l'attendant : et puis quelque vilain ou, ce qui est pis encore, quelque mâtin ne viendra-t-il pas me troubler ? Pinçart serait pourtant un excellent souper. Allons ! Donnons-nous la peine ; c'est la loi du siècle, sans travail on ne peut arriver à rien. »

Il rampe alors jusqu'au bord de l'eau. Le rivage était garni d'une fougère épaisse, il en arrache plusieurs brassées, les réunit et les serre en forme de radeau qu'il laisse aller à la dérive, au-dessus de l'endroit où se tient Pinçart. À la vue du train, l'oiseau pêcheur lève la tête et fait un saut en arrière : mais reconnaissant que ce n'est qu'un tas de fougère, il se rassure et reprend tranquillement sa pêche.

Damp Renart fait un nouvel essai : il arrache une seconde brassée plus épaisse et la jette encore sur l'eau. Le héron regarde plus attentivement, se rapproche de l'objet flottant, fouille du bec et des pattes la fougère et, rendu certain qu'il n'y a là pour lui rien à gagner ou à craindre, il se remet une seconde fois à la pêche, résolu de ne plus l'interrompre pour d'autres arrivages du même genre. Cette confiance fut cause de sa perte : car Renart va en profiter pour tenter le coup décisif. Il fait un troisième radeau et s'y ménage une sorte de lit dans lequel il pourra se cacher aisément, car la fougère est précisément de la couleur de sa pelisse. Il hésite pourtant avant d'y entrer ; le terrain n'est peut-être pas assez solide : mais enfin il prend son parti, se met à flot en même temps que son frêle bâtiment, et se voit porté tout près du pêcheur à long bec. Pinçart ne s'en préoccupe pas :

— À d'autres ! dit-il, je ne m'effraie pas pour quelques brins de fougère.

Et bientôt Renart, profitant du moment où le bec et la tête de l'oiseau étaient plongés dans l'eau, jette sur lui la dent, le saisit par le cou, lui redresse la tête, saute à terre et le traîne sous le buisson le plus voisin. Pinçart criait de toutes ses forces ; mais l'autre n'était pas de ceux que les plaintes attendrissent ; il le place sous ses pieds et lui donne ainsi le coup de grâce. Sitôt étranglé, sitôt mangé, pour ainsi dire.

Cinquantième aventure

D'un meulon de foin sur lequel Renart
passa la nuit, et comme il céda la place
au vilain qui le voulait prendre

On était au temps de la fenaison ; le jour commençait à tomber. Renart, complètement satisfait de l'excellent repas qu'il venait de faire, prit le parti de se coucher sur une meule de foin, pour y attendre le lever du soleil : car il savait qu'il est dangereux de se mettre en route aussitôt après avoir mangé ; au moins les médecins le prétendent-ils. Renart s'endormit donc sur le meulon.

Vers le point du jour, il eut un mauvais rêve. Il croyait être chez lui, près de sa chère Hermeline. Le château de Maupertuis prenait feu, des flammes en sortaient de tous côtés, une puissance invincible le retenait et l'empêchait de se dérober à une mort certaine. Comme il faisait un dernier effort pour entraîner Hermeline, il se réveilla inondé de sueur froide.

– Saint-Esprit ! dit-il, en se signant, avant de bien ouvrir les yeux, préservez mon corps de male aventure !

Il regarde alors autour de lui et voit avec terreur que, pendant la nuit, la rivière gonflée avait couvert la prairie et que le meulon aussitôt envahi avait été soulevé et déjà porté loin de sa première place.

– Ah ! qu'ai-je fait, s'écria-t-il, et que vais-je devenir ?
Pourquoi n'avoir pas regagné Maupertuis quand rien
ne m'était plus facile ! Maintenant la rive est à perte de
vue ; si je m'élance je me noie, si je reste, les vilains vont
arriver sans doute, et comment défendre contre eux ma
pelisse ?

Comme il en était à ces tristes réflexions, voilà qu'un
vilain faisant agir une barque s'approche de la meule. Il
n'eut pas de peine à reconnaître damp Renart :

– Quelle aubaine, mon bon saint Julien ! dit-il, c'est
un magnifique goupil ; quel dos, quelle superbe encolure ! Tâchons de l'attraper, la chose en vaut bien assurément la peine : j'en vendrai le dos, la gorge me servira
pour engouler mon manteau ; puis une fois écorché, la
rivière me débarrassera de sa puante charogne.

De ce que fol pense, moult demeure, dit le proverbe. La
chose n'ira pas comme entend notre vilain. Il arrive jusqu'à la meule, et d'abord il tend les bras vers Renart qui
lui échappe. Il lève son aviron, l'autre fait un demi-tour
et le coup ne l'atteint pas. Le vilain tourne et revient,
mais il n'en est pas plus avancé. Il prend alors le parti
de sortir de sa barque et de passer lui-même sur le meulon, après avoir ôté ses lourds souliers.

Mais au moment où il posait le pied sur le foin, Renart
mettait le sien dans le bateau, s'emparait de la rame abandonnée et poussait au large. Le vilain est ébahi, désespéré : voilà ce que l'on gagne à vouloir prendre un goupil.

Cependant Renart pousse le bateau vers la rive
découverte, puis s'arrêtant à l'aise, en vue de celui qui
comptait sur lui pour fourrer le collet de son manteau :

– Dieu te confonde, vilain ! Ah ! quelle belle prison vous m'auriez fait tenir, si vous m'aviez conquis ! Le proverbe est bien vrai : *de vilain vilenie !* Quand vilain perd une occasion de mal faire, vilain enrage, car tout son bonheur est de nuire aux bons clercs, aux nobles chevaliers. L'envie, la félonie, la rage ont le cœur du vilain pour repaire ordinaire. A-t-on jamais conté de vilain une bonne action ? Allons, vilain, fais ton deuil de ma peau, mais puisse Dieu ne pas sauver la tienne, et te donner mauvais lendemain !

Cela dit, il rame jusqu'au rivage, saute légèrement à terre et, sans être inquiété, retourne et arrive dans son château de Maupertuis.

Cinquante et unième aventure

Comment Renart fit rencontre
de Drouineau, et comment
un bienfait est quelquefois perdu

Plus gai, plus dispos que jamais, Renart, à quelques jours de là, sortit de son château et se trouva bientôt devant un cerisier couvert des plus belles cerises. Sur l'arbre était un moineau sautillant de branche en branche.

— Bon appétit, ami Drouin, lui dit Renart. N'es-tu pas heureux au milieu de ces beaux fruits ?

— Ils sont excellents, lui répond l'oiseau ; mais j'en suis rassasié, et je vous les abandonne, damp Renart, si vous ne les dédaignez pas.

— Il faudrait d'abord les atteindre, et je ne saurais le faire. Passe-m'en, je te prie, quelques-unes, pour que je puisse au moins juger de leur goût.

— Comment, messeigneurs les renarts mangent des cerises ? dit Drouineau. Je ne le croyais pas. Je vais vous en envoyer tant et tant que vous voudrez.

— Merci, frère, répond Renart, au moins quand je les tiendrai.

Drouineau lui jette un nœud de trois cerises, et Renart les mange avec plaisir.

– D'autres, mon cher Drouineau ! Je les trouve excellentes, en vérité.

Et le petit oiseau en remplit son giron.

– En voulez-vous encore, damp Renart ?

– Non, grâce à Dieu, je n'ai plus faim.

– Mais damp Renart, reprit Drouineau, si vous me savez gré des cerises que j'ai cueillies pour vous, vous m'écouterez bien un moment, n'est-ce pas ?

– Je t'écoute, ami.

– Vous avez beaucoup vu, beaucoup voyagé ; vous avez retenu de beaux secrets ; mais je ne sais si vous voudrez bien faire part de votre science à de petites gens comme nous autres. J'avoue que j'en aurais en ce moment le plus grand besoin.

Renart répondit :

– Mon petit Drouineau, après la courtoisie que tu viens de me faire, je n'ai rien à te refuser, sauf, comme tu le penses bien, mon dommage. Voyons, de quoi s'agit-il ?

– Écoutez-moi, damp Renart : j'ai là, près de moi, neuf moinillons qui sont tous plus ou moins affectés de goutte, et j'en suis en grande douleur.

– Reprends courage, dit Renart, car rien ne me sera plus aisé que de les guérir, j'entends guérir tout à fait. Tu sais que j'ai demeuré deux ans au-delà des monts, à Rome, en Pouille, en Toscane, en Arménie ; j'ai quatre fois passé la mer, j'ai poussé jusqu'à Constantinople pour trouver la médecine qui convenait à la maladie du roi Noble. J'ai voyagé en Angleterre, j'ai visité le pays des Irois et des Escots. J'ai tant fait que j'ai guéri le roi, et c'est en récompense de ce grand service qu'il m'a donné la charge de châtelain de ces contrées.

– Eh bien ! dites-moi comment mes enfants pourront guérir.

– Mon cher Drouineau, il les faut baptiser ; dès qu'ils seront devenus de petits chrétiens, ils ne se sentiront plus de goutte.

– Je le croirais bien volontiers, répond Drouineau ; mais il faudrait un prêtre, et je n'en connais point.

– Un prêtre ? dit Renart. Et moi, ne le suis-je donc pas ?

– Pardonnez-moi, sire châtelain, je l'ignorais. Mais est-ce que vous voudriez bien les baptiser ?

– Oui, sans doute ; et d'abord, je donne à l'aîné le nom de Liénart ; nous passerons ensuite aux autres.

– Oui, oui ! dit Drouineau, l'aîné d'abord, c'est le plus malade.

Il rentre alors au nid, en tire le plus fort de ses enfants et le jette dans le giron de Renart, qui le met aussitôt à l'ombre de son corps. Drouin retourne au nid, prend les autres et les lance tour à tour au mauvais clerc qui les rend chrétiens de la même manière.

– Surtout, disait le confiant Drouineau, baptisez-les bien.

– Sois tranquille, je t'assure qu'à l'avenir ils n'auront plus de goutte et ne risqueront pas de tomber du haut mal.

Cependant Drouineau regardait de côté et d'autre : il avait beau sauter de branche en branche, il ne revoyait pas sa famille. L'inquiétude le saisit :

—Renart, Renart ! où sont mes fils ? Je ne les vois pas ; où les retenez-vous ? Les auriez-vous enlevés ?

—Je te dis qu'ils sont en lieu sûr.

—Ah ! Renart, de grâce, montrez-les-moi ; Renart, où sont mes enfants ?

—Ils reposent là.

—Ah ! méchant, vous les avez dévorés. Vous avez mangé mes fils !

—Eh ! non.

—Vous les avez mangés, traître, et voilà comme vous m'avez récompensé !

—Mais tu es fou, Drouineau ; tes fils sont envolés.

—Hélas ! ils n'avaient pas encore de plumes. Renart au nom du Dieu qui ne ment pas, engagez-moi votre foi qu'ils vivent.

—Oh ! par ma foi, je le veux bien.

—Hélas ! qu'est-ce qu'un serment pour toi ! Tu ne crains pas le parjure. Oh ! que je voudrais te frapper, te crever les yeux !

—Voyons, descends, essaie.

—Non.

—Et pourquoi ?

—Parce que je ne puis et que je ne le veux plus. Mais Renart, en bonne foi, dites-moi, qu'avez-vous fait de mes moineaux ?

—Veux-tu absolument le savoir ?

—Oui, au nom de Dieu !

—Eh bien ! au nom de moi, je les ai mangés.

—Hélas !

—En vérité. N'avais-je pas promis de les guérir ? Je l'ai

fait, leur goutte est entièrement passée. Je te dirai mieux encore : j'aurais voulu qu'un si tendre père ne fût pas demeuré plus longtemps séparé de ses enfants.

Après ces cruelles paroles, Renart s'éloigne et Drouin demeure seul à se lamenter :

– Ah ! doux enfants, quel regret dois-je ressentir de votre mort ! C'est moi qui vous ai livrés ; sans moi, vous seriez encore vivants. Ah ! je ne tiens pas à rester après vous.

Il se laisse alors tomber de l'arbre, comme, chez nous autres hommes, ceux qui de désespoir se précipitent du haut de leur maison : l'herbe le reçut pâmé, privé de sentiment. Et quand il revint à lui, ce fut pour se lamenter encore, se frapper les flancs de son bec, s'arracher les plumes l'une après l'autre. Tout d'un coup, il lui vient une légère lueur d'espoir qui lui rend son courage. S'il pouvait trouver un vengeur ! Cette pensée le décide à ne pas mourir ; il répare le désordre de ses ailes et prend la résolution de voyager jusqu'à ce qu'il ait rencontré le champion qui prendra en main sa querelle.

Cinquante-deuxième aventure

Comment Drouineau cherche qui le venge
de Renart, et comment il fit connaissance
de Morhou le bon mâtin

Après avoir demandé bien dévotement à Dieu qu'il le conduise dans son enquête, il se met à la voie et ne rencontre pas une lice, un mâtin qu'il ne conjure de le venger de Renart. Mais chacun, après l'avoir attentivement écouté, alléguait les difficultés de l'entreprise ; on ne voulait pas, on ne pouvait se mettre sur les bras une aussi grande affaire. Renart avait tort assurément, mais c'était un personnage considérable, avec lequel il fallait compter. Le plus simple bon sens conseillait de ne pas aller lui demander raison de ce qu'il avait fait contre d'autres.

– Vos plaintes, Drouineau, sont fondées et parfaitement justes ; Renart sans doute aurait pu mieux agir envers vous : mais que voulez-vous que nous y fassions ? Bon Drouineau, croyez-moi, passez votre chemin.

Et le moineau s'éloignait, le cœur serré de douleur. Enfin un jour, sur un fumier, il avise un mâtin efflanqué, triste et mourant de faim. Il avance tout près de lui :

– Hé ! Morhou, comment te trouves-tu là ?

– Fort mal, Drouineau, je n'ai plus de voix ni de jambes. Voilà deux jours que, par la ladrerie du vilain que je sers, je n'ai rien mangé.

– C'est qu'il a trouvé le diable dans sa bourse. Mais écoute-moi, cher ami : si tu veux faire une chose que je te dirai, je puis t'assurer que tu en seras payé mieux que ne ferait le meilleur vilain du monde.

– Si tu fais en sorte que je mange assez pour reprendre des forces et sentir mon cœur, tu me verras prêt à entreprendre ce qu'il te plaira de demander. Je ne suis pas glorieux, mais, quand je me portais bien, il n'y avait pas dans les bois de loup, de cerf, de daim ou de sanglier qui pût espérer de m'échapper. Que je fasse un seul bon repas, et je redeviendrai, sois-en sûr, tout aussi fort, tout aussi leste que je le fus jamais.

– Mon bon Morhou, répond Drouineau, vous aurez plus que vous ne pourrez manger ; vous en laisserez.

– De quoi s'agit-il ? Tu veux, n'est-ce pas, te venger de quelqu'un ?

– Oui, Morhou ; le méchant roux de Renart a tué, a mangé mes enfants en trahison ; si j'en étais vengé, je ne demanderais plus rien au monde.

– Eh bien ! je m'engage à te rendre content, par l'âme de mon père ; oui, pourvu que tu tiennes d'avance la promesse que tu m'as faite, Renart est en mauvais point.

– Viens donc avec moi, Morhou, tout de suite.

Cinquante-troisième aventure

Comment Drouineau parvint
à procurer à Morhou
le bon repas qu'il souhaitait

Le mâtin eut grand-peine à se soulever, mais l'espoir d'un repas lui donna des forces ; il put lentement suivre, le long de la route, son petit ami. Drouineau l'avertit de se coucher sous un buisson.

– Je vois venir à nous, dit-il, une voiture chargée de pain et de viandes ; regarde bien, Morhou ; je vais aller amuser le charreton : dès que tu le verras courir après moi, tu ne perdras pas de temps, tu iras à la charrette, rien ne te sera plus aisé que d'y prendre un bacon.

– C'est bien, dit Morhou.

La voiture approchait, et Drouineau avait fait son plan. Il se laisse choir à terre devant le voiturier, comme s'il avait une aile rompue. L'autre descend, croit n'avoir qu'à le prendre : Drouineau lui échappe en sautelant çà et là. Le charretier, qui le suit pas à pas, garde l'espoir de l'atteindre ; il croit le saisir à droite, il le retrouve à gauche, ou derrière quand il avait à l'instant même deux pas d'avance.

Impatienté, il va prendre son bâton dans la voiture et revient à l'oiseau qui se met en garde, tout en ayant soin de ne pas laisser plus de cinq pas entre l'homme et lui. Pendant cette chasse, Morhou quitte le buisson, va droit à la charrette, emploie toutes les forces qui lui restent pour lever ses pieds de devant jusqu'à la grande corbeille aux jambons ; enfin il en tire un qu'il rapporte à grand-peine sous le buisson. Pour Drouineau, dès qu'il le voit de retour à son premier gîte, il cesse le jeu et s'envole d'une aile rapide, peu soucieux des malédictions du charretier qui, tout en sueur, revient à son cheval, et continue sa route avant de reconnaître qu'il lui manque un de ses meilleurs jambons.

Drouineau, de son côté, ayant retrouvé son bon ami :

– Dieu te sauve, Morhou !

– Ah ! Drouineau, répond l'autre, soyez le bienvenu et veuillez m'excuser si je ne me lève pas devant vous, je n'en ai pas le loisir.

Ce disant, il dévorait son bacon.

– Ne te dérange pas, cher Morhou ; mange tout à l'aise, rien ne presse.

– Ah ! Drouineau, quel excellent repas je vous dois ; et quel plaisir j'aurai à vous venger !

– Ne parlons pas encore de cela ; dis-moi seulement, Morhou, n'as-tu pas besoin d'autre chose ?

– Puisque vous le demandez, je conviendrai que j'ai grandement soif : cet excellent bacon…

– Eh bien, il faut songer à te satisfaire, voilà précisément devant nous une charge de vin ; j'espère bien pouvoir te demander tout à l'heure de quel pays tu penses qu'il vienne.

Il dit, et, d'une aile joyeuse et légère, se va poser sur le chemin. Au passage de la voiture, il saute à la tête du cheval limonier, s'acharne sur les yeux qu'il frappe violemment de son bec. Le cheval hennit et se cabre. Le conducteur, furieux à son tour, prend un gourdin et le lance sur Drouineau, qu'il reconnaît pour la cause de tout ce désordre. Mais le coup mal asséné va frapper le cheval qui, fortement blessé, s'affaisse sur lui-même, fait chanceler et enfin tomber la voiture sur le côté. Le voiturier lui-même est jeté à terre, et pour le tonneau, la violence de la chute en fait rompre les cercles ; les dalles s'écartent et donnent passage au vin, qui forme sur la route une grande mare rouge. Rien ne put rendre le chagrin du charretier en voyant son meilleur cheval et son bon vin perdus du même coup par la faute d'un moineau. Il lui fallut abandonner la pauvre bête et poursuivre son chemin, tandis que Morhou descendait sur la route et lampait le vin tout à son aise, bien que, s'il avait eu le choix, il eût sans doute préféré l'eau d'une claire fontaine.

— Et maintenant, Morhou, dit Drouineau, es-tu content ?

— Plus que je ne saurais dire, bon Drouineau. J'ai, comme je l'espérais, regagné mes forces, et je n'ai qu'un seul désir, c'est de trouver bientôt damp Renart sur mon chemin.

Cinquante-quatrième aventure

De la visite que Drouineau rendit à damp Renart,
et comment on voit par l'exemple de Morhou
qu'un bienfait est quelquefois récompensé

– En vérité, Morhou, répondit Drouineau, vous parlez on ne peut mieux et, si vous tenez votre promesse,
je serai au comble de mes vœux. Attendez-moi, je vais
à la recherche de l'ennemi ; je serai bientôt de retour,
car je connais le chemin de son château. Je m'expose
à un grand danger : peut-être laisserai-je ma vie à celui
qui m'a ravi tout ce qui me la faisait aimer ; mais si je
reviens, c'est avec lui que vous me retrouverez.

Cela dit, Drouineau prend congé de son ami. Il
arrive devant Maupertuis, et tressaille en reconnaissant le maître de la maison, tranquillement accroupi
près de la fenêtre.

– Renart, se mit-il à crier du plus haut de sa tête,
lève-toi, viens me joindre à mes chers enfants ; je ne
puis vivre plus longtemps sans eux. J'irais bien me
livrer à toi si tes fenêtres étaient ouvertes ; mais peut-
être ne voudrais-tu pas violer les droits de l'hospitalité.
Au moins je veux t'attendre ici ; je n'en bougerai pas
que tu ne sois arrivé.

Renart à demi endormi se réveille à cette douce voix :
il jette un cri de plaisir, se lève et arrive à l'endroit où
Drouineau lui avait parlé. Mais celui-ci n'a pas encore
fait ses dernières dispositions ; il vole à quelque distance,
puis s'arrête.

– Ah ! dit Renart, fi du peureux, on dirait que tu
trembles maintenant, et que tu n'oses m'attendre. Tu
crois peut-être que je te veux mal : erreur ! En vérité, je
n'ai pas cessé de regretter le petit mauvais tour que je
t'avais joué. Si je veux t'approcher, c'est pour t'engager
à vivre pour faire une bonne paix avec toi.

– Je vous crois, Renart ; mon premier mouvement a
été de fuir ; mais allez, je n'ai plus peur !

Renart, alléché par toutes ces petites façons, court à
lui ; l'autre sautille et recule encore ; il continue ce jeu,
non sans danger pour lui, jusqu'à ce qu'enfin il ait regagné le buisson où Morhou l'attendait avec impatience.

– Là ! dit-il, je ne vais pas plus loin ; c'est ici que je
veux mourir, près de cet arbre qui me rappelle le cerisier où reposaient mes pauvres enfants.

Renart, de plus en plus irrité, fait un bond sur le
buisson : aussitôt voilà Morhou qui le reçoit et le saisit
par le chignon ; avant qu'il ait eu le temps de se mettre
en garde, il est mordu, houspillé de la meilleure façon.
D'abord il échappe et fuit à toutes jambes ; Morhou le
rejoint à l'entrée du bois, le renverse à terre, lui caresse
de ses dents le ventre, les flancs, les oreilles, et taille
dans sa pelisse une bande de plusieurs doigts de large.
Jamais Renart ne vit la mort de plus près. Si Morhou

finit par l'abandonner, c'est qu'il suppose, le voyant immobile et sanglant, qu'il a bien rendu le dernier soupir. Le vainqueur revient à Drouineau qui tremblait que Renart n'eût échappé tout de bon la première fois :

— Eh bien, Morhou, quelles nouvelles ?

— Bonnes. Renart, tu peux y compter, ne trompera plus jamais personne ; s'il en échappe, le diable aura fait pour lui miracle.

— Merci donc, mon bon Morhou : si j'ai fait pour toi quelque chose, tu me l'as rendu aux cents doubles. Au revoir ! Et sois mille fois à Dieu recommandé !

Drouineau avait encore un désir, c'était d'arriver auprès de Renart et de l'assister à son heure suprême ; il tenait beaucoup à l'entretenir une dernière fois. Il vole, il arrive :

— Eh ! vous voilà, damp Renart ! Comment vous trouvez-vous ? Eh ! qu'avez-vous donc fait de tout votre esprit, pour vous être laissé si mal atourner ? N'est-ce pas un large trou que j'aperçois dans votre pelisse ? Oui ; puis un autre, trois, quatre, dix : oh ! que de pièces il vous faudra recoudre ! Et si l'hiver est dur, vous mourrez de froid, j'en ai peur, à moins que la très honnête dame Hersent ne consente à vous réchauffer.

Renart pouvait l'entendre, mais n'avait ni la force ni la volonté de répondre. Drouineau, après avoir entonné un joyeux chant de triomphe, partit satisfait, sans prendre congé de son ennemi. Pour Renart il demeura plus d'une saison entre les mains des meilleurs médecins, avant de pouvoir sortir de Maupertuis et continuer le cours de ses exploits.

Cinquante-cinquième aventure

Comment Renart fut, par jugement des pairs,
condamné à être pendu. Comment il ne le fut pas,
et comment il rentra dans Maupertuis

Après avoir gravement exposé quelles étaient les
clameurs d'Ysengrin, de Brun, de Tybert, de Tiecelin,
de Frobert, de Drouineau, de Chantecler et des dames
Pinte, corneille et mésange, le roi s'adressant aux barons
assemblés :

– C'est maintenant à vous, dit-il, de prononcer l'ar-
rêt de ce grand malfaiteur, ou plutôt de décider de quel
supplice il devra mourir.

La réponse de la cour fut que Renart était atteint
et convaincu de trahison, et que rien ne pouvait le
défendre des fourches qu'il avait méritées.

– Vous avez bien dit, fait le roi. Qu'on dresse le
gibet ! Nous tenons le coupable, il ne faut pas qu'il
nous échappe.

Les fourches furent dressées sur une roche élevée.
On se saisit de Renart, on l'oblige à gravir la montée.
Cointereau le singe lui fait la moue et de sa patte lui
soufflette le museau ; les autres, à qui mieux mieux, le
tiraillent et le poussent. Couart le lièvre lui jette une
pierre, mais de loin et quand il est déjà passé. Malheu-

reusement pour lui, Renart, venant alors à tourner la tête, fronça le chef et Couart eut tellement peur qu'il se cacha sous une haie et ne reparut plus. Il voulait, dit-il, regarder de là l'exécution plus à son aise. Pour Renart, au moment d'atteindre les fourches, il eut recours à son expédient qu'il tenait en réserve, il annonça qu'il avait à faire d'importantes révélations. Le roi ne put se dispenser de l'entendre.

– Sire, dit-il, vous m'avez fait saisir et charger de chaînes ; vous avez décidé que je serais pendu. Je suis, je l'avoue, un grand pécheur, mais vous ne voudrez pas m'ôter les moyens de me réconcilier avec Dieu. Permettez-moi de prendre la croix ; je quitterai le pays, j'irai visiter le Saint-Sépulcre. Si je meurs en Syrie, je serai sauvé et Dieu vous récompensera de m'avoir fait rentrer en grâce avec lui.

Disant cela, il lui va tomber aux pieds, et le roi ne peut s'empêcher d'être grandement touché.

Grimbert venant en aide à son cher cousin :

– Sire, je me porte garant de Renart auprès de vous ; défendez-le du supplice, et jamais il ne fera de tort à vous ni à d'autres. Recevez, pour Dieu, votre baron à merci ! S'il est pendu, quel déshonneur pour toute sa lignée ! Et, vous le savez, elle est de haut parage : combien de services ne pouvez-vous encore en attendre ! Vous aurez, avant six mois, besoin d'un vaillant homme d'armes : laissez Renart passer outre-mer ; à votre premier appel il reviendra.

– Non pas, répondit Noble ; car la coutume des croisés est de retourner pires qu'ils ne sont partis. Ceux mêmes qui étaient des meilleurs à l'aller sont mauvais au revenir.

— Eh bien ! sire, il ne reviendra pas ; mais, au nom du ciel, qu'il parte !

Noble se tournant alors vers Renart :

— Ah ! méchante créature, toujours éloignée du droit chemin ; n'as-tu pas cent fois mérité la hart qu'on t'avait préparée ?

— Merci, gentil roi, cria Renart. Recevez ma foi : jamais je ne serai l'occasion de clameur.

— Je ne devrais pas te croire ; mais j'atteste tous les saints de Bethléem que si j'entends encore mal parler de toi, rien ne te garantira du supplice.

Renart voit bien que le roi lui accorde la vie ; mais Noble fait plus encore ; il lui tend les mains et le relève. On apporte la croix ; c'est Brun qui, tout en blâmant la faiblesse du roi, la lui attache sur l'épaule. D'autres barons, non moins mécontents, lui présentent l'écharpe et le bourdon. Voilà donc Renart un bourdon ou bâton de frêne à la main, l'écharpe au cou, la croix sur l'épaule. Le roi lui fait déclarer à ceux qui l'ont condamné qu'il ne conserve contre eux aucun mauvais vouloir ; il est (au moins le dit-il) résolu de renoncer à la vie de mauvais garçon ; avant tout, il tient au salut de son âme. Tout ce qu'on lui demande, Renart l'accorde sans hésiter ; il rompt le fétu avec chacun des barons et leur pardonne. L'heure de none arrivait quand il prit congé de la cour.

Mais dès qu'il se sentit libre et qu'il eut mis les murs et le plessis entre les barons et lui, son premier soin fut

de défier ceux qu'il venait d'apaiser par son repentir ; il n'excepta que messire Noble. Ici, je ne dois pas omettre qu'avant de prendre congé, il avait trouvé dans le courtil du palais madame Fière la reine, dont grande était la beauté, la courtoisie.

— Damp Renart, lui avait-elle dit, priez pour nous, outre-mer, nous prierons ici pour votre retour.

— Dame, fit Renart en s'inclinant, la prière venue de haut est la chose la plus précieuse du monde ; heureux celui pour qui vous prierez ! il aura grand sujet de démener joie. Oh ! que j'accomplirais heureusement mon pèlerinage, si j'emportais en Syrie un gage de votre amitié !

La reine alors détacha l'anneau de son doigt et le lui tendit. Renart prit à peine le soin de l'en remercier, mais il dit entre ses dents :

— Cet anneau, je ne le rendrai pour rien au monde.

Et l'ayant passé à son doigt, il avait reçu, comme on a vu, congé de toute la cour, et piqué des éperons. Il fut bientôt près de la haie où la crainte retenait encore damp Couart le lièvre ; Couart se voyant découvert et n'osant essayer de fuir lui dit d'une voix tremblante :

— Damp Renart, Dieu vous donne bon jour. Je suis bien content de vous revoir en bon point : c'était un grand deuil pour moi que les ennuis dont on vous accablait tout à l'heure.

— Vraiment, Couart, notre ennui vous affligeait ! Ah ! mon Dieu, la bonne âme ! Eh bien, si vous avez eu pitié de notre corps, je suis heureux de pouvoir me régaler du vôtre.

Couart entend ces terribles paroles ; il veut s'échapper, il était trop tard : Renart le saisit aux oreilles :

– Par le corbleu, sire Couart, vous n'irez pas plus loin seul ; vous viendrez avec moi, de bon ou de mauvais gré ; je veux vous présenter ce soir à mes enfants qui vous feront bonne fête.

Et, disant cela, il l'étourdit d'un coup de son bourdon.

Puis il se remit en marche avec son prisonnier ; il gravit une montagne d'où l'on planait sur le vallon dont la cour du roi remplissait l'étendue. Il contemple de là ceux qui venaient de le condamner et qui murmuraient de la faiblesse de Noble ; il fait un grand cri pour attirer l'attention générale, et décousant aussitôt la croix qu'on lui avait attachée :

– Sire roi, dit-il, reprenez votre lambeau, et Dieu maudisse qui m'encombra de ce bourdon, de cette écharpe et de toute cette friperie.

Il leur jette bourdon, écharpe et croix, leur tend le derrière et reprend :

– Écoutez, sire roi : je suis revenu de Syrie où j'étais allé par vos ordres. Le sultan Noradin, me voyant si bon pénitent, vous mande salut de par moi. Les païens ont tellement peur de vous qu'ils se mettent à la fuite dès qu'on prononce votre nom.

Pendant qu'il se plaît à les gaber ainsi, damp Couart prend ses mesures, s'échappe et, mettant une bonne distance entre Renart et lui, retourne aux lieux où siégeait la cour. Il arrive les flancs brisés, la peau déchiquetée ; il se jette aux pieds du roi, il raconte en haletant le nouveau méfait dont peu s'en est fallu qu'il ne demeurât victime.

– Grand Dieu ! s'écrie Noble, malheur à moi d'avoir compté sur le repentir de ce larron infâme. Sus, barons ! courez à lui ; et s'il échappe, je ne le vous pardonnerai de ma vie : j'accorde franchise et noblesse à tous les enfants de ceux qui me l'amèneront.

Il fallait voir alors monter à cheval et piquer des deux éperons, pêle-mêle, sire Ysengrin, Brun l'ours, Tybert le chat, Belin le mouton, Pelé le rat, Chantecler le coq, Pinte la geline et ses sœurs, Ferrant le roncin, Rooniaus le mâtin, Blanchart le chevreuil, Tiecelin le corbeau, Frobert le grillon, Petit-Pourchas le furet, Baucent le sanglier, Bruiant le taureau, Brichemer le cerf, et Tardif le limaçon, chargé de porter l'oriflamme et de leur montrer à tous la route. Renart les voit accourir et reconnaît aisément l'enseigne développée. Sans perdre un moment, il se précipite dans une grotte ; les bataillons ennemis l'y suivent de près : il entend déjà les cris de victoire autour de lui.

– Maudit roux ! tes jambes ne te sauveront pas : il n'y a plessis, mur, fossé, fourré, barrière, château, donjon ou forteresse qui te garantisse.

Accablé d'une extrême lassitude, l'écume lui couvre la bouche, et sa pelisse n'est plus à l'abri de la morsure des plus ardents. C'en est fait ; on va lui fermer la retraite et le retenir prisonnier. Mais, en ce moment, il découvre le sommet de Maupertuis et cette vue ranime ses espérances ; il fait un dernier effort, il gagne enfin cet asile, impénétrable à tout autre. Maintenant que

Noble en forme le siège, il y passera plusieurs années avant d'en briser les portes. Renart a des vivres pour longtemps ; il attendra tout à son aise ceux qui le poursuivent. Sa femme qui l'honore et le vénère, avertie par les trompes de l'armée royale, vint recevoir son noble époux à la première entrée, dans la compagnie de ses trois fils, Percehaie, Malebranche et Rovel (aucun nomme ce dernier Renardel). Il est alors entouré, caressé, embrassé. On visite ses plaies ouvertes, on les lave de vin blanc ; puis on l'assoit sur un coussin moelleux. Le dîner est servi, Couart manquait seul à la fête ; mais damp Renart était si las qu'il ne put guère manger que le filet et le croupion d'une geline. Le lendemain, il fut saigné et ventousé ; et quelques jours suffirent pour lui rendre ses anciennes forces et la meilleure santé.

Le translateur

Nous ne suivrons pas l'ancien poète au siège de Maupertuis, entrepris par l'armée du roi : cette partie de l'histoire n'offre aucun incident digne de mémoire. Le roi Noble fut contraint de donner congé à tous ses barons et de se retirer, après avoir été plus d'une fois surpris par les assiégés ; comme l'empereur Charlemagne, quand il va délivrer les douze pairs, dans la geste de Jean de Lanson. Nous aimons mieux reprendre l'autre relation, qui donne pour conclusion du jugement la bataille en champ clos de Renart et d'Ysengrin.

Cinquante-sixième aventure

De la dispute de Renart contre Ysengrin,
et comment le combat fut ordonné entre eux

L'histoire dit que quand le roi Noble eut longuement rappelé l'origine de toutes les clameurs portées devant sa cour, l'assemblée parut convaincue de la nécessité de faire un grand exemple. Mais Renart avait été à bonne école ; rien ne le troublait, il avait pris le temps de peser toutes ses réponses. Quand il vit la disposition des esprits, il se leva d'un air grave et demanda la permission de démentir chacune des accusations portées devant la cour.

– La demande est juste, répondit le roi ; on ne condamne pas sans entendre. Parle, nous écouterons ce que tu pourras dire pour te justifier.

– Sire, dit Renart, avant tout, je vous remercie de m'avoir semoncé à comparaître devant la cour ; c'était me donner tous les moyens de faire prévaloir la vérité. Les plaintes de Tybert et de la mésange ont si peu de gravité que, pour ménager votre attention, je ne veux pas même y répondre. Je n'ai pas le moindre souvenir d'avoir jamais vu Copette, je ne puis donc l'avoir blessée ni meurtrie. Tout ce que je sais de Chantecler, c'est que, l'ayant un jour décidé à me suivre, je lui permis de me quitter à l'approche d'une meute qui pouvait lui nuire autant qu'à moi-même. Pourquoi sire Brun l'ours se joint-il à mes accusateurs ? Je ne saurais le dire ; car je ne lui ai jamais envié une ligne de sa peau. Je ne me souviens pas non plus d'avoir la moindre chose à me reprocher, soit à l'égard de Rooniaus, soit à l'égard de mon compère Ysengrin. Si la plupart de mes voisins m'accusent, c'est que l'ingratitude et l'envie règnent aujourd'hui dans le monde ; chacun le sait, et je ne puis m'étonner que mes services aient toujours été mal reconnus. On est bien souvent puni d'avoir voulu trop bien faire, et ce n'est pas ordinairement le plus coupable qu'on vient à condamner. Hélas ! Dieu ne m'a pas été prodigue de faveurs : telle est ma destinée que mes meilleures actions sont devenues l'occasion de mes plus grandes infortunes.

Ici Renart parut céder à une vive émotion ; il porta son bras à ses yeux comme pour essuyer une larme, et reprit.

— Je le dis donc en toute sincérité, je n'ai jamais oublié ce que je devais à dame Hersent, la femme épousée de mon compère. Outrager sa commère aurait été le fait d'un hérétique, et messire Ysengrin a toute honte bue, quand il vient publiquement m'accuser d'une pareille énormité.

Ici messire Ysengrin ne put s'empêcher de l'interrompre :

— Vraiment, c'est affaire à toi de nier des méfaits plus clairs que le jour ! Ah ! que tu sais bien chanter la messe des fous ! Ce n'est pas toi non plus qui m'avais conseillé d'entrer dans le puits, d'où je ne devais jamais sortir ? Tu t'y trouvais, disais-tu, dans le paradis, parmi les bois, les moissons, les eaux et les prairies ; tu vivais au milieu de tout ce qu'il était possible de désirer, perdreaux et gelines, saumons et truites. Je te crus pour mon malheur, j'entrai dans le seau ; à mesure que je descendais tu remontais, et quand à mi-chemin je voulus savoir ce que tu prétendais, tu me répondis que la coutume était, quand l'un descendait que l'autre remontât ; que tu sortais de l'enfer où j'allais moi-même entrer. Maintenant, que dirai-je de l'étang dans lequel je laissai la meilleure partie de ma queue !

— En vérité, répondit Renart, ce n'est pas sérieusement qu'on m'adresse de pareils reproches. Quand nous allions à l'étang, Ysengrin avait si grande envie de prendre poissons, qu'il ne crut jamais en avoir assez. C'est pour lui que le vilain dit : *Celui-là perd tout qui tout convoite.* Quand il sentit venir les turbots, pourquoi n'a-t-il pas quitté la place, sauf à revenir une ou deux autres fois ? Mais sa gloutonnerie parlait plus haut. J'allai l'avertir, il me répondit par un hurlement furieux, et c'est alors que las d'attendre je le laissai à la besogne. S'il ne s'entrouva pas bien, à qui la faute ? Ce n'est assurément pas moi qui mangeai les poissons.

— Renart, reprit Ysengrin, tu sais fort bien donner le change à ceux que tu trompes, et tu m'as, toute ta vie, trompé. Un autre jour, ayant un peu trop mangé de jambon et me sentant le gosier sec, tu me fis accroire qu'une clef de cellier était tombée entre tes mains, et que tu avais la garde du vin. J'allai dans le cellier, mauvais traître ; tu m'y régalas les oreilles de mauvaises chansons, et j'eus, grâce à toi, les côtes rouées de coups.

– Pour cela, dit Renart, je m'en souviens, et les choses se sont autrement passées. Tu te laissas prendre à la plus honteuse ivresse ; tu voulus chanter les heures canoniales, et tu fis un tel bruit que tous les gens du village accoururent. Je n'avais pas, comme toi, perdu la raison ; quand je les vis approcher, je m'éloignai. Me fera-t-on un crime d'avoir su garder mon bon sens ? Si tu te laissas battre, en suis-je responsable ? *Qui cherche mal, mal lui vient*, on l'a dit pour la première fois il y a longtemps.

– C'est encore apparemment par l'envie de m'être agréable qu'un jour, avec de l'eau bouillante, tu me traças une couronne qui me mit la tête à nu et m'enleva toute la fourrure des joues. Une autre fois, tu m'offris la moitié d'une anguille que tu avais larronnée, mais pour me faire donner dans un nouveau piège. Je m'enquis où tu l'avais trouvée ; c'était à t'entendre sur une charrette qui en était tellement encombrée que les conducteurs voulaient en jeter une partie pour alléger les chevaux. Ils t'avaient même invité à prendre place auprès d'eux, pour en manger plus à ton aise. À force de m'engager à suivre ton exemple, j'allais me poster sur le chemin des charretiers, et en fus payé de tant de coups de bâton que mon dos en est encore meurtri. Mais la plus longue journée d'été ne suffirait pas à conter tous les maux, tous les ennuis dont je te suis redevable. Heureusement, nous voici devant la cour, où la renardie ne peut être de grand secours.

303

– La cour fera comme moi, elle ne comprendra rien à vos accusations. Déjà ceux qui nous entendent ont peine à revenir de leur surprise et vous tiennent pour sot d'avoir si mal coloré vos mensonges. Pouvez-vous donc perdre votre âme aussi gratuitement ?

– En voilà trop, reprend Ysengrin, la fureur dans les yeux, je n'attends que le congé du roi pour demander contre le traître la bataille en champ clos.

– Et moi, dit Renart, je la désire au moins autant que vous.

Aussitôt l'un et l'autre présentèrent leurs gages ; le roi les reçut sans hésiter ; toute la cour reconnaissait que la bataille était inévitable : d'ailleurs on pensait qu'à moins d'une adresse surnaturelle, Renart ne pourrait soutenir l'effort du terrible Ysengrin.

Cinquante-septième aventure

Quels furent les otages
mis entre les mains du roi et comment
furent nommés les juges du camp

Le roi demanda qu'on lui présentât les otages et ne voulut pas faire grâce d'un seul. Ysengrin livra pour les siens Brun l'ours, Tybert le chat, Chantecler le coq et sire Couart le lièvre. Renart choisit de son côté ceux dont l'expérience était le mieux connue : Bruiant le taureau, Baucent le sanglier, Espinart le hérisson et son cousin Grimbert le blaireau. La bataille fut remise à quinze jours, Grimbert se portant garant que damp Renart se présenterait à la place et à l'heure dites, pour *abattre l'orgueil d'Ysengrin.*

— Allons, dit le roi, ne ranimez pas les querelles ; mais que chacun de vous retourne paisiblement à son hôtel.

Renart n'était pas assurément de la force d'Ysengrin ; mais il possédait mieux tous les secrets de l'escrime, et cela l'avait décidé à accepter la lutte. S'il est le moins vigoureux, il sera le plus adroit ; il saura tirer parti de l'*entredeux*, il se repliera pour découvrir son adversaire au moment favorable ; il connaît à fond le *jambet*, les *tours* français, anglais et bretons, la *revenue*, les coups secs et inattendus. Pour Ysengrin, il ne croit pas avoir besoin de préparation ; fort de son bon droit et de la faiblesse de Renart, il va tranquillement dormir en son hôtel, en maudissant toutefois les ajournements qui retardent l'apaisement de sa vengeance.

Le délai fut également employé des deux côtés à la recherche des meilleures armes et au soin de les mettre en excellent état : Ysengrin porte son attention sur l'écu et le pourpoint de feutre ; il essaie les jambières, il adopte des chausses légères et solides ; le bâton dont il jouera est une branche noueuse de néflier ; pour vernir son écu, il choisit la couleur vermeille. Les amis de Renart s'étaient chargés de préparer son adoubement : c'était un écu rond, jaune de couleur, une cotte courte et portant à peine deux aunes ; des chausses feutrées, pour bâton une tige d'aubépin, garnie de sa courroie. De plus, ils eurent grand soin de le faire bien raser et tondre, pour laisser à son ennemi moins de prise. Quand Ysengrin le vit arriver devant la cour assemblée, il eut un grand dépit de ne pouvoir, comme il espérait, déchirer à belles dents sa riche fourrure ; il n'avait pas, quant à lui, daigné se débarrasser d'un seul poil. Mais qu'il modère son impatience, la lutte ne sera pas aussi facile qu'il se plaît à le croire.

On vit arriver devant les barrières la prude dame Hermeline accompagnée des trois varlets, ses fils : Percehaie, Renardel et Malebranche. Tous quatre adressaient à Dieu de ferventes prières, lui demandant à genoux qu'il conduisît le bras de Renart et qu'il lui enseignât un tour à le rendre victorieux. Renart, témoin de leurs oraisons, les en remercia de la voix et du geste.

Dame Hersent était en même temps agenouillée dans l'oratoire qu'elle avait fait élever de l'autre côté. Elle réclamait à chaudes larmes l'aide du Seigneur, pour qu'il ne laissât pas revenir son époux de la bataille, et pour que la victoire demeurât à son ami cher ; elle n'avait oublié ni les déclarations de l'un, ni les indiscrétions de l'autre, et si damp Ysengrin a le pire, ce n'est pas la franche bourgeoise Hersent qui s'en affligera.

Quand le roi Noble vit la foule se pressant autour des barrières et demandant à grands cris le commencement du combat, il fit approcher Brichemer et lui donna la charge de juge du camp ; c'est lui qui rédigera la formule du serment, maintiendra le bon usage et proclamera le vainqueur. Brichemer remplit dignement son office : il choisit d'abord trois barons de haute naissance pour l'aider de leur avis. Le premier est le fier et peu endurant Léopart ; le second, Baucent à la démarche imposante ; messire Bruiant le taureau fut le troisième. Ils passaient pour les plus sages de l'assemblée, et personne en effet ne connaissait mieux tout ce qui se rapporte aux gages de bataille.

Cinquante-huitième aventure

Comment les juges du camp firent
un dernier effort pour apaiser la querelle,
et comment les serments furent prononcés
par Renart et démentis par Ysengrin

Réunis en conseil, Brichemer leur dit :

– Seigneurs, il est malaisé de croire à tous les griefs
reprochés à damp Renart. Ce n'est pas seulement notre
ami Brun qui l'accuse ; c'est Rooniaus, Frobert, Tiecelin, Pinte et d'autres encore. Heureusement, toutes les
clameurs particulières se taisent depuis qu'Ysengrin les
a réunies à la sienne. Ysengrin a présenté des gages au
nom de tous, c'est avec lui seul que nous devons compter. Dans cet état de choses, seigneurs, ne serait-il pas
sage et judicieux de faire une dernière tentative d'accommodement entre les deux champions ?

– Nous le croyons comme vous, répondent Baucent
et les deux autres.

Ils se rendent aussitôt chez le roi :

– Sire, nous sommes tombés d'accord, sauf votre honneur ou vos sujets particuliers de plainte, et il est à désirer que les deux barons, messire Ysengrin et damp
Renart, soient amenés à conciliation.

Le roi n'avait rien plus à cœur ; aussi, bien loin de les
contredire :

– Allez-vous donc parler d'abord à Ysengrin ; c'est de lui que tout dépend : pour moi, je ne puis que maintenir son droit, et vous laisser le soin du reste.

Brichemer se rend, le col tendu, chez Ysengrin, et le prenant à l'écart :

– Le roi, dit-il, est mécontent de vous savoir contraire à toute tentative d'arrangement. En ami véritable, je vous engage à prendre de meilleurs sentiments ; recevez Renart à composition : le roi et tous les barons vous le demandent.

– Vous perdez votre français, répond Ysengrin, et que je sois mis en charbon, si je m'accorde jamais avec le traître, si je ne l'empêche de plus honnir et déshonorer son compère et sa commère. Je verrai si l'on déniera mon droit.

– Recevoir l'offenseur à composition, dit Brichemer, ce n'est pas dénier le droit de l'offensé. Je voulais vous empêcher de pousser les choses à l'extrême et je voulais ôter entre vous tout motif de ressentiments ; vous ne le voulez pas, j'en ai regret.

– Bien ! damp Brichemer, répond Ysengrin, allez dire au roi qu'il me peut tenir pour ivre si je laisse le vilain roux sortir du champ sain et sauf ; la paix ne peut se faire que dans le champ, la bataille est nécessaire, et nul, encore un coup, ne peut me dénier mon droit.

Brichemer retourné vers le roi :

– Sire, nous n'avons rien obtenu ; la bataille est inévitable. Ainsi, pour maintenir le droit, il faut ouvrir les lices et laisser attaquer et défendre du mieux qu'ils pourront.

— Puisqu'il est ainsi, répond Noble, je prends à témoin saint Richer qu'ils auront la bataille et que je ne les en dispenserais pour tout l'or que le plus riche des deux pourrait m'offrir. Sénéchal, livrez le champ !

L'ordre du roi fut aussitôt exécuté. Ysengrin et Renart sont conduits à l'ouverture des barrières, se tenant par la main. Un chapelain paraît, c'est le sage et discret Belin : il tient devant lui le sanctuaire sur lequel les deux champions prononceront le serment. Et pendant que damp Brichemer en règle la formule, on proclame le ban du roi, que nul ne soit si hardi de faire scandale en paroles, en contenance ou en geste.

— Seigneurs, dit Brichemer, écoutez-moi, et qu'on me reprenne si je parle mal. Renart va jurer le premier qu'il n'a fait aucun tort à Ysengrin ; qu'il n'a pas été déloyal envers Tybert ; qu'il n'a pas joué de méchants tours à Tiecelin, à la mésange, à Rooniaus, à Brun, ni à Chantecler. Approchez, Renart !

Renart fait deux pas en avant, se met à genoux, rejette son manteau sur ses épaules, demeure quelque temps en oraison, étend la main sur les reliques et jure, par saint Germain et les autres corps saints, là présents, qu'il n'a pas le moindre tort dans la querelle. Cela dit, il baise le sanctuaire et se relève. Ysengrin, surpris et indigné de le voir ainsi mentir en présence de Dieu et des hommes, approche à son tour :

— Bel ami doux, lui dit Brichemer, vous allez jurer que Renart a prononcé un faux serment et que le vôtre est seul vrai.

— Je le jure !

Cela fait, il baise les saints, se relève, avance un peu dans le champ, et fait une oraison fervente pour que Dieu lui laisse venger sa honte et reconquérir son honneur. Puis, après avoir baisé la terre, il prend et manie son bâton, le balance en tous sens, en tourne la courroie dans sa main droite : il humecte ses coudes, ses genoux et ses paumes ; il prend son écu, fait à la foule un gracieux salut, et avertit Renart de bien se tenir.

Cinquante-neuvième aventure

Du grand et mémorable combat
de damp Renart et de messire Ysengrin ;
et comment le jugement de Dieu donna
gain de cause à qui avait le meilleur droit

Renart ne se vit pas en face d'Ysengrin sans inquiétude. Il avait bien été mis aux lettres, il savait même
assez de nigromancie ; mais au moment de dire les mots
qui servent pour les combats singuliers, il les avait
oubliés. Cependant, persuadé que l'escrime avait une
vertu suffisante, il empoigne son bâton, le fait deux ou
trois fois brandir, tourne la courroie sur son avant-bras,
embrasse son écu et paraît aussi ferme qu'un château
défendu par de hautes murailles. Voyons maintenant ce
qu'il saura faire.

Ysengrin attaque le premier : c'était le droit de l'offensé. Renart s'incline et le reçoit, l'écu sur la tête. Ysengrin frappait et injuriait en même temps :

— Méchant nain ! Que je sois pendu si je ne venge ici
ma femme épousée !

— Faites mieux, sire Ysengrin ; prenez l'amende que
je vous offre. Les chevaliers de ma parenté vous feront
hommage, je quitterai le pays, j'irai outre-mer.

— Il s'agit bien de ce que tu feras en sortant de mes mains ! Va ! tu ne seras pas alors en état de voyager.

— Rien n'est moins prouvé. On verra qui demain sera le mieux en point.

— J'aurai vécu plus d'un jour, si tu vois la fin de celui-ci.

— Mon Dieu, moins de menaces et plus d'effets !

Ysengrin se précipite, l'autre l'attend l'écu sur le front, le pied avancé, la tête bien couverte. Ysengrin pousse, Renart résiste et d'un coup de bâton adroitement lancé près de l'oreille, il étourdit son adversaire et le fait chanceler. Le sang jaillit de la tête, Ysengrin se signe, en priant le Dieu qui ne ment de le protéger. Est-ce que, d'aventure, sa femme épousée serait complice de Renart ? Il voyait cependant trouble : à qui lui eût demandé s'il était tierce ou none et quel temps il faisait, il aurait eu grand-peine à répondre. Renart le suivait des yeux, et s'il hésitait à prendre l'offensive, au moins se préparait-il à bien soutenir une deuxième attaque.

— Eh ! que tardez-vous, Ysengrin ? Pensez-vous la bataille finie ?

Ces mots réveillent l'époux d'Hersent ; il avance de nouveau ; le pied tendu, il brandit son bâton et le lance d'une main sûre. Renart l'esquive à temps et le coup ne frappe que l'air.

— Vous le voyez, sire Ysengrin, Dieu est pour mon droit, vous aviez jeté juste et pourtant vous avez donné à faux. Croyez-moi, faisons la paix, si toutefois vous tenez à votre honneur.

– Je tiens à t'arracher le cœur, et je veux être moine si je n'y parviens.

Ysengrin retourne à la charge, le bâton dissimulé sous l'écu, puis tout à coup il le dresse et va frapper Renart à la tête. L'autre avait amorti le coup en se baissant ; et profitant du moment où l'ennemi se découvre, il l'atteint de son bâton assez fortement pour lui casser le bras gauche. On les voit alors jeter leurs écus de concert, se prendre corps à corps, se déchirer à qui mieux mieux, faire jaillir le sang de leur poitrine, de leur gorge, de leurs flancs. Le combat redevient égal par la perte qu'Ysengrin a faite de son bras. Combien de passes et de tours l'un sur l'autre, avant qu'on puisse deviner qui l'emportera ! Ysengrin a pourtant les dents les plus aiguës ; les ouvertures qu'il pratique dans la pelisse de son ennemi sont plus larges et plus profondes. Renart a recours au tour anglais : il serre Ysengrin en lui donnant le jambet ou croc-en-jambe qui le renverse à terre. Sautant alors sur lui, il lui brise les dents, lui crache entre les lèvres, lui arrache les grenons avec ses ongles et lui poche les yeux de son bâton. C'en était fait d'Ysengrin :

– Compère, lui dit Renart, nous allons voir qui de nous deux a droit. Vous m'avez cherché querelle à propos de dame Hersent : quelle folie de vous être soucié de si peu de chose, et comment peut-on mettre confiance dans une femme ! Il n'en est pas une qui le mérite ; d'elles sortent toutes les querelles, par elles la haine entre les parents et les vieux amis ; par elles les compères en viennent aux mains ; c'est la source empoisonnée de tous désordres. On me dirait d'Hermeline tout ce qu'on voudrait, je n'en croirais pas un mot, et je ne mettrais pas assurément ma vie en danger pour elle.

Ainsi raillait le faux Renart, tout en faisant pleuvoir les coups sur les yeux, le visage d'Ysengrin, tout en lui arrachant le cuir avec le poil. Mais par un faux mouvement, le bâton dont il joue si bien sur le corps de son ennemi lui échappe ; Ysengrin met le moment à profit, il allait se relever, son bras cassé l'en empêche. Renart conservait donc l'avantage, quand, pour son malheur, il avance les doigts dans la mâchoire d'Ysengrin qui les serre avec ses dents de reste, et pendant que la douleur fait jeter un cri à Renart, l'autre débarrasse son bras droit, le passe au dos de son adversaire, le fait descendre, et lui monte à son tour sur le ventre. Voilà les rôles changés ; Renart, entre les genoux d'Ysengrin, implore non pas son ennemi, mais tous les saints de Rome, pour éviter le salaire du faux serment qu'il a prêté. Et comme Ysengrin ne lui épargne pas les coups, il s'évanouit, devient froid comme glace, en déclarant vouloir mourir avant de se démentir et se reconnaître vaincu. Après l'avoir battu, frappé, laissé pour mort, Ysengrin se relève ; il est proclamé vainqueur. Les barons accourent de tous côtés pour le féliciter et lui faire cortège. Jadis les Troyens n'eurent pas autant de joie quand ils virent entrer Hélène dans leur ville, que n'en témoignent Brun l'ours, Tiecelin le corbeau, Tybert le chat, Chantecler le coq et Rooniaus le mâtin quand ils voient la défaite de Renart.

Vainement les parents du vaincu s'interposent près du roi ; Noble ne veut rien entendre, il ordonne que le traître soit pendu sur-le-champ. Tybert se met en mesure de lui bander les yeux ; Rooniaus lui liait les poings, quand le malheureux Renart exhala un soupir annonçant qu'il vivait encore, et ses premiers regards se portèrent sur les apprêts de son supplice.

Soixantième et dernière aventure

Comment Renart, confessé par Belin,
fut sauvé de la hart, et comment
frère Bernart, un saint homme, voulut
en faire un bon moine

Renart, pour mieux se reconnaître avant de mourir, demande qu'on lui donne au moins un confesseur. Grimbert fait aussitôt avertir Belin ; le bon prouvère arrivé reçoit la confession et règle les conditions de la pénitence, en raison de la gravité des péchés. Pendant qu'il le confessait, vint à passer frère Bernart, lequel arrivait de Grandmont. Il rencontre en son chemin Grimbert et lui demande ce qu'il avait à pleurer.

– Ah ! beau sire, je pleure le malheur de damp Renart que l'on va pendre ; personne n'ose parler au roi pour lui. C'était pourtant un chevalier de grande loyauté, plein de gentillesse et de courtoisie.

Au grand deuil que démènent Grimbert et Espinart le hérisson, Bernart se sent ému de pitié ; si bien qu'il va trouver le roi avec l'intention de demander qu'on lui remette Renart pour en faire un moine de sa maison.

Frère Bernart était le religieux le mieux aimé de messire Noble. En le voyant entrer, le roi se lève et le fait asseoir près de lui. Bernart aussitôt lui demande la

317

vie du coupable ; mais Noble, au lieu de répondre, le regarde d'un air mécontent.

– Ah ! sire, reprend Bernart, veuillez accorder ma demande ; qui tient à ses ressentiments ne doit pas espérer de voir jamais Dieu le père. Si Jésus-Christ pardonna sa mort, n'ouvrirez-vous pas votre cœur à la clémence ? Grâce ! Grâce pour le pécheur, s'il est réellement touché de l'amour de Dieu, comme sa confession le témoigne. Accordez sa vie à l'affection que vous avez pour moi ; je ne suis venu vous trouver que pour empêcher son supplice. Je veux le faire ordonner moine, je veux effacer ses vieux méfaits, le rendre un sujet d'édification générale. Dieu ne veut pas la mort du pécheur et, dès qu'il le voit repentant, il lui accorde le salut éternel.

Noble écoute et sent peu à peu fléchir sa résolution. Il ne voudrait pas refuser quelque chose à Bernart ; il lui remet enfin le coupable en lui laissant la liberté d'en disposer comme il l'entendra. C'est ainsi que Renart fut tiré de prison. On l'instruisit de la règle de l'ordre, on le revêtit des draps de l'abbaye, il devint moine. Quinze jours n'étaient pas écoulés, qu'il avait vu toutes ses plaies cicatrisées, et qu'il était aussi bien portant que jamais. On était édifié de lui voir si bien retenir tous les articles de la doctrine chrétienne, et remplir si pieusement les devoirs d'un excellent religieux ; chacun des frères le chérissait et le considérait. La principale étude de frère Renart était pourtant de leur donner le change et de les gaber tous, à force de papelardise. Aucunes gens disent qu'il demeura dans l'abbaye jusqu'à la fin de ses jours et qu'on l'eût canonisé, si sa fausse dévotion

n'avait pas été révélée, après sa mort, à un saint et pieux ermite dont Renart avait plus d'une fois mangé la pitance. D'autres disent que tout en suivant le service divin, le frère Renart ne laissait pas de penser souvent aux belles gelines dont la tendre graisse lui allait si bien au cœur. La tentation souvent renouvelée fut enfin la plus forte ; mais grâce au saint habit qu'il portait, il put tromper longtemps la confiance des moines. L'ennui l'avait pris de jeûner, de veiller pour ne rien prendre, de suivre le chant des offices au lieu de faire chanter damp Tiecelin ou Chantecler. Un jour, après le service qu'il avait entendu d'une extrême dévotion, on ne fut pas surpris de le voir demeurer derrière les autres, le nez dans son bréviaire. Au sortir du moutier, il vit entrer dans l'infirmerie quatre beaux chapons que Thibault, un riche bourgeois de la ville voisine, venait offrir à l'abbé. Frère Renart se promit d'en caresser longuement ses grenons. « Décidément, se dit-il, tous ces gens qui font vœu d'abstinence ne vont pas avec moi de compagnie. » La nuit venue, frère Renart sortit de sa cellule, prit le chemin de l'infirmerie, trouva l'endroit où les chapons gardaient l'espoir de vivre quelques jours encore, les étrangla tous les quatre et commença par se faire bonne bouche de l'un d'eux. Puis, sans prendre congé de damp abbé, il emporta les trois autres chapons sur son cou, passa l'enclos, jeta son froc aux buissons de la haie, et se trouva bientôt en pleine campagne.

C'est ainsi qu'il aurait repris le chemin de Maupertuis et qu'après une longue absence il serait rentré dans ses anciens domaines. Son retour, ajoute-t-on, surprit un peu la bonne Hermeline qui déjà se considérait comme veuve ; si bien qu'elle aurait eu besoin de toute sa vertu pour comprendre la réalité de ce bonheur inespéré. Quelques auteurs médisants ont même assuré qu'elle était au moment de contracter un second mariage avec le jeune Poncet, son cousin germain, quand Renart avait abandonné l'abbaye ; et pour rentrer dans Maupertuis, le faux religieux aurait pris un déguisement de jongleur anglais. C'est, entre nous, un méchant bruit qui, par malheur, n'a pas été démenti ; mais à Dieu ne plaise que nous voulions en noircir la réputation d'une bonne dame dont personne, jusque-là, ne s'était avisé de soupçonner la tendresse maternelle et la fidélité conjugale !

Le translateur

La fâcheuse légende des secondes noces de la prude femme Hermeline et du déguisement de damp Renart en jongleur devait appartenir au troisième et dernier livre de cette histoire, dont nous n'avons retrouvé que des lambeaux décousus. J'en vais dire ici quelques mots.

Depuis son départ de l'abbaye des blancs-moines ou bernardins, Renart avait grand sujet de craindre la justice du roi et n'osa plus se montrer que sous un costume emprunté. Tour à tour il s'affubla du bonnet des docteurs, du mortier des juges, du béret des marchands, de la mitre des évêques, du chapeau des cardinaux ; il endossa la robe des médecins, la simarre des prévôts et la livrée des courtisans ; il adopta la guimpe des nonnes, le chaperon des bourgeoises, la ceinture dorée des châtelaines. Enfin, le vieux poète ferme la série de ses transformations en racontant coment il fu empereres. Sous chacun de ces nouveaux déguisements, l'ancien ennemi d'Ysengrin remplit encore le monde du bruit de ses hauts faits. C'était, en apparence, un profond politique, un sage moraliste, admirable philosophe, un homme du bon Dieu ; en réalité, c'était toujours le grand séducteur, le grand hypocrite, le grand ennemi de la paix, le grand parjure : si bien qu'on finissait toujours par reconnaître le bout de sa longue queue et par crier « au Renart ! » derrière et devant lui. Voilà pourquoi il n'ose plus reparaître aujourd'hui, et comment, dans notre France, on n'entend plus jamais parler de Renart ; soit qu'il ait passé les monts, soit qu'il ait fait vœu sérieusement de renoncer au monde. Si pourtant quelqu'un venait à découvrir sa retraite, nous le prions très instamment de nous en avertir, pour nous donner les moyens d'ajouter de nouvelles aventures à celles que nous venons de raconter.

Table des matières

Livre deuxième

Etienne Delessert

L'illustrateur

Etienne Delessert est né en 1941 à Lausanne et vit actuellement aux États-Unis, dans le Connecticut. Peintre, auteur et illustrateur, ses livres ont été traduits dans de nombreuses langues et il est aujourd'hui un artiste internationalement reconnu. Il a publié de nombreux albums aux éditions Gallimard Jeunesse, en particulier *Comment la Souris...*, *La Corne de brume*, *Jeux d'enfant*, *Qui a tué Rouge-Gorge ?*, *La Chute du Roi* et *Alerte !*

Découvrez d'autres livres

dans la collection

IVANHOÉ

Walter Scott

nᵒˢ 243 et 244

LE VŒU DU PAON

Jean-Côme Noguès

nᵒ 616

YVAIN LE CHEVALIER AU LION

Chrétien de Troyes

nᵒ 653

Mise en pages : Chita Lévy

Loi n° 49-956 du 16 juillet 1949
sur les publications destinées à la jeunesse
ISBN : 978-2-07-061720-3
Numéro d'édition : 155262
Premier dépôt légal dans la même collection : octobre 2002
Dépôt légal : janvier 2008

Imprimé en Espagne par Novoprint (Barcelone)